Peter Lippermann

Geschwistertreffen

Eine niemals endende Beziehung

VERRAI-VERLAG
STUTTGART

„›Indianer‹ sind entweder auf dem Kriegspfad
oder
rauchen die Friedenspfeife: Geschwister können beides.“

Kurt Tucholsky

Für unsere Eltern

Inhalt

Vorwort

Diesen Roman habe ich aus der Perspektive von Peter Lippermann, dem ICH-Erzähler, geschrieben. Allerdings ziehen sich alle sechs hier handelnden Personen immer wieder in einen *inneren Monolog* zurück, der ihre Gedanken zwar für den Leser, aber nicht für die anderen Geschwister offenbart. Trotz vieler autobiografischer Bezüge und Zusammenhänge bleibt es eine Fiktion, sodass alle Namen, aber auch manche Handlungen und Personen frei erfunden sind.

Bevor ich angefangen habe, die Geschehnisse unseres Geschwister-Treffens niederzuschreiben, habe ich über viele Jahre immer wieder Tagebuch geführt und bei verschiedenen Anlässen am Ende des Tages – oder dank Schlaflosigkeit in den frühen Morgenstunden – Notizen dazu gemacht; sie bilden das Gerüst dieses Romans.

Lesen – und auch selber schreiben – regen dazu an, über das nachzudenken, was man selber denkt; dies erklärt meine Motivation für diesen Roman. „Wenn ich die Dinge nicht aufschriebe, würden sie nicht vollendet, nur erlebt“, schreibt Annie Ernaux.

Bewusst habe ich mich zuvor gegen die Lektüre von psychologischen Studien zu Geschwistern entschieden, wobei sich Wissenschaftler auch erst in den letzten 20 Jahren ernsthaft mit dem Verhältnis zwischen Brüdern und Schwestern beschäftigt haben.

Als ich die plattdeutschen Gesprächsfetzen ergänzte, verschwand eine unsichtbare Barriere: Plötzlich sprachen meine Eltern, unsere Nachbarn wieder mit uns; ich lebte in diesen Gesprächen, diesen Momenten, diesen Erinnerungen. Ich habe oft geweint.

Geschwisterbeziehungen sind urwüchsiger und spontaner als jede andere Beziehung, so der Münchener Psychologe *Hartmut Kasten*. Es ist ein ganz eigenes Kraftfeld, eine eigene Psychodynamik, die zwischen Geschwistern herrscht. Geschwister lehren Empathie, Strategien zur Lösung von Konflikten und können eine Stütze in Krisenzeiten sein, auch wenn sie nicht minder nerven können. Vieles hängt dabei von der Fähigkeit der Eltern ab, ihre Kinder in ihrer Unterschiedlichkeit wahrzunehmen. Die physische und mentale Anwesenheit von Geschwistern umgibt uns Tag und Nacht, besonders wenn sie zu mehreren auftreten, allerdings auch abhängig von dem Altersunterschied.

Eltern sterben, Freunde verschwinden, Intimbeziehungen lösen sich auf: All das haben wir sechs Geschwister bereits erlebt und erfahren müssen. Aber es sind die Geschwister, die einem Menschen meistens lebenslänglich erhalten bleiben, rechtlich wie emotional, auch wenn unsere Beziehungen zwischendurch auf ein Minimum reduziert waren. Aber die gemeinsame Herkunftsgeschichte bildet ein unlösbares Band, denn eine Familiengeschichte über mehrere Generationen bleibt immer mit uns verhaftet, und sei es durch Traumata, nicht bewältigte Erlebnisse – all diese leben in uns fort, was auch mit der Sprachlosigkeit meiner Eltern-Generation zu tun hat.

Es sind die Geschwister, die einen tiefer und auch gezielter verletzen können als jeder andere Mensch, was auch bei unserem ersten gemeinsamen Treffen nach fast zwanzig Jahren deutlich wurde. Man muss nicht mehrere Geschwister haben, um „ein Lied davon singen" zu können. Dieses habe ich versucht, anhand des Mit- und Gegeneinanders unter uns sechs Geschwister an diesem Wochenende in der 2. Hälfte der 90er Jahre mit Leben zu füllen, mit manchen musikalischen Assoziationen.

Wer sich auf eine emotionale Reise in eine Geschwister-Geschichte begeben möchte, sollte hier nicht mit dem Lesen aufhören.

1. Kapitel
Die Annäherung

Kennen Sie den Geruch von trockenem Gras – bei hohen Roggen-, Gerste- und Haferfeldern? Der warme Sommerwind weht durch die reifen Ähren und verteilt den Geruch in die gesamte Umgebung. Unvergessen und unvergleichlich! Bei den Rüben, die in Rinkeln nur Runkeln genannt werden, ist es genau das Gegenteil: Sie verströmen einen faulig-süßen Geruch schon bei der Ernte, und diesen Geruch und auch das Produkt nebst seinen Zubereitungen mochte ich nie. Seltsam, dass ich dieses auch auf das gesamte Dorf übertragen habe. Ich habe nie recherchiert, seit wann der Dorfname „Rinkeln" sich endgültig durchgesetzt hat, denn bekannt ist das mit dem Ortsnamen verwandte landwirtschaftliche Produkt zwar schon bei den Griechen und Römern, aber noch Mitte des 18. Jahrhunderts gab es keinen Unterschied zwischen Nahrungs- und Futterrüben. Der Vorteil ihrer Ernte bestand darin, dass früher kein besonderes Werkzeug dafür notwendig war, da die traditionelle Rübe oberirdisch wächst. Im Spätsommer während meiner Kindheit und Jugend sehe ich jedes Jahr Scharen von Maschinen über die Felder rund um unser Dorf rattern, da der wertvolle Zucker für Mensch und Tier bei den unterschiedlichen Pflanzen genutzt wird.

Ich verlasse das Auto und setzte mich an den Graben neben der Straße, gegenüber unserer alten Windmühle, die ihre vier Flügel noch nicht verloren und die Zeiten erstaunlich gut überstanden hat. Unübersehbar steht hier das steinerne Zeugnis vergangener Jahrhunderte, wie Mehl gemahlen wurde, um daraus das tägliche Brot zu backen. Ich schließe die Augen und sehe die Sommer meiner Kindheit vor mir:

Meist Wärme um 28° C, Mittagsruhe von 13.00 bis 15.00 Uhr, alle Roll- und Blendläden sind gegen die Sonne und für die Mittagsruhe heruntergelassen und die meisten Bewohner halten ihre übliche „None", wie diese Westfalen dazu sagen. Diese bleierne Trägheit unterbricht die enorme körperliche Anstrengung der meisten Bewohner seit Sonnenaufgang aufgrund fehlender technischer Hilfsmittel draußen wie im Hause. Wir Kinder wussten in dieser Zeit, dass wir uns ruhig zu verhalten hatten: „Psst, Papa schläft!“ Denn Mutter und Oma räumten die Küche noch auf. Regelmäßig erwartete uns dort eine große 2-Liter-Kanne mit kaltem schwarzem Tee in einem mit kaltem Wasser halb gefüllten Spülbecken, schmackhaft ergänzt durch frische Zitronenscheiben – und ohne jeglichen Zucker natürlich. Früh hatten wir von beiden gelernt, bei zu großer Hitze unsere Handgelenke zu kreuzen, unter fließendes kaltes Wasser zu halten und dabei bis 30 zu zählen, sodass der Puls dafür sorgte, dass sich der gesamte Organismus abkühlen konnte.

Frauen arbeiteten hier wie überall auf dem Lande mindestens ebenso viel wie die meisten Männer, insbesondere wenn sie Kinder hatten. Überall Wäscheleinen voll flatternder Bettwäsche, das Bettzeug des Winters musste zum Lüften auf die Leinen, denn die Sommer waren warm und beständig und selten überraschte uns ein Gewitter, das sich meist durch verdunkelnde Wolken ankündigte.

Kaffee und Kuchen oder Marmeladenbrote gab es hier in dieser Gegend, bevor die Arbeit wieder aufgenommen wurde, bis um ca. 19.00 abends. Wir Kinder liefen herum, spielten, wo wir wollten und keiner kontrollierte uns. Und wehe, wenn wir abends nicht pünktlich vor dem Essen zurück waren, gewaschen und etwas gesäubert, um am Tisch Platz zu nehmen: Wir mussten unser Abendessen dann in der nahen Waschküche unterhalb der Wohnküche einnehmen, was ich dann manchmal in der benachbarten Toilette entsorgen konnte. Wie sehr sich Menschen allerorten anstrengten zu leben, mochten ihre Tage noch so hart, ihre Lebensumstände noch so ungünstig sein, konnte man auch hier bewundern.

Die Familie meiner Mutter, als achtes von neun Kindern im Juni 1926 geboren, wohnte hier schon seit Jahrhunderten auf einem Bauernhof. Meine Mutter Sophia war fünfzehn Minuten älter als ihre Schwester Franziska, die auch die Schwächere von beiden war. Mutters fuchsig-rote Haare haben meine drei Schwestern geerbt ebenso wie ihre kräftigere Figur, mit der meine drei Schwestern mit periodischem Erfolg – von Zeit zu Zeit – zu kämpfen haben. Ihre Mutter Sophia schaffte es körperlich nicht, sich um die zweieiigen Zwillinge gleichzeitig zu kümmern, weshalb meine Mutter bereits mit knapp einem Jahr zur ‚Dorfmama' Maria kam, zur jüngeren Schwester der Mutter, die bereits Witwe war und eine kleine Tochter namens Gertrud hatte. Aufgrund des frühen Todes ihres Mannes bewohnten sie dieses große und schöne Haus nur noch zu zweit, mit täglichen Logis- und Verkostungsgästen. Ich habe mich irgendwann im Studium gefragt, wie unsere Großtante Maria, die wir später ‚Oma' nannten, dieses Haus halten – also finanzieren – konnte. Die Antwort liegt in der großen Inflation von 1914–23: In Relation zu 1914 hatte die Reichsmark bereits 1919 im Vergleich zum Dollar 52 % an Wert verloren, sodass die Kredite für das Haus durch die weiter anhaltende Inflation getilgt werden konnten; Immobilienbesitzer haben relativ billig ihre Kredite aus der Vorkriegszeit abbezahlen können, wenn sie ein Einkommen hatten wie „Omas" Mann Heinrich als Handwerksmeister. Da ihre einzige Tochter noch vor dem 2. Weltkrieg als Ordensfrau in ein benachbartes Kloster als „Schwester Maria-Firma" eintrat, begab sich unsere Mutter in die Obhut ihrer Tante, um diese zu unterstützen. Dieses Haus ist auch das meiner Kindheit, nur dass es von meinem Vater kurz vor seinem Tode derart umgebaut und modernisiert wurde, dass seine ursprüngliche architektonische Besonderheit nicht mehr wiederzuerkennen war.

Die jüngste Schwester meiner Oma Sophia, meine Großtante Gertrud, war sehr ehrgeizig, hat gegen den Willen ihres Vaters die Aufnahmeprüfung zur „Präparandie" im Rheinland geschafft und ist 1914 „Juffer" geworden, also Volksschullehrerin – kurz vor dem deutschen Überfall auf das neutrale Belgien, dem eigentlichen Beginn des 1. Weltkrieges. Wie alle preußischen Volksschullehrerinnen so galt auch für Großtante Gertrud das „Lehrerinnenzölibat". Es wurde zwar kurzzeitig nach dem 1. Weltkrieg aufgehoben, dann aber 1923 wieder eingeführt. Unabhängig von ihrem geringeren Verdienst im Vergleich zu den männlichen Kollegen mussten sie zusätzlich eine „Ledigen-Steuer" bezahlen – eine zehnprozentige höhere Lohnsteuer. Erst 1951 wurde dieses „Zölibat" aufgehoben. Trotzdem war unsere Großtante für uns immer eine sparsame, aber vermögende Frau, da sie vor allem ihre Schwester Maria und meine Eltern ohne viel Aufheben unterstützte. Ihr gelang es auch in einem Familienstammbaum, unsere Jahrhunderte alte Familientradition mütterlicherseits in dieser Region nachzuweisen. Diese genetische, mentale Verbundenheit mit Ort und Region habe ich erst viel später und mit dem räumlichen Abstand begriffen. „Datt is de Ölste von Ossenduops Söphken“[1], sagten die Leute, wenn jemand nicht wusste, wer ich bin, auch wenn meine Mutter schon lange nicht mehr Ostendorf hieß, sondern Lippermann wie unser Vater.

Mein Vater stammt von einem Bauernhof nahe der Lippe im Südosten des Münsterlandes. Seine Vorfahren sind nach den Napoleonischen Kriegen aus dem nordwestlichen Münsterland ausgewandert und haben sich dort als freie Bauern niedergelassen. Das alte, noch bestehende geräumige Fachwerkhaus mit rotem Backstein als Gefache zeugt von ihrer erfolgreichen Ansiedelung. Als Kinder haben wir hier gelegentlich ein paar Tage unserer Ferien verbracht – eher zu unserem Leidwesen.

Zu unserer Freude trug die nahe Lippe bei, wo wir unbeaufsichtigt spielen konnten. Franz Lippermann wurde hier als sechstes und jüngstes Kind im Dezember 1915 geboren. Er machte vor Ort eine Gärtnerlehre und wurde bereits am 1. Oktober 1935 in die neu geschaffene Wehrmacht für ein Jahr eingezogen. Die Nazis hatten 1935 völkerrechtswidrig und damit gegen die Bestimmungen des den Versailler Vertrages Vertrag die Allgemeine Wehrpflicht wieder eingeführt, ohne nennenswerten Widerstand der Alliierten. Allerdings musste mein Vater vor dem Wehrdienst einen halbjährigen Arbeitsdienst verrichten. Er wurde nach Ostpreußen geschickt und fand selbst dreißig Jahre später die soziale Lage der Landbevölkerung noch derart rückständig, dass er mir als heranwachsender Junge, der schon damals sehr an Geschichte interessiert war, vom „ius primae noctis“[2] berichtete, das in den 30er Jahren noch immer in manchen Regionen Ostpreußens ausgeübt wurde. Manchmal erzähle ich heute noch meinen Schülern in den Geschichtsstunden davon – wenn's passt. Bevor mein Vater zwei Jahre nach dem Wehrdienst zum Kriegsdienst eingezogen wurde, hatte er in Oldenburg /Olbg. erfolgreich seine Meisterprüfung

1 Das ist der Älteste von Ostendorfs Sophia.

2 Das „Recht der ersten Nacht“, ein mittelalterliches Privileg der Grundbesitzer, mit der jeweiligen Magd auf ihrem Hof die erste Hochzeitsnacht zu verbringen.

als Gärtnermeister abgelegt. Wenn er ein paar Tage frei und Zeit hatte, fuhr er – so erzählte er mir später stolz – mit dem Rad die ca. 200 km nach Hause, wofür er einen ganzen Tag benötigte. Mit 175 cm und von hagerer Figur war er äußerlich eher ein Kontrast zu meiner fast gleich großen Mutter. Rinkelner sagten später häufig zu ihm: „Franz, do moss mier iäten, do häss nix totosätten.[3]" Von seinen Kriegserlebnissen erfuhr ich nichts, und auch meine Mutter war nicht bereit, mir davon das zu erzählen, was sie wusste. Seine schweren Kriegsverletzungen führten dazu, dass er das letzte Kriegsjahr in Lazaretten verbrachte, sodass er nicht in Gefangenschaft geriet. Als Kinder trauten wir uns nie, unseren Vater nach den Umständen und Ursachen dieser sichtbaren Verletzungen im Gesicht und dem linken Oberarm mit steifer linker Hand zu fragen. Als Gärtnermeister bereiteten ihm diese immer wieder Probleme, da er zum Beispiel beim Schubkarrefahren zweihändig agieren musste, was nur die rechte Hand vermochte, mit der er greifen konnte. Schon von klein an waren wir an den Anblick gewöhnt, dass er in diesen Situationen einen Gurt mit zwei Schlaufen um die Schultern trug und beide Schlaufen am Ende um die Griffe der Schubkarre befestigte. Dies war nur eine sichtbare von vielen täglichen Erschwernissen, über die wir niemals Klagen hörten oder welche Anlass boten für Kunden oder seine Mitarbeiter, ihm helfend zur Seite zu springen. Als seine erwachsenen Kinder hätten wir sicherlich nachgefragt, aber da war unser Vater bereits verstorben.

Der Bauernhof unserer Vorfahren mütterlicherseits liegt bis heute in der Ost-Bauernschaft, typisch für dieses Münsterland, das rund um seine Provinzhauptstadt Münster aus vielen kleineren Städten und einer großen Zahl solcher Dörfer besteht, die wiederum um sich herum die Bauernschaften haben. In der Mitte einer jeden Gemeinde ist eine katholische Kirche, da die Reformation hier keinen Fuß fassen konnte. Wenn man ins Münsterland reisen will, und man nimmt nicht die BAB 1, muss man bis heute – egal aus welcher Himmelsrichtung man kommt – ein Mittelgebirge überqueren: Im Norden und Nordosten ist es der Teutoburger Wald, vom Osten kommend ist es das Egge Gebirge und im Süden liegt der Haarstrang und südlich davon schließt sich das Sauerland

3 „Franz, du musst mehr essen, du hast nichts zuzusetzen."

an. Die A 1 wurde erst 1968 endgültig bis Dortmund fertig gestellt und sie zieht sich wie eine Tangente quer durch das Münsterland, verbindet so die nördlichen Hansestädte mit dem Ruhrgebiet, das sich im Südwesten des Münsterlandes anschließt. Egal, wo man von ihr abfährt, hat man vor sich eine flache Kulturlandschaft, die bäuerlich-ländlich geprägt ist. Mit zu zwei Dritteln ausgebreiteten Armen öffnet sich dieses Münsterland geografisch nach Westen hin in Richtung Holland; kaum verwunderlich ist es deshalb, dass die traditionelle Sprache in den Formen des Münsterländer Platt oder des Westmünsterländer Sandplatt der holländischen sehr ähnelt. Im Gegensatz zu diesen Nachbarn blieben die Münsterländer aber sesshafter, erdverbundener und die Öffnung nach Westen täuscht, denn ihre Grundstimmung findet sich häufig in dem Ausspruch: „Ach, do to sächste biäter nix."[4] Sie gelten allgemein als humorlos, auch wenn sie sicherlich gern lachen wie auch viele andere Menschen, aber die benachbarte rheinische Frohnatur ist ihnen zutiefst suspekt.

Carl Améry hat in seiner fundamentalen Kritik am Katholizismus das Wertesystem hervorgehoben, welches sich in den Klein- und Mittelstädten sowie im Dorf auf den Begriff „Anstand" reduzieren lässt: Zuverlässigkeit bei der Arbeit – Pünktlichkeit – Ehrlichkeit – Sauberkeit – Arbeitsamkeit: Dies alles sind positive Werte, nur dass sie unausgesprochen erwartet und als Folge von der Gemeinschaft sanktioniert werden, wenn jemand dagegen verstößt. Wir als Kinder wussten sofort, wenn wir etwas Unanständiges getan oder gesagt hatten: „Datt sächst over döist do nich no mool"[5], wurde uns dann mit dem Zeigefinger gedroht. So etwas *sagte* man nicht, darüber *sprach* man nicht, das *denkt* man nicht einmal – und wenn, dann musste man es beichten, und schwupps – war man sein schlechtes Gewissen wieder los. Selbstverständlich *tat* man das – schon gar nicht. Die soziale Kontrolle ist die Grundlage ihres Gemeinschaftslebens und daraus ausscheren bedeutet Ausschluss. Allzu viel Worte machen sie sowieso nicht gerne, sodass sie oft nur schweigend zusammensitzen, bis dann plötzlich jemand in die Stille hinein sagt:

„Jau, dann hör ik et jawoll"[6] und all nicken.

4 „Ach, dazu sagst du besser nichts."
5 „Das sagst oder tust du nicht noch einmal."
6 „Ja, dann hör ich es jawohl."

Sie sind eigenwillig bis zur Engstirnigkeit und jeder Veränderung stemmen sie sich entgegen. „Gott hölpe di – Gott loune“[7], ist ihre alte Begrüßungsformel, wobei ich bis heute das gutturale Ch für das G im Ohr habe – der hebräischen Aussprache nicht unähnlich. Aber Juden hatten sich über die Jahrhunderte bis ins Münsterland kaum verirrt, außer einige in Münster, die aber auch immer wieder ins Umland vertrieben wurden; Viehhändler wie die Familie von Hugo Spiegel bildeten das Rückgrat jüdischen Lebens – bis zum Holocaust.

Gott hatten diese Münsterländer Tag und Nacht auf den Lippen. Wenn man durch das Münsterland reist, begegnet man ihm fast an jeder Ecke in Form von Wegekreuzen, Prozessionsaltären, kleinen Kapellen oder Bilderstöcken am Wegesrand. Einen besonderen Schwerpunkt des kirchlichen Jahres bildete die jährliche Wallfahrt nach Telgte, entlang der alten steinernen Kreuzwegstationen, die Jesu Leidensweg versinnbildlichen. Mit knapp dreizehn Jahren war ich stolz darauf, wieder ins Dorf aus Telgte zurückzukommen. Am Rande des Prozessionsweges standen die gläubigen Daheimgebliebenen und ich höre bis heute meine Mutter laut und nicht minder stolz zu ihrer Umgebung sagen: „Kiek äs, unse Peter löpp äs n oller.“[8] Noch drei weitere Jahre nahm ich als Messdiener an diesen Prozessionen teil und musste zwischendurch das Kreuz tragen. Danach war Schluss – der endgültige Bruch mit dem Dorf und seinen Be-

7 „Gott helfe dir – Gott lohne es.“
8 „Schaut mal, er läuft bereits wie ein Alter.“

wohnern. Dass ich diese Aversion auf die gesamte Region „Münsterland“ übertragen habe, wird mir erst hier und jetzt bewusst. Meine Vorliebe für Berge und Gebirge scheint mit der Ablehnung des platten Münsterlandes zu tun zu haben, da viele Menschen einen Heimatbezug – oder das Gegenteil – mit geografischen Merkmalen aus ihrer Kindheit verbinden.

Dieses Gefühl von *Heimat* haben die Menschen in meiner Heimat mir und meinen Geschwistern zutiefst mit ihrem Verhalten nach dem Tod unseres Vaters genommen, was uns erst mit zunehmendem Altere bewusster wurde. Man erinnert sich seiner Wurzeln. Nur – wenn man diese verloren hat, wachsen selten neue.

Das Hupen eines vorbeirauschenden Treckers bringt mich in die Gegenwart zurück.

Langsam mache ich wieder auf den Weg zu meinem Elternhaus, das mein Bruder Kurt und seine Frau Anita gerade verkauft haben, nachdem sie dort über 12 Jahre gelebt und drei Kinder bekommen haben. Die Einladung meines Bruders Kurt zu diesem Treffen von allen sechs Geschwistern in unserem ehemaligen Elternhaus hat mich überrascht, aber nicht so sehr, als dass ich nicht sofort und spontan zugesagt hätte, ohne weiter über meine Motive oder die meines Bruders nachzudenken. Ich werde mich offen und gesprächsbereit zeigen, denke ich.

Nur sehr schemenhaft tauchen die Bilder von Kurt und Anitas Hochzeit 1984 vor meinem Auge auf: Alles verdrängt, denke ich dabei, typisch. Den erneuten Umbau unseres Elternhauses konnte ich ihnen nur schwer verzeihen. Was war aus der wunderschönen großen Wohnküche mit den dunkelroten Deckenbalken und der ebensolchen Vertäfelung dazwischen geworden? Die alten Bodenfliesen mussten weichen und das einzige große Fenster zum Hof verschwand, da die Küche durch eine Mauer in der Mitte aufgeteilt wurde, sodass fort hin dieser Raum nur noch als *Bunker* bezeichnet wurde. Immerhin hatten sie dafür eine Terrasse an das angrenzende Wohnzimmer gebaut mit einem Durchbruch zum Innenhof, alles so praktisch. Und praktisch ist auch das bezeichnende Wort für meine neue Schwägerin. Sie ist oft zu bunt, richtet alles sehr praktisch ein ohne Gespür für Tradition. Auch die Hochzeit war eine sehr praktische Feier in diesem Hause, nachdem die offizielle in Münster stattgefunden hatte. Unser örtlicher katholischer Herr Pfarrer verweigerte ihnen eine ökumenische Trauung, da Anita evangelisch ist. Man stelle sich vor – evangelisch im katholischen Rinkeln, wo nur die Zugewanderten nach dem 2. Weltkrieg evangelisch waren. Und nun auch noch die neue Frau Lippermann. Schlechte Vorzeichen, ganz schlechte. Zur Trauung in Münster reisten wir alle fünf mit oder ohne Partner an. Es löst inneres Kopfschütteln bei mir aus, wenn ich an diese Trauung denke, an den Zirkus, den die teilnehmenden Rinkelner veranstalteten, um ja keinen Jota ihrer katholischen Identität aufgeben zu müssen. Wehende Fahnen vom Kolping bis zum katholischen Sportverein mussten in dieser evangelisch-schlichten Münsteraner Kirche im Stadtteil St. Mauritz wieder vom Altar entfernt werden – ein Eklat stand bevor. Anita weinte, ihre Mutter und Großmutter ebenso, aber sie alle vielleicht eher, weil einige Zeit zuvor Anitas Vater plötzlich und unter nie geklärten Umständen verstorben war, sein Weinhandel hatte pleitegemacht. Ob das der einzige Grund war, habe ich nie erfahren – ein Tabu, was niemals angetastet wurde.

Mit dieser ambivalenten Stimmung fuhren wir danach alle nach Rinkeln, eine Feier auf dem Saale war zu teuer nach dem Umbau des Hauses. Bis zur Verlobungsfeier hatte Tante Franziska hier das Zepter geschwungen, war auf die Gegnerschaft Anitas gestoßen, bittere Tränen flossen bei Tochter, Mutter und Großmutter – und Tante Franziska gab nach, musste und wollte ausziehen und die Geschäfts- und Verkaufsräume wurden modernisiert. Mit viel Elan sind die beiden neu gestartet, haben später noch ein neues Geschäftshaus gebaut und uns alle in Staunen versetzt. Am Ende sind beide an sich selbst, aber auch an noch fortbestehenden Lebensumständen im heutigen Rinkeln gescheitert. Mein Bruder hat geackert und geschuftet, aber auch die weniger ausgeprägte Geschäftsfähigkeit meines Vaters Franz fortgesetzt, nur dass die 50er und 60er Jahre noch eine andere soziale Bindung der Bewohner an ihr Dorf aufwiesen, sodass die benachbarte Stadt noch keine ernsthafte Konkurrenz für das Überleben unserer Gärtnerei darstellte. Außerdem war mein Vater – anders als mein Bruder – stärker sozial tonangebend in einem Dorf, das noch auf klaren sozialen Strukturen beruhte, sodass das Kaufen bei uns zu einer

Art gesellschaftlichen Pflicht, zu einem Sich-Treffen und Gesehen-Werden wurde. Sozial integriert war mein Bruder durch den Fußball, den er seit seinem 6. Lebensjahr auf dem nahen Sportplatz ausübte.

Außerdem kommt meine Schwägerin Anita aus der Großstadt Münster, und ihre nicht besonders ausgeprägte Empathie hat sie lange erfolgreich durch ihren Geschäftssinn ausgleichen können – bis zu jenem Zeitpunkt, an dem alles aufflog.

Ende der 60er, Anfang der 70er Jahre hatte auch in Rinkeln die Moderne Einzug gehalten und es wurden die ersten Neubaugebiete erschlossen, wodurch auch die ersten Auswärtigen zuzogen.

Denn bis dahin waren die einzigen Neuankömmlinge im Dorf die Geflüchteten und Vertriebenen nach dem 2. Weltkrieg gewesen, die in sogenannten Ruckzuck-Bauten, also Wellblech-Behausungen, am Dorfrand Unterkunft fanden. Die meisten schafften es mit harter Arbeit zu ihren kleinen Häuschen alle hintereinander in einer Ortsausfahrtstraße, kaum integriert, da sie alle evangelisch und Arbeiter waren. Andere zogen ins Ruhrgebiet, weil sie nur dort Arbeit fanden, so wie die Familie Kaminsky, die als Flüchtlinge über zehn Jahre bei uns gewohnt hat.

Als Kinder durften wir nicht mit ihren Kindern spielen und sogar ihr Friedhof wurde durch eine 120 cm hohe Mauer vom katholischen Friedhof getrennt. Pech für sie, dachten ihre katholischen Mitbürger, dass sie diese gesamte Mauer umrunden mussten, wenn sie für die Gräber ihrer evangelischen Verstorbenen an das Wasser des einzigen Brunnens gelangen wollten, der sich auf dem angrenzenden katholischen Friedhof befand.

Bis zu ihrem Zuzug wusste jeder Dorfbewohner über jeden Bescheid, über seine Herkunft und vor allem darüber, wer in den letzten Generationen wen geheiratet hatte auch aus den katholischen Nachbargemeinden; das Wissen über Verwandtschaftsverhältnisse der letzten drei bis vier Generationen war eine Selbstverständlichkeit bei Männern und Frauen in diesem Dorf, manchmal eher hinter „vorgehaltener Hand“, wenn Ehen nicht freiwillig zustande kamen. Ein ausgeprägtes Empfinden für das alt hergebrachte Sozialgefüge bestimmte das Leben von uns Kindern, wobei die sozialen Veränderungen auch an Rinkeln nicht vorbeigingen. Bis weit in die 60er Jahre wusste jede Rinkelnerin und jeder Rinkelner, in welche soziale Schicht man sich einzuordnen hatte und niemand muckte dagegen auf.

Die Tatsache, dass sowohl meine ältere Schwester als auch ich auf das städtische Jungen- bzw. Mädchengymnasium gingen, bedeutete ein Bruch mit den bisherigen Gewohnheiten, dass Bildung auf städtische Akademikerkinder und auf solche aus dem wohlhabenden Bürgertum beschränkt blieb; wir beide haben dies lange in unseren beiden Gymnasien durch Ausgrenzung seitens der Mitschüler und Herabsetzung durch die Lehrer bzw. Lehrerinnen zu spüren bekommen.

Während ich mich langsam und ohne jegliche Eile Rinkeln nähere, höre ich schon die Kirchenglocken läuten: Irgendein wichtiges kirchliches Ereignis wird dadurch angekündigt, sodass sich auch im gesamten Umkreis keiner dem entziehen kann. Bei meinem ersten Urlaub in Südtirol im Meraner Land im vorigen Jahr kamen dauernde Erinnerungen hoch an dieses Zuhause meiner Kindheit, da das alles übertönende Glockengeläut und die vielen Turmuhren mich nicht mehr losließen, was zu den ersten schriftlichen Notizen führte. Seit frühester Kindheit sind die Kirchenglocken und die viertelstündig schlagende Turmuhr substantieller Bestandteil meiner akustischen Erinnerung.

Bei diesen Tönen muss ich plötzlich laut lachen, als ich an den gemeinsamen Leserbrief meines Cousins Paul an die katholische Kirchenzeitung in Münster denken muss. Wir waren beide zwischen 15 bis 16 Jahre alt und unsere Väter gehörten zu den Männern im Dorf, auf deren Meinung Wert gelegt wurde, da der eine (Onkel Josef) als Bürgermeister die politischen und finanziellen Entscheidungen für alle Bürger im Wesentlichen traf und der andere (mein Vater Franz) im Kirchenvorstand über die finanziellen Ausgaben und Investitionen der katholischen Kirche im Dorf wachte.

Den beiden städtischen Gymnasiasten Paul und mir war es mittlerweile Sonntag morgens mit dem Kirchengeläut zur 8 Uhr-Messe zu nervig geworden, da dies unseren Schlaf stören würde, so unsere Formulierung im besagten Leserbrief. Da die Kirchenzeitung das Hauptsonntagsblatt in allen Haushalten war, bedeutete dies eine bewusste Provokation. Die vernichtende Strafpredigt des Dorfpfarrers Brinkmann am darauffolgenden Sonntag in der Messe ließ nicht lange auf sich warten – und ebenso eine gehörige Standpauke unserer Väter, die sich um ihr Ansehen sorgten. Es hat uns beiden trotzdem großen Spaß bereitet zu sehen, wie manche Bürger uns in der Folgezeit strafend anschauten oder sogar ansprachen: „Watt häste di dobi bloß dacht?“[9], fragten sie mich in ihrem Plattdeutsch, wenn wir mal in Dorf auftauchten, was kaum noch geschah, zumal wir auch beide mit langen Haaren und anderen Protestinsignien unsere anti-bürgerliche Haltung nach außen hin trugen. Ich hatte auf meiner alten Bundeswehrtasche natürlich das Antikriegszeichen gemalt und trug das wunderschöne blaue Mutterverdienstkreuz meiner Großmutter Sophia um den Hals. Sie wagten es nicht, uns härter anzugehen als die beiden Ältesten von Franz Lippermann und Josef Ostendorf. Dies war auch meine erste, offene Rebellion gegen die ungeschriebenen Regeln der Dorfgemeinschaft; denn als unumstößlich konnte ich sie damals noch nicht empfinden, da dies eine räumliche und zeitliche Distanz erfordert, wie ich sie heute habe. Der offene Bruch erfolgte aber nur etwa ein Jahr später.

Schon von Weitem kann man den Turm der Dorfkirche sehen, egal aus welcher Himmelsrichtung man sich Rinkeln nähert. Die 1830 neu errichtete Kirche im Stil des Neoklassizismus hat die alte, durch Sturmschäden zerstörte ersetzt; sie liegt auf einer leichten Anhöhe. Rund um diese Kirche sind einige Bürgerhäuser und natürlich eine Dorfgaststätte, auf die gleich beim Hinterausgang zugesteuert wurde, besonders gerne beim jährlichen „Stephanus-Steinigen“ durch den weit verbreiteten Steinhäger-Schnaps am 2. Weihnachtstag, dem Namenstag des Patrons. Auch sie ist längst geschlossen, und es ist nur noch eine Gaststätte mit Restaurant übriggeblieben – wie fast überall auf dem Lande.

9 „Was hast du dir dabei bloß gedacht?“

Das Kopfsteinpflaster auf der einen Hälfte der Umrundung des eigentlichen Dorfkerns hat immer wieder – laut Erzählungen und Gerüchten – hochschwangere Frauen dazu verleitet, mit dem Rad diesen Ortskern zu umrunden, wenn sie die Nase von der Schwangerschaft voll hatten, um so Geburtswehen einzuleiten. Ich selbst sehe noch Drostens Gerda wackelig auf ihrem alten Drahtesel, was mich erst auf die Idee gebracht hat, meine Mutter danach zu fragen, denn sonst hätten wir als Kinder oder als Jugendliche davon nichts erfahren. Sexualität und Geburt waren keine Themen für uns. Gerda Drostens 1. Versuch war allerdings noch nicht von Erfolg gekrönt, sodass sie noch mindestens zwei weitere Versuche der Dorfumrundung unternehmen musste, bevor das schrille Martinshorn eines Krankenwagens die nahe Geburt ihres ersten Sohnes Martin im städtischen Krankenhaus allen Dorfbewohnern ankündigte, da dieser mit Geheule durch das Dorf fuhr in Richtung Stadt. Nach dieser erfolgreichen Wehen-Einleitung nahmen die Fahrradfahrten hoch schwangerer Frauen um die Dorfkirche zu.

Unser Haus liegt an einer der vier Ortsausgangsstraßen, sodass wir als Jugendliche leicht per Anhalter in die Stadt trampen konnten – unter elterlicher Aufsicht, bei wem wir einstiegen. Diese Ausfahrt aus dem Dorfkern war bis in Ende der 70er Jahre eine romantische, von Linden und einem breiten Fußweg auf unserer Seite gesäumte Straße, die wir als teils als Pächter, teils als Besitzer des anliegenden Grundstückes jedes Wochenende in der gesamten Länge fegen und den Weg harken mussten. Der pensionierte Lehrer Herr Windmöller hat viele Schwarz-Weiß-Fotos hinterlassen, einige davon hat er meinen Eltern geschenkt; darauf stehen wir Kinder um einen großen selbst gefertigten Laubwagen mit zwei großen Gummirädern und einer langen Achse, um ihn ziehen zu können. Als Kinder waren wir im Herbst mit dem Laubeinholen beschäftigt, als Heranwachsende durften wir das wöchentliche „Straßefegen" dann auch allein erledigen – nicht nur zu unserer Freude. Nun ist dieser Weg aus dem Dorf heraus eine breite, autogerechte Straße geworden, an der sich auch unsere alte Molkerei noch breit und mächtig erhebt im passenden milchweißen Klinkerbau. Der Landhandel schließt sich ihr an, was durchaus nahe liegend erscheint, da die Landwirte der Umgebung als Teilhaber und Zulieferer beider Betriebe die Basis bilden. Bevor ich abbiege, um auf unser Grundstück zu gelangen, halte ich kurz an: Da oben ist das kleine Fenster zu dem Zimmer mit Waschbecken, das ich für fünf Monate während des Umbaus unseres Elternhauses bewohnt habe, meine ersten Schritte in die Unabhängigkeit.

2. Kapitel
Die Ankunft

Vor dem Geschäft parkt noch ein Auto, sodass ich um das Haus herum auf dem Hof parken muss.

Von der Rückseite hat sich mein Elternhaus am meisten verändert durch den Anbau einer größeren Terrasse, die sich an das Wohnzimmer anschließt und von der man in den Hof gehen kann. Der holländische Klinker mit den schmalen Riemchen lässt den großen Bau mit ca. 260 m^2 Wohnfläche relativ gefällig wirken. In der Mitte hat unser Vater damals einen Sichtbetonstreifen um das gesamte Haus laufen lassen, der das Erd- vom 1. Obergeschoss trennt. Denn dieses ist beim 1. großen Umbau völlig abgerissen und durch ein neues ersetzt worden, gekrönt durch ein stumpf-winkeliges Dach aus grauen Eternitplatten. Am alten Anbau, der schon 1920 rechtwinkelig an das Haupthaus angebaut wurde, in dem sich Waschküche und die alte Tenne befinden, hat sich nichts verändert, außer dass die Weinreben mit dem sie stützenden Lattengerüst entfernt worden sind. Die nach und nach von meinen Eltern errichteten großen gläsernen Gewächshäuser stellen eine rechteckige Begrenzung des Innenhofes dar, in den man mit einem Fahrzeug nur von einer Seite gelangt. Sie sind im Sommer von außen mit weißer Farbe gegen die Sonneneinstrahlung getüncht, die Dachfenster werden von innen automatisch beschattet durch große helle Tuchballen. In der Mitte des Innenhofes war ein tiefer Brunnen, der grau einen Meter aus dem Boden ragte, einst unsere Hauswasserversorgung. Hier hatte unsere „Oma“ mit Buchsbaum eingefasste Gemüse- und Blumenbeete angelegt, in Erinnerung an ihren Bauerngarten auf dem elterlichen Hof in der Ostbauernschaft und gleichzeitig Grundlage für ihre eigene Versorgung und die ihrer Logis-Gäste. Streng achtete sie darauf, dass wir ja nicht die Wege verließen bei unseren Spielen. Anfang der 60er Jahre musste all das dem Auf- und Ausbau einer Gärtnerei weichen, denn einen Garten braucht eine Gärtnerei nicht, da Blumen, Pflanzen und Gemüse Teil des Verkaufes darstellen. An die örtliche Wasserversorgung wurden wir als Dorfrandbewohner erst Mitte der 60er Jahre angeschlossen; endlich hatten wir fließendes warmes und kaltes Wasser und das morgendliche Waschen mit kaltem Wasser unten in der Waschküche im weißen Steingut-Becken hatte ein Ende. Den behaarten, hageren Oberkörper meines Vaters habe ich ab da nicht mehr zu sehen bekommen.

Kurt, der Hausherr

Was hat mich eigentlich geritten, meine fünf Geschwister in dieses fast leere Haus einzuladen? Geschwisterliebe ist es nicht, eher ein Rest von Verantwortung unseren toten Eltern gegenüber. Immerhin haben alle fünf auf ihr Erbe verzichtet, na ja – Joachim nicht ganz. Und nun mache ich als Letzter die Tür zu. Zwölf Jahre waren dieses Haus und seine Umgebung mit Gärtnerei mein und unser Zuhause. Nach dem Auszug von Franzi und Joa blieben Anita und ich plötzlich in diesem großen Haus unter uns. Wir hatten so viele Ideen, was wir verändern wollten, und haben auch viele davon umgesetzt: eine endlose Schufterei, aber auch viel Freude und Spaß, weil wir es gemeinsam stemmten. Nun ist dieses Gemeinsame bereits seit fast zwei Jahren Geschichte. Irgendwann besuchte Anita immer häufiger ihre Mutter in Münster, blieb auch dort schon mal über Nacht – und die Spannungen zwischen uns wuchsen. Aus und vorbei. Unsere drei Kinder haben erkennbar unter unseren Streitereien gelitten, oft geweint – und ich konnte nichts machen. Aber unsere finanziellen und materiellen eigenen Investitionen wollte ich zumindest für uns retten – also zwölf Jahre durchhalten, wie es unser Erbschaftsvertrag vorsah: das Geschäft und die Gärtnerei zwölf Jahre zur Grundlage meiner Existenz machen, dann war all das meins, inklusive der Brookgärten unten am Fluss.

Mal schauen, wie meine Geschwister sich dazu äußern, mir Vorwürfe machen, nichts vom Verkaufsgeld abbekommen zu haben: Ich bin gewappnet.

Vielleicht ist auch genau dies meine Motivation, alle fünf zum ersten Mal komplett hierher eingeladen zu haben: Ich starte in ein neues Leben und möchte meine Beziehung zu ihnen wieder aufleben lassen, aber auch testen, ob alte Geschwistergefühle noch vorhanden sind, auch wenn diese sehr verschieden unter uns verteilt waren. Meine Liebe zu Anita ist erloschen, meine große Liebe zu meinen drei Kindern wird niemals enden; vielleicht finden wir sechs ja einen Weg wieder zueinander?

Beim Aussteigen kommt mir mein Bruder Kurt bereits entgegen. Alt ist er geworden, denke ich, er geht bedächtiger und etwas gebückter und seine besonders im Sommer hell-blonden Haare sind stumpf, seine dazu passenden blauen Augen strahlen nicht mehr wie früher. Seine relativ massige, muskulöse Figur, von der schweren Arbeit gekennzeichnet, ist deutlich schmaler geworden, sodass seine kurzen, abgeschnittenen graublauen Hosen viel zu ‚bollerig' wirken. Aber immerhin hat er zur Feier unseres Besuches ein kurzärmeliges, weißes Hemd angezogen.

„Hallo Pete", sagt er und umarmt mich wie selbstverständlich. Dabei hatte sich eine Umarmung unter uns Geschwistern erst langsam durchgesetzt während der letzten 20 Jahre, parallel zur sich entwickelnden neuen Begrüßung mit Umarmung im Freundeskreis, die in Deutschland bei der jüngeren Generation – wozu wir sechs uns (noch) zählten – Usus wurde.

„Wie lange haben wir uns nicht mehr gesehen?"

„Über ein Jahr, und ich sehe, dass in der Zeit viel passiert ist. Wie geht's dir denn?"

„Ich bin froh, dass endlich klare Verhältnisse geschaffen wurden. Anita und ich konnten schon lange nicht mehr zusammenleben, und die Kinder mussten darunter leiden, auch wenn sie dies nie geäußert haben."

„Wann sind sie denn ausgezogen?"

„Am letzten Wochenende. Sie bewohnen jetzt ein Reihenhaus mit kleinem Garten in der Stadt, was für ihren Schulbesuch auch einfacher ist. Ihre Sportvereine haben sie weiterhin hier im Dorf, aber auch das wird sich wohl bald ändern."

Aber darin täuschte sich mein Bruder.

Mit meiner Tasche über der Schulter gehen wir ins Haus. Trotz der sommerlichen Wärme strömt es Kälte aus und ich erinnere mich schlagartig, dass die dicken Mauern des 1912 gebauten Hauses im Erdgeschoss immer schon für Kühle gesorgt haben. Aber es ist nicht nur die Temperatur, sondern auch ein körperliches Schaudern, was mich ergreift beim Betreten meines Elternhauses. Alle Teppiche und Vorhänge sind bereits entfernt und ich sehe nur noch wenige, alte Möbel, die mir bekannt vorkommen, wie die große, dunkele Runddeckeltruhe unserer Großtante Maria von 1707, die sie unter anderem zur Hochzeit als Aussteuer mitbekommen hat.

Es ist mein und unser letzter Aufenthalt hier. Seit mein Bruder und seine Frau hier eingezogen sind, habe ich hier nicht mehr übernachtet. Und da ist es wieder, mein flaues Magengefühl.

„Ist was mit dir? Fühlst du dich nicht gut?"

Ich wiegele ab und setzte meine Tasche im Eingangsflur ab.

„Bin ich der Erste?"

„Nein, Anne ist oben und bezieht ihr Zimmer."

Annegret, meine ältere Schwester und Widerpart in vielen häuslichen Konflikten, gleichzeitig aber auch mein familiärer Hauptbezugspunkt nach dem Tod unserer Eltern, hat mit 20 bereits das Dorf und Elternhaus verlassen und ist hier kaum noch aufgetaucht. Zu verletzend fand sie die jeweiligen Reaktionen von Nachbarn, Onkeln und Tanten, wenn sie aus dem Rheinland kommend vom Studium Pause machte und alte Kontakte aufleben lassen wollte. Freundlich wandte sie sich an vertraute Nachbarn ihrer Kindheit und Jugend, erzählte etwas von ihrem Leben, und auf Nachfragen wie

„Watt döiste denn? Wusste nich auk bolle hieroten?"[10], schwieg sie und lenkte ab.

Kaum war sie weg, beschwerten sich diese Menschen bei meiner Mutter über Annegrets Hochnäsigkeit, weil sie ein klares Hochdeutsch mit Endsilben aussprach. Das war für die meisten Plattdeutsch sprechenden Be-

10 „Was machst du denn? Willst du nicht auch schon bald heiraten?"

wohner zu überheblich. Sie erfuhr davon und – blieb weg. Nicht nur für sie war es eine schmerzhafte Erfahrung, wie der soziale Aufstieg einen einerseits befreit, andererseits aber auch vom Herkunftsmilieu entfremdet. Heimatlos geworden – suchen wir schon seit langem nach einer neuen Heimat.

Annegrets Heimweg

Ich verlasse mit sehr gemischten Gefühlen mein Zuhause nahe dem Unterbacher See. Schon länger ist der Düsseldorfer Raum meine neue Wahlheimat geworden, obwohl ich im Herzen immer noch eine Westfälin geblieben bin. Karneval war schon zu meiner Jugend überhaupt nicht mein Ding; die Fröhlichkeit empfand ich immer aufgesetzt – angestrengt – künstlich, auch wenn ich diese gemeinsame Fröhlichkeit vieler Menschen – besonders ohne Alkohol – durchaus schätze. Alkoholnebenwirkungen hatte ich genügend auf den jährlichen Schützenfesten im Münsterland kennen gelernt – und sie hatten mich mehr und mehr angewidert. Mir liegt die sachorientierte, konzentrierte Arbeit als Architektin und Bauleiterin, der oft Konflikt geladene Umgang mit Handwerkern, wenn sie zielgerichtet ist. Kreativität mit fassbaren Ergebnissen begeistert mich. Als Frau in diesem Gewerbe habe ich gelernt, mich durchsetzen zu müssen, nur durch Kompetenz. Und kaum etwas davon haben meine Geschwister in den vergangenen 20 Jahren mit mir geteilt, denn dafür waren unsere Begegnungen zu kurz und meist zu oberflächlich. Sicherlich hat der eine oder die andere mich gelegentlich hier besucht, wodurch unser emotionaler Faden nicht abgerissen ist. Aber wirkliche Gespräche über belastendes Vergangenes habe wir gemieden. Zwanzig Jahre sind wir allen Problemen aus dem Weg gegangen. Und jene Lücke wollen wir dieses Wochenende tatsächlich schließen? Da bin ich doch sehr skeptisch.

Ein Schreck durchzuckt meinen Körper, denn lautes Hupen erinnert mich daran, dass ich gefährlich weit von der rechten Spur auf der Autobahn abgekommen bin.

Die Verantwortung, welche meine Eltern mir für meine jüngeren Geschwister schon früh übertragen haben: „Du bist die Älteste und musst immer ein Auge auf deine kleineren Geschwister haben," konnte und kann ich bis heute nicht so einfach wegschieben – trotz verschiedener Therapien, sie sitzt noch bis tief in meinen Knochen. Wie viele Briefe hat Mama mir geschrieben, besonders nach Papas Tod? Wie viele davon habe ich mit schlechtem Gewissen zur Seite geschoben, oft überfordert mit dieser neuen Rolle, die unsere Mutter mir zugedacht hat. Wie sollte ich ihr helfen? Ich hatte doch genug mit mir und meinen neuen Herausforderungen zu tun. Außerdem war mein Vater viel eher mein Leitbild und meine Orientierung gewesen; er war der rationalere der beiden, mit dem ich reden konnte. Mit seinem Tod hatte ich nicht nur Orientierung und Halt verloren. Nun war es zu spät, nichts davon konnte ich ungeschehen machen. Ich musste mit diesem schlechten Gewissen weiterleben. Die Nähe zu meiner Mama habe ich wohl verpasst. Ohne es wirklich zu glauben, hoffe ich trotzdem, dass dieses Geschwister-Treffen einige Fragen beantwortet, mir etwas mehr Klarheit bringt in all diesen Zweifeln. Ich trage meine Vergangenheit täglich mit mir, lebe aber sehr gern in der Gegenwart, da diese mir täglich meine eigenen Fähigkeiten vor Augen führt – und auch meine Grenzen. Meine Ideen und Gedanken im Kopf werden zu Gebäuden, Häusern, in denen Menschen hoffentlich gern leben und arbeiten wollen.

Mein Heimweg ist eigentlich keiner, denke ich gerade beim ersten Verkehrsschild „Münster". Es weckt keinerlei Heimatgefühle, weil ich im Grunde genommen auch schon lange heimatlos geworden bin. So wie eine Ersatzfamilie zwar ein emotionales Nest sein kann, ist sie aber auch nur ein Ersatz für die Ursprungsfamilie, wenn diese Geborgenheit und Sicherheit gegeben hat – so wie die meine. Meine Eltern bereiteten mir gute Fundamente durch ihre Liebe, durch Förderung und Verlässlichkeit für mein Leben, wofür ich zutiefst dankbar bin. Auf der Suche nach einer Ersatzfamilie bin ich immer noch; vielleicht reden wir darüber.

Ich fahre von der BAB 1 in Münster ab und Richtung „alter Heimat". Wie geografisch eng dieses Münsterland ist, wie wohl geordnet die Bauernhöfe sind – pikobello, haben sie früher dazu gesagt. Wie sehr habe ich mich inzwischen von diesen Menschen und ihrem Leben entfernt? Das werde ich vielleicht etwas genauer herausfinden an diesem Geschwister-Wochenende.

Ich hatte auch meine Schwester lange nicht mehr gesehen und auch das Telefon ersetzt nicht den vertrauten persönlichen Kontakt. Sie kommt beschwingten Schrittes von oben die Treppe herunter, freut sich über meine Anwesenheit und wir umarmen uns herzlich. Ihre sonst so typischen Jeans hat sie ausgetauscht gegen gemusterte, weite Hosen mit engerem Bündchen in der Taille und eine weite, weiße Bluse hängt locker darüber.

„Warum hast du deine schönen langen roten Haare abgeschnitten?"

„Sie waren in meinem Beruf und als Baustellenleiterin zu unpraktisch; außerdem gefalle ich mir so viel besser," betont sie selbstbewusst. „Zudem ist irgendwann auch die Protestphase gegen den Zwang aus den 50er und 60er Jahren vorbei, als wir Mädchen die Haare zusammenbinden, hochstecken oder zu Zöpfen flechten mussten."

„Du hast Recht, denn ich habe meine langen Haare auch schon vor zwanzig Jahren abgeschnitten und modischen Trends angepasst, auch wenn ich keine Zöpfe als Kind tragen musste", füge ich schmunzelnd hinzu.

„Und warum hast du erkennbar abgenommen?", fragt sie mich direkt, typisch für sie.

Freudig erzählte ich ihr von meinen sportlichen Aktivitäten.

„Aber du warst doch nie besonders sportlich", bemerkt sie erstaunt und auch Kurt wundert sich.

„Tja, mein neuer Freund Frank macht mir etwas Feuer unter'm Hintern, ich muss mithalten, denn wie sehe ich sonst aus, wenn wir in die Disko gehen und diese Schar junger Männer mich keines Blickes mehr würdigt."

„Ahh, daher weht der Wind", schmunzelt Anne und Kurt klopft mir auf die Schulter. „Ich habe täglich so viel körperliche Bewegung, da brauche ich keine weiteren sportlichen Herausforderungen mehr."

„Und was ist mit dem Fußball, es gibt doch sicherlich eine ‚alte Herren-Liga' im Kreis oder?"

„Das letzte Jahr war zu zermürbend, ich hatte und habe oft keine Kraft mehr für irgendwelche Tätigkeiten neben der Arbeit. Schließlich muss ich jetzt Unterhalt zahlen, das Haus meiner Familie und eine eigene Wohnung, denn ich habe die Gärtnerei bereits verpachtet; ich ziehe hier auch weg und arbeite künftig als Meister in einem Betrieb nahe Osnabrück."

„Oh, wie toll, du kommst näher in meine Gegend", entgegne ich und lege Kurt freudig einen Arm um die Schulter.

„Bruderherz, wir werden mal schauen, ob wir uns nach so vielen Jahren wieder etwas annähern", kommt skeptisch von Kurt zurück, was mich auch meinen Arm langsam sinken lässt.

„Das halte ich für die beste Entscheidung", ergänzt Anne und streicht Kurt leicht über seinen Arm.

Franzis Heimfahrt

Eigentlich habe ich vor diesem Moment gebangt, da kaum noch von geschwisterlichen Beziehungen zu- oder untereinander die Rede sein konnte. Trotzdem habe ich keinen Moment gezögert, als Kurt anrief und mich einlud zu diesem Wochenende. Wie selbstverständlich waren Olaf und ich davon ausgegangen, dass ich allein nach Rinkeln fahren würde; denn Partner stören bei einer solchen Zusammenkunft nur, die partnerschaftliche Beziehung hatte bei uns Geschwistern dieses Mal nichts zu suchen. Es galt herauszufinden, was wir sechs uns noch zu sagen haben, ob wir künftig wieder ein Miteinander aufbauen können. Nach Marlas Geburt war ich derart mit ihrer neuen Anwesenheit beschäftigt, hatte mein Studium unterbrochen, sodass meine Geschwister aus meinem Leben überwiegend verschwunden waren, auch wenn es manchmal Anrufe gab, bei denen sie sich nach uns erkundigten. Meine Schwiegermutter war unsere Stütze in finanzieller und praktischer Hinsicht. Denn Tante Franziska war mit einer solchen Situation emotional überfordert, was sie ja bereits nach Mutters Tod mit uns drei Jüngsten in Rinkeln war; aber das habe ich erst als Erwachsene wirklich begriffen. Dank meiner vier Freundinnen aus Kindergarten-Tagen, die bis heute trotz unterschiedlicher Lebenswege meine wichtigsten Bezugspunkte sind – abgesehen von Olaf und Marla natürlich, habe ich Rinkeln und seine Bewohner in guter Erinnerung. Über den Verlust meiner eigenen Mutter will ich nicht nachdenken, das ist weit im Unterbewusstsein verdrängt, das beschäftigt mich auch nicht mehr. Stattdessen sind meine kleine eigene Familie und meine eigenen Muttergefühle emotional an ihre Stelle getreten. Langsam lasse ich mein Auto auf den Hof zwischen den Gewächshäusern und unserem Haus rollen. Ich gebe mir einen Ruck – und mit Schwung steige ich aus, packe meine Tasche und mit etwas flauem Gefühl im Magen drehe ich den Türknopf auf – und schaue in drei erstaunte Augenpaare.

So stehen wir drei etwas verunsichert im Flur herum, nicht so recht wissend, wie wir mit dieser neuen Situation umgehen sollen, als sich die Tür öffnet und Franzi hereinkommt, unsere kleine Schwester, die eigentlich Franziska nach ihrer Patentante heißt. Sie hat ihre schulterlangen roten Haare sommerlich-praktisch zu einem Pferdeschwanz hochgebunden und ist etwas rundlicher geworden. Modisch ist sie sich wohl treu geblieben und trägt wie früher schon zu ihrer Jeans ein Polo-Shirt, dieses Mal in Grün, das gut zu ihren roten Haaren passt – und natürlich ihre Turnschuhe. Herzliche Umarmungen allerseits, obwohl wir älteren fünf uns auf körperlicher Augenhöhe umarmen können, da wir überwiegend in den 50ern geborenen alle zwischen 176–192 cm messen. Nur unsere kleine Schwester verdient auch körperlich diese Bezeichnung, da sie nach dem Tod unserer Mutter im Alter von 9 Jahren kaum noch gewachsen ist und gerade mal 152 cm misst.

Nach einer typischen, etwas kritischen Betrachtung mit entsprechenden Kommentaren zu unserem Äußeren setzt sie ihre Tasche ab und fragt gleich nach einem Glas Sekt als Begrüßung.

„Abwarten kleine Schwester, bis die beiden anderen auch da sind“, antwortet Kurt.

„Und wieso hast du erkennbar abgenommen?“, wiederholt sie wörtlich die Frage ihrer Schwester.

Meine zwei anderen Geschwister schauen sich an, lächeln und antworten fast im Chor: „Er hat einen neuen Freund!“ „Und der scheint unseren Bruder ganz schön unter Druck zu setzen“, ergänzt Anne grinsend.

Mir zuzwinkernd nimmt Franzi ihre Tasche wieder auf: „Wo schlafe ich denn die nächsten zwei Nächte?“, will sie vom Hausherrn wissen.

„Du schläfst mit einer deiner beiden Schwestern im ehemaligen Schlafzimmer unserer Eltern, das auch unser Schlafzimmer in all den Jahren gewesen ist; zumindest bis vor einigen Monaten – und erschreck nicht, der große Eichenschrank ist immer noch da“, ergänzt Kurt.

Franzi hat nach dem Tode unseres Vaters im großen Doppelbett mit unserer Mutter geschlafen, bis auch Mutter schwer erkrankte. Sehr wohl scheint sie sich bei dem Gedanken nicht zu fühlen, hier wieder einziehen zu müssen, was wir an ihrer zögerlichen Art unschwer erkennen können. Immerhin ist dieses Bett, in dem sich jeder wie in einem Sarg vorkommen musste, mit hohem Kopf- und fast ebenso hohem Fußteil, von Kurt am Fußende abgesägt worden.

„Kommt schon, ich begleitete euch nach oben in eure Zimmer. Es ist doch bereits so viele Jahre her, dass ihr hier gelebt und geschlafen habt. Es hat sich doch so viel verändert“, versucht Kurt unser zögerliches Verhalten zu überlisten.

Kahle Wände und ein leerer Flur empfingen uns oben. Das 1. Zimmer gleich links im Obergeschoss war schon nach dem ersten Umbau vor ca. 25 Jahren mein Zimmer gewesen; jetzt stand noch mein altes Bett, neu in Dunkelrot gestrichen, mit meinem eben solchen alten Schrank darin und Papas alter Eichenschreibtisch, den ich nach ihm benutzt habe; erfreulicherweise ist dieser vom Rot-Anstrich verschont geblieben.

„Franka liebt rot und es war ihr Zimmer“, sagt mein Bruder; „jetzt habe ich allen dreien neue Betten und Schränke gekauft, um ihnen den Neustart etwas zu erleichtern.“

Er schließt die Tür und lässt mich allein. Erschöpft sinke ich auf das Bett und muss erst einmal durchatmen: anstrengend – unsere Begegnung nach so langer Zeit und in diesen Mauern. Wie würden die beiden anderen Geschwister reagieren? Mit Joa hatte ich immer wieder heftige Auseinandersetzungen gehabt, mich auch eingemischt in sein Leben, wenn es mir richtig erschien. Mit Marie verband mich seit vielen Jahren ein Auf und Ab der Gefühle: Wie hatte sie sich entwickelt, was machte ihre konfliktreiche Ehe mit diesem Sauerländer Sturkopf Gerhard?

Ich gehe ans Fenster und schaue über die weiten Felder hinter unseren Gewächshäusern, die Spielstätten unserer Kindheit: Das bereits hoch gewachsene Korn bot uns so mannigfache Möglichkeiten zum Verstecken und zu anderen Spielen, die unsere Eltern nicht sehen sollten. Mir wird wehmütig zumute, aber bevor ich meinen Gefühlen nachgeben kann, reißt ein Klopfen an der Tür mich aus meinen Gedanken.

Joachim – der Außenseiter

Ohne mich noch einmal umzudrehen, schließe ich die Haustür und gehe zu meinem großen Mercedes-Combi in der Einfahrt. Unsre beiden Töchter machen ihren Mittagsschlaf, den ich nutze, um kein großes Geplärre auszulösen.

„Und viele Grüße an deine Geschwister", ruft meine Frau Britta mir vorher noch im Flur hinterher. Ihr Verhältnis zu Pete ist relativ eng, zu eng, wenn es nach mir ginge, denn sie tratschen zu viel über unsere Ehe, was meine Geschwister nichts angeht. Zu den anderen Geschwistern hat sie kaum einen Bezug, aber das habe ich zu den Partnern meiner Geschwister auch nicht. Wir profitieren von dem frühen Tod unserer Eltern insofern, als dass wir familiäre Verpflichtungen – als Familien-Bande – nicht wiederholen müssen. Mein Vater kam mir abhanden, und meine Mutter tauchte von da ab in ihrem grenzenlosen Schmerz unter. Dieser kleine Junge Joachim schwebte nur noch im Orbit ohne jeglichen Anker eines männlichen Vorbildes oder einer mütterlichen Umarmung. Onkel und Tanten sind stete BegleiterInnen unserer Kindheit gewesen – verschwunden als wirkliche Ansprechpartner, überfordert mit unserer Trauer und Hilflosigkeit. Heute sind wir sechs frei von jeglicher familiären Kontrolle, können uns entschieden, mit wem aus dieser Familie wir Kontakt pflegen wollen – oder nicht. Ähnlich verhält es sich mit meinem Verhältnis zu den Geschwistern: Marie sehe ich gelegentlich, aber alle anderen – eher Fehlanzeige. Wie soll auch ein Lehrer oder eine Lehrerin verstehen, was einen selbstständigen Handwerker täglich quält und beschäftigt?! Meine Architektur-Schwester ist mir da schon nahestehender, oder mein Gärtner-Bruder in Rinkeln. Aber wir alle drei Selbstständigen haben selten Zeit, sorgen uns um unsere Aufträge und sind froh über ein bisschen freie Zeit am Sonntag. Dieses verlängerte Wochenende frei zu machen ist totaler Luxus. Ich hoffe, ich bereue es nicht. Hinten auf unserem Innenhof ankommend, sehe ich bereits vier Autos parken: Also bin ich dieses Mal nicht der Letzte. Unten im Flur höre ich die vertrauten Stimmen, alle befinden sich wohl oben in den Schlafzimmern. Mit großen Schritten nehme ich die Treppe nach oben und kräftig klopfe ich an die erste Tür links.

Vor mir steht Joa: Groß, muskulös und breitschultrig überragt er mich um mindestens einen Kopf. Ich mustere meinen Bruder aus einiger Distanz: Trendy gekleidet, reichen seine blonden Haare – in Fransen geschnitten, ähnlich wie bei Rod Stewart – teilweise bis auf die Schultern. Seine blaue Jeans-Latzhose endet kurz unterhalb der Knie. Zu seinen bunten Turnschuhen passt das knallbunte T-Shirt. Augenkrebs, denke ich, halte aber sicherheitshalber meinen Mund. Nach einer kurzen und freundschaftlichen Umarmung kommt er gleich mit einem Lachen zu seinem ersten Eindruck:

„Na, hält dich dein neuer Freund auf Trapp?“

„Und du, hast du dich bereits zur Ruhe gesetzt? Echt dicker geworden!“

„Nee, nee, nur Muskeln und Samenstränge“, bemühte er den alten Flachwitz und lacht auch darüber. „Ich schlafe wie früher gegenüber, und Kurt wieder in seinem alten Kinderzimmer neben dem Bad.“

„Und – wie geht’s dir?“

„So lala, hab viel zu tun in meiner Firma, schlechte Zahlungsmoral bei den Kunden macht mir das Leben schwer. Material und Rohstoffe müssen aber bezahlt werden, sodass ich dauernd mit den Banken kungeln muss. Persönlich machen mir meine beiden Töchter zunehmend Freude, allerdings bin ich zu selten zuhause."

„Ach deshalb ist meine Geburtstagskarte für dich vielleicht verschütt' gegangen, ich hatte mich bereits gewundert."

„Auch die Post macht Zicken und Britta hebt nicht immer alles für mich auf. Aber all das soll uns an diesem Wochenende nicht kümmern. Ich hab mich wirklich gefreut, rauszukommen aus meinem Alltag und euch alle wiederzusehen!"

„So geht es mir auch", und wir klatschen mit allen Fünfen ab.

Gemeinsam schlendern wir ins alte Elternzimmer am Ende des Ganges und öffnen langsam die Tür; Anne und Franzi sitzen auf dem hinteren, abgesägten Bettrand und starren auf den riesigen alten Kleiderschrank meiner Eltern.

„Die Erinnerung hat sie übermannt, ihre Zeit mit Mama in diesem Doppelbett, jeden Abend den Blick auf dieses Eichenschrankungetüm", erklärt Anne uns die Situation.

Joa bleibt im Türrahmen stehen, während ich mich neben meine Schwestern setze – schweigend, denn auch ich habe meine Erinnerungen an dieses Zimmer mit Blick auf diesen wuchtigen Schrank, angefertigt aus alten Eichen von Mamas elterlichem Bauernhof – ihr Erbteil.

Und plötzlich - angesichts der Rückkehr nach über zwanzig Jahren in die möblierte Realität unseres Elternschlafzimmers – bricht ein befreiendes Lachen aus Franzi heraus und sie lässt sich nach hinten aufs Bett fallen. Verdutzt schauen wir zwei sie an – und stimmen mit ein: ein befreiendes Lachen nach all den Jahren und all den Erlebnissen in diesem Elternschlafzimmer. Biologen können diesen Effekt möglicherweise durch die Ausschüttung von Botenstoffen im Gehirn erklären. „Die Boshaftigkeit des Schicksals ist lächerlich", fällt mir ein altes arabisches Sprichwort aus meiner Kibbuz-Zeit in Israel ein.

„Du hast doch sicherlich nicht unsere gemeinsamen Lesestunden abends hier nach Papas Tod vergessen?“, erinnere ich Franzi, während ich weiterhin auf die Decke über uns schaue.

„Na ja, Stunden ist arg übertrieben, es waren wohl meist eher nur 15 Minuten, regelmäßig beendet durch die Fanfaren der abendlichen ‚Tagesschau‘“, korrigiert mich meine kleine Schwester, sich langsam wieder erhebend.

„Und die sexuelle Aufklärung war doch nachhaltig und im Vergleich zu dem Nichtwissen und der komplett fehlenden sexuellen Aufklärung deiner fünf älteren Geschwister beinahe revolutionär“, spotte ich etwas, wobei ich meinen Stolz darüber aufgrund damals bereits gemachter eigener Erfahrungen als 16-Jähriger kaum verbergen kann.

„So nachhaltig, dass ich gleich nach dem Abi schwanger geworden bin“, schmunzelt Franzi, „Pillenwechsel hattest du noch nicht in deinem Aufklärungsprogramm, aber das habe ich dir total verziehen, angesichts unserer tollen Tochter Marla.“

„Jaja, der Pinsel der Erinnerung malt gülden“, grinst Anne, weiterhin auf die Decke starrend.

„Los, es reicht, ab nach unten“, sagt schließlich unsere Kleinste, „ich wollte schon vor einer Stunde den ersten Sekt trinken; vielleicht ist Marie ja endlich angekommen.“ Dabei gewahrt sie ihren jüngsten Bruder in der Tür: „Na großer Bruder, wie geht’s dir?“

Beide Schwestern umarmen ihren jüngsten Bruder Joachim kurz, wobei die Distanz zwischen 152 und 192 cm schon zum Schmunzeln Anlass gibt.

„Wow, buntes Outfit, passt aber zu dir. Das T-Shirt: Augenkrebs“, fügt sie lachend hinzu.

Sonst nie um eine Antwort verlegen, begeht Joa in dieser Situation den Fehler und hebt seine kleine Schwester zur Begrüßung spontan hoch. Franzi sträubt sich ärgerlich, sodass ihr großer Bruder sie sofort wieder absetzt. „Danke“, sagt sie bereits im Weggang auf dem leeren Flur. Pikiert und mit großen Augen bleibt Joa stehen; seine Gesichtszüge spiegeln diese Unsicherheit wider: „Sorry, ich wollte dir nicht zu nahetreten."

Für meine kleine Schwester ist es die Basis ihrer Existenz, niemals die Bodenhaftung zu verlieren – in jeglicher Hinsicht, das hätte Joa wissen können.

Gemeinsam gehen wir vier zur Treppe und das Springen nacheinander von den obersten sieben Stufen runter bis auf den Absatz löst die Spannung, so wie schon häufig in unserer Kindheit. Der Holzfußboden gibt immer noch den gleichen dumpfen Knall ab, so als ob er eigentlich bald bersten müsste.

„Meine Kinder haben das übrigens fortgesetzt, sehr zu meinem Leidwesen", kritisiert Kurt uns von unten.

Maries gemischte Gefühle

Ich verlasse unser Haus im Ortsteil von Iserlohn, wohin ich meinem Mann Gerd zuliebe vor einigen Jahren gezogen bin, auch wenn mir diese sauerländisch-sturköpfige Mentalität überhaupt nicht liegt; im Vergleich zu diesem Menschenschlag wirken die mir vertrauten Münsterländer wie wahre Unterhaltungskünstler. Nun lebe ich am Stadtrand von Iserlohn, in einer Wohnsiedlung mit netten Eigentumswohnungen und Häusern für Familien. Ich bin seinetwegen dorthin gezogen – Gerds wegen, da er dort seine Arbeitsstelle als Elektro-Ingenieur hat. Aber trotzdem habe ich mir mit diesem neuen Zuhause einen lange unbewussten Wunsch seit dem frühen Auszug aus meinem Elternhaus erfüllt - trotz dieser zum Teil spießigen Nachbarschaft.

Besonders nach dem Tod beider Eltern war nach Jahren flippigen Herum-Tollens langsam die Erkenntnis gereift, ein festes Zuhause mit einer eigenen Familie haben zu wollen. Da steht sie in Gestalt meiner beiden Liebsten: Gerd, mein Mann, und Sebastian, unser 4-jähriger Sohn. Tränen rinnen mir über die Wangen, schnell wegdrehend versuche ich sie vor Sebastian zu verbergen.

„Mama kommt bald zurück", tröstet Gerd unseren Sohn, der weint.

Ich steige schnell ins Auto, durch beide geöffneten Fenster vertreibt ein angenehmer Sommerwind meine Abschiedstränen. Mit dem linken Arm winkend, ohne mich umzuschauen, fahre ich – ja: wohin eigentlich? Heim – nein, nach Rinkeln – ja, in die Heimat – nein. Gefühlschaos.

Was erwartet mich? Egal – wir alle werden es schon schaukeln, denke ich.

Mein CD-Player spielt aktuelle Pop-Musik, selber gebrannt, und verbreitet fröhliche Fahrtstimmung.

Keines meiner Geschwister hatte Zeit, um an meiner kürzlich stattgefundenen Hochzeit mit Gerd teilzunehmen. Alle hatten sicherlich Gründe und vielleicht war auch meine Einladung zu spät. Traurig war ich trotzdem darüber – und enttäuscht.

Ach was soll's! Das Leben geht weiter und die Hochzeit mit Freunden und Gerds Familie war trotzdem toll. Unseren Sohn haben wir natürlich nicht taufen lassen, darin waren wir uns, die beide aus einer konservativen katholischen Familie stammen, einig. Dass ich diese Welt hinter mir gelassen habe, ist immer noch eine große Erleichterung. Welch gruselige Einschränkungen, Verpflichtungen, welch soziale Kontrolle mit unterschwelligen Drohungen, was man tun darf und was nicht: fürchterlich!

Sebastian geht natürlich in einen städtischen Kindergarten, sodass ich wieder halbtags arbeiten kann als Krankenschwester, auch wenn Gerd als Elektro-Ingenieur genug Geld für uns verdient, aber Unabhängigkeit ist nicht mit Geld zu bezahlen.

Ich stecke mir meine erste heutige Zigarette an und singe laut Michael Jacksons „You are not alone" mit, zumindest den Refrain kann ich noch. Schon eigentümlich, dass ich als Herumreisende und Tramperin in den 70er und 80er Jahren jetzt so richtig sesshaft geworden bin. Obwohl – manchmal bekomme ich Fernweh, aber Gerd, dieser alte Sauerländer, bleibt lieber in heimischen Gefilden, spart für die Abzahlung der Kredite, Lust auf Risiko gleich null. Ich könnte irgendwann unseren Sohn unter den Arm nehmen und ab – ins Auto und auf einen französischen oder holländischen Campingplatz ans Meer. Gerd ist so vernünftig, das halte ich manchmal nicht mehr aus. Leider trinkt er auch gelegentlich zu viel, wobei ich früher vor Sebastians Geburt gern mitgehalten habe, aber jetzt: Nichts ist wichtiger als mein Sohn.

Und meine Geschwister? Ich muss schon etwas länger nachdenken, damit ich mir überhaupt etwas klarere Vorstellungen von ihrem aktuellen Leben machen kann. Joa fällt mir als Erster ein, da er mir bei meinen häufigen Umzügen verlässlich geholfen hat, sodass wir auch in stetem Kontakt stehen. Aber wie es ihm zurzeit geht: keine Ahnung.

Mit Anne verbindet mich von Zeit zu Zeit immerhin eine Art schwesterlicher Erinnerungen an unsere Kindheit, aber nahe waren wir uns selten oder nie. Ihr Abgang aufs städtische Gymnasium vertiefte diese Kluft, was erstaunlicherweise bei meinem Bruder Peter nicht der Fall war. Unsere gemeinsamen Partys in den Jahren nach Papas Tod mit derselben Clique haben uns für einige Zeit sehr verbunden, bis zu unserem Zerwürfnis gegen Ende der 70er. Danach war es nie wieder wie vorher. Mal sehen, wie er heute so drauf ist.

Und unsere Kleinste: Unsere Kinder sind fast gleichaltrig, was gelegentliche Treffen in Münster als gemeinsamem Wohnsitz nahelegt.

Wenn ich an Kurt denke, muss ich immer noch meine Wut zügeln, dass er unser Elternhaus genau nach dem vertraglich festgelegten 12-Jahres-Termin verkauft hat, und nichts, aber auch nicht einen Pfennig krieg ich davon. Mal sehen, ob und wann ich ihm das verklickern kann.

Und siehe da: Marie steht im Flur und betrachtet diese Szenerie. Schlank ist sie geworden und ihre weiße Jeans unterstreicht diesen Eindruck. Ihre Sonnenbrille steckt keck in ihren, von der Sonne gebleichten fuchsigen Haare, die sie beim Herausnehmen schüttelt: „Wie toll euch alle auf einem Haufen wiederzusehen! Und so fröhlich“, strahlt sie uns an.

Mit gleicher Begeisterung begegnen wir ihr bei unserer Umarmung. Alle drei Schwestern tragen offene Sandalen – mehr oder weniger modisch. Aufgrund der sommerlichen Temperaturen hat sogar Franzi ihre obligatorischen Turnschuhe gegen eine praktischere Fußbekleidung eingetauscht. Nur Marie käme auf die Idee und würde ihre Fuß- oder Fingernägel lackieren, Anne aus Prinzip nicht, Franzi aber wohl eher nicht aus Bequemlichkeit, zumal ihr eine Attraktivität dem männlichen Geschlecht gegenüber relativ egal ist, im Gegensatz zu Marie. Anne legt grundsätzlich keinen Wert auf männliche Bestätigung – außer beruflich selbstverständlich. In ihrer Kindheit und frühen Jugend sind besonders Anne und Marie wegen ihrer roten Haare oft gehänselt worden: „Rote Hexe, rote Hexe", schrien Mitschüler auf dem Pausenhof hinter ihnen her. Die Mode und Mentalität hat sich dann in den 70er Jahren grundlegend gewandelt und plötzlich waren rote Haare der „letzte Schrei" und Inbegriff weiblicher Selbstbestimmung und Erotik. Bis heute haben alle drei ihre Haare niemals gefärbt und werden es wohl auch niemals tun, so stolz sind sie darauf geworden.

„Du bekommst das kleine Zimmer hinten links", unterbricht Kurt unsere Begrüßung, „in dem hat unsere Jüngste Marina zuletzt geschlafen."

Nicht minder beschwingt eilt auch Marie die Treppen nach oben, um postwendend zurückzukommen.

„Und der Sun-Downer erwartet euch bereits im übrig gebliebenen Esszimmer."

Kurt hat es mit dem Getränk genau getroffen, denn inzwischen ist es fast Abend geworden. Die Sonne neigt sich am Himmel, verliert ihre Wucht und Kraft und meine Lieblingszeit im Sommer beginnt.

Meine Geschwister reihum betrachtend, wundere ich mich darüber, dass ich der Einzige mit Brille bin. Wieso eigentlich?

„Wieso braucht keiner von euch eine Brille?"

„Ich schon, aber ich trage Kontaktlinsen, was auch als Bauleiterin praktischer ist. Aber jetzt stoßen wir doch erst einmal an."

Aufgeregtes und allgemeines „Prost" antwortet ihr.

„Mit Mama und Tante Franziska haben wir gelegentlich im Sommer zu dieser Zeit den Kanon ‚Abendstille überall' gesungen?", erinnert uns Annegret. Fragende Gesichter rundum, nur ich erinnere mich gut an solche Situationen und an das Lied und Anne und ich stimme spontan miteinander an:

Abendstille überall
Zur am Bach die Nachtigall
singt ihre weisen Klagen ganz leise durch das Tal
Abendstille überall.

„Schon als kleine Kinder haben Anne und ich mit Mama und Tante Franziska im Wohnzimmer im Winter einen einfachen Kanon gesungen", erinnert sich meine ältere Schwester;

„... und wenn unsere Pullover über unseren Kopf gezogen wurden, bist du aus dem Takt gekommen", füge ich wie so oft etwas besserwisserisch – oder sogar schadenfroh – hinzu. Unsere Konkurrenz um Liebe und Zuneigung unserer Eltern war auch bei uns Alltag, wobei die Zwillingsschwester unserer Mutter, Franziska, noch hinzukam. Dass ich mit meinem neuen Führerschein als einziger ihr Auto fahren durfte, beweist sicherlich mein erfolgreiches Taktieren um ihre Zuneigung. Oma schien eher über den Dingen zu stehen. Sie mischte sich – im Gegensatz zu Tante Franziska – weder in die Erziehung ein, noch war sie besonders emotional zu uns Kindern, was möglicherweise daran lag, dass sie eigentlich nur unsere Großtante war. Ausschließlich auf katholische Prinzipien und den Katechismus legte sie großen Wert, wobei sie Letzteren in ihrer Jugend fast komplett auswendig konnte, wie sie bei Gelegenheit stolz verkündete.

„Auf uns und auf unsere Eltern!", sagt Kurt beim erneuten Anstoßen, was wir alle zusammen freudig wiederholen. „Schön, dass wir hier sein dürfen", schiebt Anne hinterher und alle leeren das Glas auf einen Zug.

„Weißt du denn schon, was ihr mit dem vielen Geld vom Verkauf anfangt?", fragt Joa grinsend seinen Bruder.

Für einen Moment halten wir andern den Atem an: „Das wird und soll nicht deine Sorge sein – und geht dich Gott sei Dank auch nichts mehr an. Schließlich hast du doch als Einziger auf deinen Erbteil bestanden – und den auszubezahlen, war für mich damals keine Kleinigkeit!"

Wütend, aber kontrolliert stellt Kurt sein Glas hin, dreht sich auf dem Absatz um und verschwindet nach draußen.

„Musste das sein?“, kritisiert Franzi ihren großen Bruder.

„Wenn er so empfindlich ist, kann ich da nichts für“, zuckt seine Schulter und geht ebenfalls nach draußen, um sich die erste der vielen noch folgenden Zigaretten anzuzünden, wobei Tabak nicht der einzige Bestandteil seiner Zigaretten war, wie ich aus alter Erfahrung riechen konnte.

3. Kapitel
Annegret

„Wer macht jetzt was?“, fragt unsere ältere Schwester in die schweigsame Runde. „Wer hat Lust und organisiert etwas? Wie wäre es mit dir, Marie, du hast doch zwei Jahre Hauswirtschaft gelernt“, begründet Anne ihren Vorschlag.

Sehr zögerlich und wenig begeistert stimmt unsere mittlere Schwester dem Vorschlag zu: „Ich hatte doch damals keine Wahl und gefragt hat mich auch niemand“, wehrt sich Marie, „aber wenn ihr wollt, mach ich das. Kurt, was hast du besorgt?“

„Ich habe mich beraten lassen und Salat, Gemüse, Kartoffeln und Fleisch zum Grillen eingekauft – und natürlich Bier und Wein – alles da“, freut sich Kurt über unsere erstaunten Gesichter. Bei ihm galt bisher die klassische Rollenteilung: Der Mann ist für draußen und für das Bauen und Reparieren im Haus zuständig, die Frau für Erziehung, Haushalt und Organisation der Familie. „Aufgrund unserer Beziehungskonflikte war ich im letzten Jahr manchmal allein mit den Kids und habe natürlich nicht nur Pizza gekauft“, erläutert er seine neuen Fähigkeiten.

„Wir machen nachher einfach eine Umlage der Kosten“, schlägt Anne vor.

„Nicht nötig“, wehrt Kurt ab, „schließlich war dies auch euer Elternhaus und deshalb seid ihr eingeladen.“

„Gut, Pete, hast du Lust mit mir den Salat zu putzen und zuzubereiten? Und Joa, du grillst mit Kurt“, schlägt Anne ihrem ebenfalls eintretenden Bruder vor.

„Super, Anne weist mir zuerst meine Aufgabe zu, die ich eigentlich gar nicht will, und nimmt dann die Leitung in die Hand, ohne mich auch nur eines Blickes zu würdigen“, schüttelt Marie ihren Kopf.

Peinliche Stille für einen Moment. „Du hast recht, tut mir leid, meine alte Rolle als Älteste ist wieder mit mir durchgegangen“, versucht Anne ihre jüngere Schwester zu besänftigen.

„Da bin ich ja mal gespannt, wie wir unsere alten Beziehungen aus unserer Kindheit unbewusst wieder aufnehmen und weiterführen“, lenkt Marie ein. „Noch neugieriger bin ich aber im Moment auf diese neue Erfahrung, mit meinen Geschwistern unser gemeinsames Abendessen vorzubereiten.“

Sie schaut in die Runde, füllt ihr Sektglas nach und nimmt Franzi unter den Arm mit in die Küche.

Oma, Tante Franziska und unsere Mutter selber hatten sich abwechselnd oder auch schon mal gemeinsam um das Mittagessen gekümmert. Alle drei arbeiteten in der Gärtnerei, wobei nachmittags Oma den Haushalt in Ordnung brachte und unsere Tante ihrer beruflichen Verpflichtung nachging. Das Mittagessen wartete täglich auf uns Schüler, die ab 13.30 Uhr aus verschiedenen Richtungen nach Hause kamen. Dies änderte sich schlagartig nach Papas Tod, da unsere Oma ein halbes Jahr vor unserem Vater gestorben war. Unsere Mutter musste von da ab ganztägig in der eigenen Gärtnerei arbeiten; ihre Witwenrente von 39,70 DM reichte nicht. Also waren dieses gemeinsame Essen und seine Vorbereitung tatsächlich eine richtige Premiere für uns sechs.

„Den Salat können wir doch draußen auf der Terrasse vorbereiten“, schlage ich Anne vor. „Plastikstühle und Tisch sind doch noch vorhanden.“ Und ab geht’s zu den verteilten Aufgaben: Salate und Gemüse waschen, schneiden, Soßen vorbereiten – jeder brachte seine Erfahrung darin mit.

Tomaten und Zwiebeln, Paprika und Gurken, Feld- und auch Blattsalat und natürlich Radieschen.

„Verhungern werden wir heute Abend zumindest nicht“, stelle ich fest.

„Aber reichlich und abwechslungsreich zu essen gab es doch immer bei uns“, erinnert sich Anne, „nur dass du immer deine Extrawurst bekamst, Mama hat dir fast immer alles durchgehen lassen, wenn du etwas nicht mochtest.“

So – da war sie: diese unterschwellige Kritik und die Eifersucht meiner älteren Schwester auf eine vermeintliche Bevorzugung durch unsere Mutter.

„Und du durftest auch immer zu Kaminskys runter in deren Küche gehen, und dort wurdest du verwöhnt und bekamst das zu essen, was du gern mochtest."

Die Familie Kaminsky wurde nach dem Krieg als Flüchtlinge in unser großes Haus eingewiesen: der Vater mit seinen bereits fast erwachsenen drei Kindern Maria, Hildegard und Heinrich. Sie bewohnten oben 2 Zimmer und im Anbau hatten sie eine Wohnküche; wir alle benutzten das einzig vorhandene gemeinsame Bad mit Toilette kurz vor der Tenne. Sie verließen unser Haus sukzessive etwa Anfang bis Mitte der 1950er Jahre, als es zu eng wurde für meine größer werdende Familie und sie. Bis weit in den 70ern bestand regelmäßiger, gegenseitiger Besuchskontakt zwischen uns und ihnen. Meinen ersten Besuch bei ihrer in Duisburg verheirateten Tochter Maria mit Übernachtung direkt neben den Bahngeleisen Mitte der 60er Jahre habe ich bis heute nicht vergessen, da die Züge während der gesamten Nacht mit hoher Geschwindigkeit beinahe durch mein kleines Gästebett bei ihnen fuhren.

„Nur dass Papa dies nicht akzeptierte und darauf bestand, dass wir alle zumindest jedes Essen probieren müssten, bevor wir es verweigerten", kontere ich. „Eure Mutter und Oma sind gute Köchinnen, und probieren könnt ihr alles. Sonst geht ihr in die Waschküche und esst euer Essen dort auf", drohte er uns.

Und manches Mal habe ich mein Essen ins Klo der sich an die Waschküche anschließenden Toilette gekippt. „Lekscher Pitter"[11], schimpften mich meine beiden älteren Geschwister.

„Und wo wir gerade beim Salat sind: Du hattest doch immer deinen eigenen Salat auf der Fensterbank, da du die Salatsaucen nicht mochtest", erinnerte mich Anne, klopfte mir dabei aber wohlwollend auf die Hand: „Es ist schon so lange her, was soll's?"

11 Jemand, der an jeden Essen etwas auszusetzen hat, weil er es nicht mag

„Na ja, aber diese Erfahrungen bestimmen bis heute unser Verhältnis zueinander. Es ist nie sehr lange ohne Spannungen, vielleicht gelingt es uns an diesem Wochenende endlich, einiges davon auszutragen und zu klären!“ Ich schaue sie dabei an und für einen Moment fassen wir beide uns an den Händen.

„Du kannst dich sicherlich an den Daumen-Abschneider erinnern?“, fragt sie mich.

Oh Gott, Herr Bleckmann, schießt mir spontan der Furcht erregende Name ins Gedächtnis. Der hieß so, wie er war: bleckende Zähne wie ein Pferd, dazu ein dunkler Anzug mit weißem Hemd und Krawatte über seinem dicken Wohlstandsbauch. Sein gerade gescheiteltes schwarzes Haar mit Gel hatte er entsprechend der damaligen Männermode nach hinten gekämmt, unser Vertreter von Gärtnerglück. Ich war noch keine drei Jahre alt, schätze ich, und lutschte noch oft am Daumen. „Wenn du nicht sofort den Daumen aus deinem Mund nimmst, schneide ich ihn dir ab.“ Ich hatte eine Heidenangst vor ihm und unsere Eltern taten nichts, um sie zu mindern, sie amüsierten sich eher darüber; nur meine große Schwester stellte sich schützend vor mich. Weinend flüchtete ich aus unserem Verkaufsladen in die nahe Küche, an den Rock von Oma oder Mama … wen auch immer ich gerade zu fassen bekam.

„Deshalb musste ich dich ja jedes Mal vor dem bösen Mann retten und habe dich, wenn er auftauchte, dann an deiner Kleidung aus dem Geschäft gezogen.“ Meine Retterin hat etwas heldenhaftere Erinnerungen daran.

Unsere Großtante Gertrud hat Osterferien. Anne und ich sind etwa vier bis fünf Jahre alt. Tante Gertrud nimmt mich an die eine Hand, Anne an die andere und zusammen ziehen wir zum Ortsausgang zu Waltrups. Dort dürfen wir uns ein Dreirad aussuchen. Wir beide können es kaum erwarten und fiebern vor Freude, zappeln an Tante Gertruds Händen, die sogar als ansonsten strenge Lehrerin mit Knoten und runder Nickelbrille Verständnis für uns hat. Es ist ein blaues Dreirad mit zwei dicken hellen Reifen hinten und einem noch größeren vorn. Stolz besteige ich unser gemeinsames Rad, meine Schwester setzt sich hinten auf den Gepäckträger und ab geht’s nach Hause. Dieses Erlebnis haben wir beide oft wiederholt, wobei es mich heute verwundert, dass Anne nicht mal die Rollen getauscht hat. Ich kann mich an keine Radtour erinnern, bei der ich hinten gesessen hätte. Damals hat Anne mir noch rückhaltlos vertraut. Allerdings hat sie auch manche Touren allein oder mit Nachbarskindern gemacht, bei denen sie das Ruder in die Hand nahm – oder den Lenker.

„Meine ersten eigenen Schritte habe ich übrigens von der Tür von Mamas Krankenhauszimmer bis an ihr Bett gemacht. ‚So sehr hast du dich auf deinen kleinen neuen Bruder gefreut'", sagte Papa mir später.

„Dabei hat unsere Mutter mir irgendwann mal erzählt, dass du nur ‚Mama, Mama!!' gerufen hast, von mir war dabei keine Rede", korrigiere ich ihre Erinnerung. „Die Konkurrenz zwischen Geschwistern beginnt bereits im Mutterleib, sowohl für das noch nicht geborene als auch für das bereits vorhandene Kind."

„Gut zu wissen, denn dann können wir doch heute damit umgehen – oder?"

„Wann hast du eigentlich gemerkt, dass du dir etwas zutrauen kannst, dass du mehr kannst als das, was dir von den Lehrern am Gymnasium suggeriert wurde?" will ich von Anne wissen.

„Noch nicht sehr lange. Und ich habe bis heute immer noch Zweifel an meinen Fähigkeiten. Meine Entscheidung für das Studium ‚Architektur-Hochbau' war eine mutige und beeinflusst durch Papas Impuls, mich bei der Planung unseres neuen Hauses einzubeziehen, sodass dies wiederum den Schulabbruch nach dem ‚Einjährigen' und eine Bauzeichnerinnen-Lehre bewirkt hat, aber diese Zusammenhänge habe ich erst seit einigen Jahren erkannt. Ich bin eine typische Frau meiner Generation, die sich besonders in diesem Beruf in einer Männerwelt durchkämpfen musste. Deine Rolle als Junge war doch klar, obwohl ich zuerst geboren wurde. Wirklich gewundert habe ich mich nicht, als wir erfuhren, dass Mama dich als einzigen Haupterben eingesetzt hat; wir hätten danach jeder nur ein Zwölftel des Erbes bekommen, was du uns hättest auszahlen müssen. Dass du das gesamte Erbe ausgeschlagen hast, steht auf einem anderen Blatt."

„Dafür warst du doch Papas Liebling", entgegne ich etwas zu heftig. „Als Kind und auch später habe ich aber seine Erwartungen eher nicht erfüllt, da du in Mathe und anderen typischen, den Jungen zugeschriebenen Fähigkeiten besser warst als ich. Mich haben Bücher und andere Kulturen immer mehr interessiert", erwidere ich. „Ich bin Lehrer geworden, nur weil Papa – mir bei Matheaufgaben helfend – mal erzählt hat, dass er viel lieber Lehrer als Gärtner geworden wäre. Im Unterbewusstsein den Berufswunsch unseres Vaters realisiert zu haben, ist doch eigentlich die Spitze eines Strebens nach väterlicher Anerkennung – weit über seinen Tod hinaus!"

„Woher weißt du das? Papa hat mir nie etwas von seinen Berufswünschen erzählt."

„Ich habe eine lange und anstrengende Psychotherapie hinter mir und dabei viel über mich und meine unbewussten Verhaltensweisen gelernt. Ich habe sogar Papas Arbeitsverhalten übernommen und mich oft bis über meine Grenzen gefordert und belastet. Wenn Kollegen weniger arbeiten oder weniger motiviert waren, habe ich sie dafür gemaßregelt. Das hat mir keine Freunde gemacht. Zu lernen, dass uns die Muster unserer Eltern derart bestimmen, dass sie uns bis an unsere Grenzen – und darüber hinaus – führen, hat mich völlig aus der Bahn geworfen, als mir dies klar wurde. Inzwischen bin ich wieder in der Bahn zurück – aber nicht in den alten, denn auch meine Entscheidung, nach 12 Jahren am Gymnasium das Bundesland zu wechseln und an einer Gesamtschule unterrichten zu wollen, hat mit dem Gerechtigkeitsempfinden unseres Vaters zu tun, das er uns vorgelebt hat. An dieser Schulform kann ich all meine pädagogischen und kreativen Möglichkeiten ausprobieren, wenn ich der Schulleitung ein entsprechendes Konzept vorlege. Meine Negativvorbilder aus meiner Schulzeit in den ersten vier Gymnasialklassen haben auch hierbei Pate gestanden als abschreckende Beispiele zynischer und ignoranter Lehrer."

Anne hatte mir zugehört und die Arbeit dabei sinken lassen. „Wie und wo hast du denn Papas Muster übernommen?", will ich von ihr wissen und setzte dabei aber unsere Vorbereitungsarbeit fort.

„Ich habe in finanzieller Hinsicht große innere Konflikte auszufechten, meine Arbeit als selbstständige Architektin, dem Honorar entsprechend, einzufordern. Wir haben zwar Vorgaben der Entlohnung und Bezahlung, aber ich arbeite für manche Auftraggeber derart viel und unbezahlt, dass ich oft in finanzieller Notlage bin. Kannst du dich erinnern, dass wir zuhause immer finanziell Probleme hatten? Mein erstes kleines Taschengeld konnte Papa mir kaum zahlen und ich musste mich oft vor den Mitschülerinnen auf dem Gymnasium schämen, im Kiosk nichts kaufen zu können. Seine Unfähigkeit der Selbstwertschätzung durch Einforderung angemessener Bezahlung habe ich lange weitergeführt und sie bestimmt manchmal bis heute zumindest meinen beruflichen Alltag – Gott sein Dank aber immer weniger, seit ich diese Kindheitsmuster erkannt habe.“

„Als Papa mir das erste Mal eine Mark Taschengeld angeboten hat zu Beginn der Sexta, hab ich dieses verweigert und danach auch nie Bargeld von ihm angenommen, sondern samstags und sonntags Blumen zu Kunden gebracht, die mir dafür etwas Geld gaben oder den Betrag aufrundeten. Mit knapp 15 Jahren habe ich in einer Tischlerei 14 Tage lang Löcher in Stuhlbeine gebohrt und das Geld für mein 1. Fahrrad – 175 DM – verdient. Aus heutiger Sicht sagen wir alle, ‚Das hat uns doch nicht geschadet‘ – im Gegenteil“, bedenke ich rückblickend, ein immer wieder geäußertes Argument meiner Generation wiederholend.

„Ich fand dich immer zu nachgiebig, du hattest weder Kanten noch Ecken und kaum Konturen“, kritisiert mich meine Schwester. „Du wolltest es immer allen recht machen und bekamst dafür auch noch Komplimente wie ‚Unser familiärer Diplomat‘; dabei bist du nie für eine/n von uns eingestanden, weder gegenüber Oma noch Tante Franziska! Im Gegenteil: Du hast – ähnlich wie Papa – die Konflikte mit beiden uns überlassen, Marie und mir. Wir sollten die Rollenbilder ihrer Generation fortsetzen, wozu wir uns beide schon vor der Pubertät geweigert haben. Letztlich mussten wir aber immer wieder nachgeben mit Hinweis auf Omas schweres Leben, wobei die Tatsache, dass ihr das Haus gehörte, wohlweislich verschwiegen wurde.“

„Und – bist du mit deinem Konfrontationskurs besser gefahren?", bemerke ich – langsam meine Fassung verlierend.

Anne steht abrupt auf, ihr Stuhl fliegt dabei um und sie faucht mich an: „Du hast immer schon den Schwanz eingekniffen, wenn es heikel wurde, nun steh doch endlich mal dazu!!" Tränen schossen ihr in die Augen – und weg ist sie.

Selten habe ich Anne so emotional gesehen – und plötzlich habe ich ein Déjà-vu: Wie in unserer frühen Jugend verlässt sie wütend den Tisch und lässt mich offenem Mund sitzen. Auch jetzt bin ich unfähig, ihr Paroli zu bieten, vielleicht weil sie Recht hat? Meine Stärke war immer eher das Abwägen, alle Probleme waren letztlich ambivalent, aber nichtsdestotrotz sollte ich irgendwann mal Farbe bekennen. Und schlagartig wird mir bewusst: Es ist Anne, die in dieser Situation kneift – einer Konfrontation aus dem Wege geht, es ist ihr Problem und es hat weniger mit mir, ihrem Bruder zu tun: Welch eine Genugtuung – nach all den Jahren.

Vor dem Küchenfenster stehen Marie und Franzi und haben die Szene beobachtet. Kurt und Joa kommen gerade mit dem Grillzeug zurück und schauen mich fragend an.

„Na – sind eure alten Konflikte wieder aufgetaucht?", will Joa grinsend wissen.

„Du kannst dir dein Grinsen verkneifen", fauche ich ihn an und verlasse ebenfalls die Terrasse. Bis hinter die Gewächshäuser schlendernd treffe ich auf Anne:

„Ich werde nach einiger Zeit immer so traurig, wenn wir uns so streiten; ich empfinde uns beide – und uns alle zusammen – eher als Verlierer im Wettstreit unserer Familien mütterlicherseits, wobei mich das Konkurrenzgehabe unserer Onkel Josef und Karl um den jeweils größeren Erfolg ihrer Kinder an den Film ‚Der große Diktator' erinnert: Beim Mussolini-Besuch in Berlin gehen beide Diktatoren zum Barbier; dabei geraten sie derart in wütende Konkurrenz zueinander, dass beide ihren Friseurstuhl jeweils höher pumpen, bis es nicht mehr geht. Dieses Verhalten unserer Onkel beweist aber auch, wie stark die Väter unserer Cousins und Cousinen bis heute für sie einstehen und alles für ihre Kinder tun. Wir hingegen hatten weder Orientierung noch Halt, mussten unseren Unterhalt selber verdienen und bekamen immerhin BAföG."

„Aber siehst du nicht auch die Chancen, die diese Situation für uns gebracht hat?", schaut meine Schwester mich fragend an. „Wir konnten uns frei und unabhängig entwickeln, ohne die maßregelnden Ver- und Gebote der Eltern, ohne weiter in Konkurrenz miteinander um die Zuneigung unserer Eltern buhlend."

„Ich glaube, wir alle haben eine große Sehnsucht nach Normalität. Wie sehnen uns nach festen Beziehungen, nach Familie, so wie Joa sich gleich nach dem Umzug nach Münster in ein Familien-Abenteuer gestürzt hat ähnlich wie ich mit meiner Beziehung mit Lisa und Sohn. Kurt ist mit seiner Sehnsucht nach Normalität gescheitert, und Joa ist auf dem besten Wege dahin. Maries Sehnsucht scheint ebenfalls zu zerbröckeln. Ich weiß, dass es so was wie Normalität nicht wirklich gibt in der Welt, gerade jemand wie ich, der für die Mehrheit unserer Gesellschaft immer noch anormal lebt. Und du – was macht deine Sehnsucht nach Normalität?"

Sie schweigt, dreht sich langsam zu mir um, schaut mich an: „Meine Normalität ist wie die deine anormal." Ich bin so perplex, dass ich sprachlos bleibe. „Seit einigen Jahren fühle ich mich nur noch zu Frauen hingezogen; und jetzt lebe ich dieses Leben in Normalität – mit Hannah, die Kriminalkommissarin ist."

Mein Staunen hat sich noch nicht beruhigt, also fährt sie fort: „Ich bin noch nicht so weit, dass ich diese Normalität mit meinen anderen Geschwistern teilen möchte. Lass uns zu zweit in nächster Zeit darüber reden, bitte!" Spontan nehme ich meine Schwester in den Arm. Während sie mich langsam wieder von sich schiebt: „WOW – wie toll! Hannah. Ich hab's mir inzwischen manchmal gedacht, mich aber auch nie getraut, dich direkt danach zu fragen. Wann lerne ich sie kennen?" „Piano – piano, du wirst sie früh genug kennen lernen. Also gedulde dich. Es ist übrigens die einzige Situation, in der ich unseren Vater vermisse, da ich gerne mit ihm – und weniger mit Mama – darüber gesprochen hätte, er war und ist im Grunde genommen mein Vorbild."

Mich langsam wieder beruhigend: „Unser Vater war in der Tat ein nachdenklicher und weitsichtiger Mann, der mir oder uns noch so oft im Leben hätte helfen können. Insofern kann ich diese Leere, die Papa hinterlassen hat, gut verstehen. Ich habe mir einige Wochen vor seinem Tod eine seiner Lebensweisheiten sinngemäß aufgeschrieben, die er am Ende des Konfliktes mit dir, weil du aus der Kirche austreten wolltest, sagte."

Mitten im Umbau des Hauses verkündete Anne, dass sie aus der katholischen Kirche austreten wolle. Unsere provisorische Küche befand sich nun in der Waschküche, aber immer noch durch die alte Pendeltür mit der zwei Stufen höheren großen Wohnküche verbunden. Vater kam – wie meistens – nachmittags gegen halb vier zum Kaffee ins Haus, wenn er nicht gerade unterwegs war. Anstatt seine Arbeit draußen fortzusetzen, blieb er die nächsten zwei Stunden dort und diskutierte mit Anne das Für und Wider ihrer Entscheidung. Dabei ließ er keinen Zweifel an seiner und Mutters Erwartungen. Wir beide mussten damals anerkennen, dass er trotz ihrer Jugend sehr achtungsvoll mit ihr umgegangen ist und letztlich ihr die Entscheidung überlassen hat, obwohl er doch zutiefst christlich-religiös, wenn auch nicht unbedingt katholisch, war.

„Uns wird Achtung zuteil, wenn wir sie auch anderen gegenüber haben. Aus dieser Achtung entsteht Ordnung, die das Leben eines Menschen bestimmt. Denn Menschen, die achtungsvoll sein können, werden viel eher als Autorität anerkannt. Erinnerst du dich dieses Grundsatzes?"

„Ich habe mich nach all den Jahren in verschiedenen Beziehungen und auch als Single damit arrangiert, alle Entscheidungen letztlich allein zu treffen. Papas Lebensprinzipien waren mir dabei oft Orientierung und Hilfe." Bei diesen Worten hakt sie mich versöhnlich unter und wir gehen zu unseren Geschwistern zurück.

„Und keine Sorge, dein neues Geheimnis ist gut bei mir aufgehoben. Ich freue mich auf dich als neue Verbündete in unserer Normalität und bin natürlich total neugierig, Hannah kennen zu lernen."

4. Kapitel
Maria – Marie

„Schön, euch beiden nach dem Knall von vorhin euch wieder so vertraut und vereint zu sehen“, kommt Marie zurück mit großem Topf in der Hand.

Körperlich hatten meine ältere Schwester und ich selten ein Bedürfnis nach Kontakt, sodass diese Nähe und Verbundenheit allerdings erstaunlich sind, sie hält auch nicht lange an.

„Reinigende Gewitter haben doch auch in der Natur ihren Sinn“, bemerkt Anne dazu und geht weiter in die Küche.

Der Tisch ist bereits gedeckt, Franzi und Anne kommen mit den anderen Utensilien für unser gemeinsames Essen.

„Wollt ihr erzählen, was euch derart aus der Fassung gebracht hat“, hakt Marie nach.

Mit großen Augen schau ich sie an: „Und das von dir, du gehst doch sonst jedem persönlichen Konflikt aus dem Weg.“

Peng – das saß. Sie knallt den Topf auf den Tisch, dreht sich abrupt um und geht wieder in die Küche.

„Wie wäre es mit einem friedlichen Abendessen?“, fragt unsere Kleinste in die Geschwisterrunde.

„Erzählt doch mal, wie es euch derzeit geht, was euch bewegt und was ihr beruflich macht“, ergänzt Anne ihre jüngste Schwester mit einer großen Schüssel Salat auf dem Arm. Wir alle setzen uns rund um den alten Wohnzimmeresstisch unserer Eltern, heben unsere bereits gefüllten Weingläser und prosten einander zu.

„Auf diesem Tisch waren doch schon unsere Weihnachtsgeschenke ausgebreitet; ich hoffe, du nimmst ihn mit und er wandert nicht – wie das

Klavier von Oma und einiges mehr – in Anitas neues Haus“, bitte ich meinen Bruder.

Bevor er antworten kann – oder will, kommt Marie zurück, setzt sich demonstrativ weit von mir weg, ohne sich zu sehr von unserer Gemeinschaft auszuschließen:

„Ich muss mich bei den Kohlehydraten nach wie vor in Acht nehmen. Ihr Jungs könnt euch doch sicherlich noch gut erinnern, dass wir Mädchen das Essen nur anschauen mussten; bei dem Gedanken ans Essen wurden unsere Hüften und Oberschenkel schon runder! Ihr stattdessen konntet dasselbe Essen genießen und nichts passierte bei euch – das war so gemein.“

„Das hat sich heute wohl verändert, denn auch ich merke Mamas Gene sehr deutlich, wie ihr seht“, seufzt Kurt selbstironisch.

„Und ich muss viel Sport treiben, damit sich die Ketten von Kohlehydraten nicht auch um meine Hüften schlingen“, ergänze ich Kurts Seufzer.

„Bei all dem Gejammer auf hohem Niveau: Es ist toll, noch einmal hier in unserem alten Zuhause zu sein. Auf unser Wohl!“ Und Joachim hebt sein Glas und leert es in einem Zug.

„Auch wenn Kurt unser Elternhaus verkauft hat, musste er uns nicht einladen“, lobt Marie den Gastgeber. „Insofern freut es mich, zumal ich mindestens zwanzig Jahre von zuhause weg bin. Es ist immer noch wie ein Nachhause-Kommen. Außerdem hab ich in diesem Raum etwa 12 Jahre lang mit Oma jede Nacht verbracht, nach dem ersten Jahr nebenan im Kinderbettchen; insofern ist es echt befremdlich, plötzlich zum letzten Mal wieder an diesem Ort zu sitzen, und das mit euch allen zusammen.“

„Was“, wundert sich Joa, mehr als fünf Jahre jünger als seine Schwester, „du musstest all die Jahre hier neben der alten Frau in ihrem alten Ehedoppelbett schlafen? Oh Gott wie gruselig ist das!“ Sie steht auf und holt die Platte mit Grillfleisch, welche Kurt inzwischen vorbereitet hatte.

„Für mich war das bisher noch nie ein Thema“, nimmt Marie den Faden wieder auf. „Nicht nur, dass ich ihren Namen Maria bekommen habe, der sich – Gott sei's gedankt – in dieser Kurzform nicht so furchtbar und antiquiert anhört. Oma war doch keine herzliche Frau, keine so wundervolle Märchen-Oma, sondern doch eher eine sachliche und ehrgeizige, früh verbitterte und vom Schicksal gebeutelte Frau. Warm und wohlig war's bei ihr nie."

Bei diesen Worten hebt Marie ihr Glas und leert es auf einen Schluck: „Auf Oma Maria, die andere leibliche Oma Sophia hab ich ja kaum kennen gelernt!", und gießt sich ihr Glas selber wieder voll.

„Donnerwetter, Respekt!", stößt Joa mit ihr an. „Diese Seite von dir kannte ich noch nicht." Wir lachen tatsächlich zur Abwechslung mal alle zusammen, als auch er sein Glas in einem Zug leert.

„Na das kann ja heiter werden", bemerkt unser Gastgeber vom Grill aus. „Ihr wisst vielleicht noch, wo im Keller immer der Wein gelagert war?"

„Oppenheimer Krötenbrunnen", erinnere ich mich, „und an einen Rotwein erinnre ich mich nicht mehr – oder?" „Kröver Nacktarsch", ergänzt Anne „und ausschließlich Warsteiner Pils." „Aber das war auch ein Weißwein", verbessere ich sie. Und bevor sie noch meckern kann über dieses typische Lehrerverhalten, erhebe ich mich schnell und eile von dannen in den lang gestreckten Flur, aus dem sich das Treppenhaus in den 1. Stock nach oben windet.

„Memories are made of this", trällere ich vor mich hin und wandere dabei in den Keller für den Nachschub.

Muffig und feucht riecht es dort immer noch und die alten Holzstufen knarren. Beim Umbau Ende der 60er ist dieser Teil so geblieben, die dicken alten Mauern von 1912 haben zwei Weltkriege überdauert. Die Heizölanlage ist das einzig Moderne hier unten. Das abgemauerte Bassin wurde nicht weggeschlagen und ich hebe mit Erstaunen den alten Holzdeckel: Darunter liegt der kühle Weißwein und das Pils. Hier wurde das gepökelte Fleisch aufbewahrt nach unseren jährlichen Hausschlachtungen. Oma hatte nach dem frühen Tode ihres Mannes Heinrich in den 20ern Logis-Gäste, sodass sie einen relativ großen Haushalt führen musste, der ihr aber auch das Überleben sicherte. Es waren ausschließlich weibliche

Angestellte der benachbarten Molkerei sowie Lehrerinnen der dörflichen Volksschule, die vom Gesetz her – wie bereits beschrieben – unverheiratet sein mussten. Auch die großen Holzbänke für Obstlagerungen waren noch da, wodurch wir im Winter in meiner Kindheit beinahe Selbstversorger waren, zumal ein- bis zweimal jährlich ein Schwein hinten im Anbau – unsere Tenne – geschlachtet wurde. Birnen und Äpfel wurden in eine nahe Mosterei gebracht, sodass genügend Apfel- und Birnensäfte vorhanden waren. Die alten Steingut-Töpfe meiner Mutter für Sauerkraut standen ebenfalls in einer Ecke – schön anzuschauen, aber nicht mehr in Gebrauch.

Mit zwei Flaschen Wein in der Hand kehre ich zurück und finde meine Geschwisterschar in launiger Atmosphäre wieder.

„Mein Weg in die Vergangenheit war so überraschend – und so kalt", ergänzte ich, die beiden Flaschen abstellend. „Sind bei dir keine negativen Erinnerungen dort unten wach geworden?", will Marie wissen. Zweifelnd schaue ich sie an.

„Ihr seid nicht zur Strafe in den Keller gesperrt worden?", formuliert sie mit langsam gedehnten Worten ihre Frage.

„Ich schon", kommt vom Grill herüber und wir alle schauen die beiden etwas betreten an. „Das tut mir leid für euch", sagt Anne, „wollt ihr davon erzählen?"

Beide schweigen. „Wir sollten endlich aufhören, uns immer wieder auf die Vergangenheit zu stürzen", stößt Marie hervor. „Ich bin gekommen, um mit euch zu feiern, lecker zu essen – und mich vielleicht auch zu betrinken. Also Schluss damit!" Und wieder leert sie mit einem Schluck ihr Glas: „Prost!"

„Aber andererseits ist die Vergangenheit doch übermächtig und sie bestimmt auch bis heute unseren Alltag – leider meist im Unterbewusstsein", widerspricht ihr Anne.

„Freud lässt grüßen", spottet Marie. „All das weiß ich genauso wie du – auch ohne Psychotherapie."

„Aber wovor hast du Angst, wenn du dich deiner Vergangenheit stellst?“, entgegnet ihre ältere Schwester. „Ich kann ja verstehen, dass du bestimmte Probleme deiner Vergangenheit ausblenden möchtest; aber in dem Moment, wo du etwas ausblendest, blendet es sich die ganze Zeit unterschwellig bei dir ein. Dagegen angehen macht die Situation nur noch schlimmer und endet oft in einer Erschöpfung – heute auch Burnout genannt. Du solltest Wege finden, dich deiner Probleme zu stellen, und dabei helfe ich dir sehr gerne.“

„Staaten haben eine dokumentierte Vergangenheit durch historische Zeugnisse, aber bei uns Menschen ist dem doch nicht so. Wir verdrängen doch viel zu schnell – vielleicht Gott sei Dank – alles Geschehene besonders aus Kindheit und früher Jugend, denn nur so können wir unbelastet in die Zukunft gehen, es sei denn, diese Vergangenheit holt uns ein“, springe ich meiner großen Schwester bei.

„Euer Psycho-Scheiß kotzt mich an!“, bricht es wieder mal aus Marie hervor. „Ich will nicht alles von eurem Leben wissen, mein eigenes ist kompliziert genug. Und dafür brauche auch ich keine Psychoanalyse, um zu kapieren, dass ich meinen phasenweise gewaltsamen Ehemann verlassen muss!“ Und wieder kippt sie sich das nächste Glas herunter, während wir alle unser Essbesteck sinken lassen.

„Dann erzähl mir doch bitte mal, wieso du wiederholt an einen solchen Mann geraten bist?“, versuche ich leise und zögerlich unser Schweigen zu brechen. „Das ist doch kein Zufall?“

„Wenn du auf Frank, meinem 1. Mann, anspielst: Wir waren jung und brauchten das Geld“, versucht Marie mir mühsam zuzulachen. „Ihn habe ich nur geheiratet, weil er bei der Bundeswehr dafür einen höheren Sold bezog. Die Beziehung war wahrscheinlich eine Flucht aus dem emotionalen Chaos nach Mutters Tod. Aber nach Frank hatte ich ab Mitte 20 ein wunderbares Leben mit vielen wechselnden Partnern, oft in Griechenland oder in Italien per Trampen unterwegs. Manchmal wusste ich nicht mal, wie ich finanziell zurückkommen sollte, aber es gab immer nette Männer und Frauen, die mich mitnahmen. Oder meine längere Beziehung – na ja ‚Beziehung‘ – mit Norbert und seinem Motorrad: welch super Zeit und super Touren durch halb Europa. Davon wisst ihr natürlich nichts, denn in der Zeit hatten wir doch eigentlich kaum Kontakt miteinander – außer durch gelegentliche Postkarten vielleicht. Dass Gerd im Endeffekt jetzt wieder – nach so vielen tollen Jahren miteinander und meinem Sohn Sebastian, den ich über alles liebe – im Alkohol schon mal plötzlich die Hand ausrutscht, das war niemals vorauszusehen."

Ich drehe mich notgedrungen weg, damit meine Geschwister nicht meine aufsteigenden Tränen sehen. Wieso lasse ich mich nach all den Jahren von dieser Bande derart in die Enge treiben? Wenn sie wüssten, dass Gerd nicht nur manchmal die Hand ausrutscht, wenn er Samstag abends aus der nahen Kneipe zurück kommt und zu viel getrunken hat, während ich gerne bei unserem Sohn bleibe, sondern zu weiteren gewaltsamen Aktionen neigt, dann wäre hier aber der Teufel los.

„Wo du schon Frank erwähnst", fall ich Marie ins Wort. „Es war eine großartige Geschwistertat von dir, dass du mich nach dem plötzlichen Ende meiner ersten längeren Beziehung mit Lisa in eurer kleinen Wohnung aufgenommen hast für einige Monate. Es war aber auch schwer zu übersehen und später auch schwer zu ertragen, dass ihm gelegentlich ‚eine Hand ausrutschte', wie du gerade so beschönigend formulierst."

„Deine Einmischung hat zu nichts geführt, außer dass sich unser Konflikt zuspitzte und wir beide danach für lange Zeit keinen Kontakt mehr hatten." „Im Einmischen ist Pete große Klasse", bemerkt Joa spöttisch hinter Maries Rücken.

Langsam dreht sie sich wieder um: „Diese Große-Bruder-Aktionen hättest du dir sparen können, besonders nach unseren schönen Erlebnissen einige Jahre zuvor in unserer Kindheit. Wenn wir zusammen zu Tante Katrina in den Sommerferien für eine Woche in Papas Heimatdorf nahe der Lippe mussten, warst du meine Rettung und Stütze."

Es ist mal wieder Sommer. Marie und ich sind bereits in der Grundschule und dürfen in die Ferien fahren, weg von zuhause. Das Ziel unserer Reise: Papas Heimat nahe der Lippe, eine Bauernschaft ohne jegliche Infrastruktur – ausgedehnte Langeweile für uns beiden, da auch andere

Kinder in der Nachbarschaft fehlen. Tante Kathrina bemüht sich beim Empfang um Herzlichkeit; schließlich ist Papa ihr Schwager und von allen seinen vier noch lebenden Geschwistern anerkannter Vermittler und geschätzter Bruder. Wehmütig schauen wir beide unserem Vater hinterher, als er wieder nach Rinkeln fährt. „Ich hol euch in einer Woche wieder ab“, verspricht er, offensichtlich erleichtert, dass nur noch drei Unruhegeister zuhause ihn von der Arbeit abhalten können. Tante Kathrina verpflanzt uns selbstverständlich in zwei nebeneinanderliegende Schlafzimmer, als Junge und Mädchen. In ihrem Malergeschäft ist sie das Büro, also sehr geschäftig und wie in allen Handwerker-Haushalten zuständig für Einkauf und Essenszubereitung. Das gibt uns unerwartete Freiheiten, die wir vorsichtig nutzen. Den Hang hinunter zur Lippe über bereits abgemähtes Korn und über eine Wiese schleichen wir beide mit Bedacht, um nicht dreckig zu werden; denn ohne Waschmaschine bedeutete dies doch zusätzliche Arbeit für die Tante, was Schimpfe und Ärger zur Folge hätte. „Sie ist manchmal ein Dragoner“, höre ich unsere Mutter in Küche zu Papa sagen, was ich aber nicht mitbekommen sollte. Der tägliche Tiefpunkt war für Marie und mich der einstündige Mittagsschlaf. Leise schlich ich herüber in Maries Zimmer und legte mich zu ihr auf das große Bett. Schlafen konnten wir beide nicht, sodass ich vor Ablauf der Stunde wieder in mein Zimmer kroch, denn die große Standuhr im Flur schlug jede Viertelstunde und diese zählten wir.

„Weißt du noch, dass wir uns jedes Mal an die Hand genommen haben, weil wir vor Tante Kathrina Angst hatten und uns dort so unwohl fühlten?“, erinnert sich Marie. Für einen Moment wird es warm zwischen uns, wir fassen uns wie früher an die Hand und die alte Geschwisterliebe erwacht.

„Aber deine gelegentlichen Mofa-Aktionen nach Papas Tod, mich samstagabends aus der Disko herauszuholen, haben mich vor meinen Freundinnen bloßgestellt. Ich war so wütend auf dich. Hinten auf deinem Mofa nach Hause fahren zu müssen, war kaum zu ertragen.“

„Du meinst, dein Hintern tat dabei zu weh?", unterbricht unsere Harmonie bedürftige Franzi und versucht die entstandene Spannung etwas zu mildern, was aber niemanden zum Lachen veranlasst.

„Und anschließend von Mama eine saftige Strafpredigt zu bekommen, hat nicht zu einem guten Geschwister-Verhältnis beigetragen, übrigens bis heute nicht."

Pause – und wieder füllt sie sich ein Glas Wein ein.

„Dabei waren allerdings Mamas Tränen am schlimmsten, und zu bemerken – aus heutiger Sicht als Mutter –, wie ohnmächtig und hilflos sie mir gegenüberstand: Das war der eigentliche Schmerz, den ich mir lange nicht verziehen habe, ohne dass ich es Mama je sagen konnte." Wir beide sind kilometerweit voneinander entfernt, aber dennoch immer noch so nah.

„Manchmal hab ich das Gefühl, als ob ich einer Mauer von meinen großen Kindern gegenüberstehe. Wisst ihr noch, wie Mama das gesagt hat?", fragt uns Marie. Wir älteren beiden nicken, die andern schauen uns etwas fragend an.

„Nach Papas Tod verweigerten wir drei Ältesten doch zum Beispiel den geforderten Kirchgang am Samstagabend oder am Sonntag", erläutert Anne, „und auch sonst passten wir Älteren uns überhaupt nicht mehr den Erwartungen dieser Dorfgemeinschaft an. Unsere Mutter war oft hin- und hergerissen zwischen der Liebe zu ihren Kindern und dem Erwartungsdruck des Dorfes, aus dem sie stammte."

Typisch für mich, wie Anne mir wahrscheinlich vorwerfen würde, hatte ich bei der Mutter von Maries Freundin Andrea Holtkamp an diesen Sonntag-Vormittagen für 45 Minuten Unterschlupf bei einer Tasse Kaffee gefunden. Margret Holtkamp war die einzig mutige und nicht angepasste, alt eingesessene Bürgerin des Ortes, die weder zur Kirche ging noch an den verpflichtenden Feierlichkeiten der Gemeinde teilnahm. Sie hatte ihre Ausbildung zur Pianistin in Münster abbrechen müssen, als sie schwanger wurde, sodass sie wieder ins Dorf zurückzog und Karl Holtkamp, den Bauunternehmer und Andreas Vater, heiratete. Ihr eigener Vater war der

Taufpate meiner Mutter gewesen, sodass sie mit unseren Familienverhältnissen vertraut war. Jeden Sonntag gegen 9.40 Uhr spottete sie, dass ich mich sputen müsse, sonst würde unser kleines Geheimnis auffliegen. Vorher spielte sie mir gelegentlich auf ihrem großen schwarzen Bechstein-Flügel etwas vor, was erheblich beeindruckender war als jede Heilige Messe in unserer Dorfkirche. Danach bin ich zurück nach Hause geeilt, habe den Kirchgang vorgeschützt und meine Geschwister haben mich nie verpfiffen. Es fiel mir zu schwer, Mutters Erwartungen in mich ebenfalls zu enttäuschen, zumal ich sie oft weinend vorfand, wenn wieder eine Mitbürgerin anonym angerufen hatte, um unserer Mutter „brüh-warm" die Vergehen ihrer Kinder vorzuwerfen. Viel später habe ich ihr mein „Geheimnis" allerdings gebeichtet so wie manche andere „Geschichte" auch.

„Es war nicht nur der gesellschaftliche Erwartungsdruck, der unserer Mutter zu schaffen machte, sondern es waren ebenso ihre eigenen traditionellen Werte, deren Veränderung sie nun allein ohne Papa ausgeliefert war. Dabei ist unsere Mutter doch eine eigenständige Frau geworden im Laufe ihrer Ehe."

„Wie meinst du das?", schaut Marie mich fragend an.

„Ich rede von Annes und deiner Entscheidung einige Jahre später, selbstbestimmten Sex als junge Frauen haben zu wollen, bei dem die Partnerwahl nicht gleich bedeutend war mit einer Entscheidung für einen sicheren Aspiranten des Ehehafens, was Mama nicht begreifen konnte."

„Ah, daher weht der Wind. Du meinst meine Erwartung, mit knapp achtzehn Jahren Mamas schriftliches Einverständnis für die Pille zu bekommen, was sie verweigerte, sodass meine damalige Chefin ihre Gynäkologin erfolgreich überzeugte, mir für die Übergangszeit bis 18 Jahre die Pille zu verschreiben."

Marie musste die Zeit bis zum Beginn der Ausbildung zur Krankenschwester überbrücken und fand eine Anstellung als Hauswirtschafterin in einer begüterten Münsteraner Familie. In dieser Zeit lernte sie ihren ersten sogenannten festen Freund Ansgar kennen. Da sie wusste, dass ihre Mutter Sex vor der Ehe grundsätzlich ablehnte, überzeugte sie ihre Chefin zu einem Besuch in Rinkeln. Selbst der Besuch dieser „Dame der gehobenen Gesellschaft“ aus der Großstadt beeindruckte unsere Mutter nicht; sie verweigerte ihrer Tochter die Erlaubnis für die Verschreibung der Pille. Nicht minder heftig war der ähnlich gelagerte Konflikt mit Anne. Nach ihrer großen Schottland-Reise mit Freund Harald aus Frankfurt-Höchst übernachteten beide noch zwei Tage zuhause. Unsere Mutter bekam natürlich mit, dass Anne in der 2. Nacht zu ihrem Freund in sein Schlafzimmer und Bett wechselte, was Mama sofort auf den Plan rief. Ohne zu klopfen, öffnete sie die Tür und verlangte laut und deutlich von ihrer Tochter, sofort wieder in das eigene Bett zu wechseln. „Solange du dich in meinem Haus aufhältst, richtest du dich nach meinen Regeln.“ Auch diesen Kampf mit ihrer Ältesten verlor unsere Mutter, was sie sehr schmerzte. Harald und Anne verließen noch in derselben Nacht unser Haus. Für lange Zeit wurde Anne nicht mehr in Rinkeln gesehen. Zu sehr klammerte sich unsere Mutter an das, was sie von ihren katholischen Eltern und Lehrern, von den konservativen Teilen der Gesellschaft und ihren medialen Sprachrohren eingetrichtert bekommen hatte. Papa wäre ein gutes Korrektiv gewesen. Leider verlor unsere Mutter in diesem Jahr noch einen 3. Kampf: den gegen den Krebs. Gekommen war er aus heiterem Himmel – für uns alle wie ein Donnerschlag. Wie so oft hatten wir an diesem Wochenende Besuch von Onkel Karls ältestem Sohn Karl-Heinz und seiner Frau Paloma mit Sohn Maik. Sie war Halbspanierin, denn ihre Mutter hatte sich in den Nachkriegswirren nach Bocholt verirrt, war dort geheiratet und sesshaft geworden. In Größe und Erscheinung war Paloma Ostendorf Mireille Mathieu nicht unähnlich, nur dass ihre Lebensfreude von Herzen kam und ansteckend war. Insofern waren wir froh über ihren Besuch, zumal sie sich mit unserer Mutter sehr gut verstand. Ohne Vorwarnung brachte Mutter an diesem Freitagabend die Nachricht mit, dass sie am Montag ins Krankenhaus zur OP müsse, nachdem ihre Brüste per Röntgenstrahlen – worauf meine Mutter bestanden hatte anstatt der üblichen Abtastung – untersucht worden waren. Den großen braunen DIN-A 4-Umschlag haben wir bis Samstagmittag liegen lassen können; dann siegte die Angst und wir schauten uns mit Entsetzen die sechs Röntgenbilder und den schriftlichen Befund an: Diagnose „Mammakarzinom“ in beiden Brüsten. Die folgenden drei Jahre waren ein stetes Auf und Ab – ein Bangen und ein Hoffen, wobei Letzteres überwog, zumal wir alle „Weltmeister im Verdrängen“ waren. Nach über drei Jahren kam er zurück – und ging nicht wieder. Stattdessen breiteten sich seine Zellen langsam, aber beständig in ihrem Körper weiter aus, ohne dass sie es gleich merkte. – bis es zu spät war.

Ich beeile mich, schwinge mich auf mein Rad und spurte aus Münsters Innenstadt zur Uni-Klinik. Die Wegweiser in der Eingangshalle zeigen mir an, dass ich bis in den 3. Stock muss zur Radiologie. Dort sitzt meine Mutter auf einem der Stühle im langen, kahlen Flur, zusammengesunken. Erst als ich mich zu ihr setze, bemerkt sie mich und ein kurzes Lächeln huscht über ihr gerötetes Gesicht. Ich nehme ihre Hand und wir beide sagen nichts. Vorsichtig streiche ich mit meiner Hand über ihren schlichten, gerade geschnittenen dunkelblauen Rock – erschrecke mich und zucke zurück: wie elektrisch aufgeladen und heiß. Verunsichert und gleichzeitig wütend wende ich mich fragend an die nächste vorbeieilende Ärztin. „Da der Krebs bei Ihrer Mutter nicht lokalisierbar ist, haben wir den Unterleib großflächig bestrahlen müssen – auch zur Prophylaxe.“ Meine Mutter hatte doch Brustkrebs gehabt und beide Brüste waren ihr abgenommen worden: Warum wurde sie dort unten bestrahlt? Sie wusste es nicht genau. Von welchem Krebs sprach diese Ärztin? Meine Mutter wollte nur weg, raus aus diesem anonymen Kasten und nach Hause. Mit dem Bus fuhren wir bis zum Bahnhof und ich setze sie in den Zug. Als sie kurz aus dem Fenster winkte, mussten wir beide mit den Tränen kämpfen. Aber anstatt sie nach Hause zu begleiten, ging ich zurück in die Uni und beschäftigte mich wieder mit den Ursachen und Folgen der großen Pest von 1348. Abends rief ich sie zuhause an, am Telefon wollte sie nicht darüber reden. Aber leider sprach sie auch sonst mit niemandem darüber, vielleicht mit ihrer Schwester, denn körperliche und seelische Belastungen blieben ausschließlich eine persönliche Angelegenheit und waren nicht für Verwandte und schon gar nicht für Teile der Öffentlichkeit bestimmt. Und ihre Aussprache mit Gott war wohl leider etwas einseitig. Heute weiß ich, dass Traurigkeit die Menschen verschließt.

„Mama hatte eine zu große Angst vor dem Urteil der Nachbarn und des Dorfes, alleinerziehend uns, ihren Kindern, nicht gewachsen zu sein", ergänzt Anne meine Sicht.

„Und nach Hause kommend und Mama wieder weinend anzutreffen, war auch nicht einfach", füge ich noch hinzu, „denn inzwischen hatten eifrige Mitmenschen anonym angerufen und uns verpetzt, dass wir an der Kirche vorbei oder nach fünfzehn Minuten aus der Kirche geschlichen waren und anderswo auf das Ende der Messe gewartet hatten. In dieser Zeit hast du ja schon während der Woche in der Stadt gewohnt", wende ich mich wieder an Marie, „und dich mit verheirateten Männern vergnügt."

„Ich weiß heute schon ziemlich gut, wie ich heute ticke, und ob meine Männerwahl mit dem plötzlichen Tod von Papa zusammenhängt, ist mir heute scheißegal. Ich kann euch versichern, es wird der letzte gewaltsame Mann in meinem Leben sein. Ich werde ihn sobald wie möglich verlassen, wenn der Vorschlag meiner Anwältin von ihm akzeptiert wird."

Langsam schiebt sie ihren Stuhl nach hinten, steht auf, zittert am ganzen Körper, nimmt ihre Zigaretten und sagt „Gute Nacht. Ich muss ins Bett." Und geht.

Ruhe. Nichts als Schweigen.

In der offen stehenden Tür erscheint unsere Marie noch einmal, Tränen laufen ihr über die Wangen: „Ich ahne seit einigen Jahren, dass meine Anziehung zu maskulinen starken Männern damit zu tun haben könnte, dass ich genau in meiner beginnenden Pubertät meinen Vater von jetzt auf gleich verloren habe, mein einziges männliches Vorbild." Sie tritt etwas näher ins Zimmer, hält sich am Türrahmen fest. „Leider haben es zwei von ihnen, ausgerechnet meine beiden Ehemänner, in ihrer Männlichkeit übertrieben und sich mir gegenüber beweisen müssen, denn ich habe mich ihnen nicht untergeordnet." Sich die Tränen mit beiden Händen aus dem Gesicht abwischend, dreht sie sich langsam um und geht ohne ein weiteres Wort.

Manchmal hasse ich meine Geschwister, denn niemand anderes würde es wagen, mich derart persönlich anzugreifen und damit aus meiner Fassung zu bringen, nicht einmal Gerd schafft das. Langsam bewege ich mich die alte knarrende Treppe nach oben in mein jetziges Gästezimmer. Komisch – Gast im eigenen Elternhaus zu sein. Ich lasse meinen Blick schweifen über die Gewächshäuser: Dahinter liegen die Kornfelder und hinten am Rand erkenn ich die Wälder unseres Dorfes. Tief durchatmend beruhige ich mich nach und nach, der Alkohol vernebelt meine Gedanken. Wenn ich es genau betrachte, muss ich mir wohl eingestehen, dass ihre heftige Kritik aus tiefer innerer Verbundenheit und vielleicht sogar Liebe geschieht: Geschwisterliebe ist eine komische emotionale Konstruktion. Was haben unsere Eltern richtig gemacht, dass selbst nach so vielen Jahren die intuitive Verbundenheit immer noch funktioniert? Schnell werfe ich meine paar Klamotten ab, ab ins Bad und ab in die Koje, nichts mehr hören und nichts mehr denken müssen.

Franzi findet als erste wieder zu ihrer Stimme zurück: „Auch wenn der Weg zu dieser Erkenntnis für unsere Schwester schmerzhaft war in beiderlei Hinsicht, sie scheint aber angekommen zu sein – oder?"

„Ich habe sie nach wie vor gern, wie man eben nur eine Schwester gerne hat", weiche ich der Beantwortung aus. „Vielleicht solltest du sie selber fragen."

„Mir scheint es sinnvoll zu sein, dass ich allein mit ihr rede. Also zurück zum Praktischen: Wer macht denn morgen früh das Frühstück?", will Anne wissen.

„Wer zuerst aufsteht", antwortet Kurt. „Ich räume noch den Grill weg und bin es gewohnt, früh aufzustehen."

Gemeinsam fassen wir an und bringen das restliche Essen, die Teller, Schüsseln und Gläser in die Küche. Während Franzi und Joa bereits nach oben gehen, setzen Anne und ich uns noch auf die Terrasse. Außer dem zarten Mondlicht bescheint ein kleines Außenlicht von der Seite unsere Bruder-Schwester-Nachtansichten.

„Na, was denkst du über heute Abend?", frage ich sie.

„Diese Flut und Wucht der Ereignisse kann ich nicht so schnell verarbeiten, geschweige denn analysieren", entgegnet sie. „So viele Emotionen, die so lange verdeckt und versteckt waren. Maries zerstörte Ehe hat mich am meisten mitgenommen. Auch wenn wir so lange nur sporadischen Kontakt hatten, schmerzt es mich zu erleben, wie meine jüngere Schwester seit Jahren leidet. Der frühe Tod unserer Eltern hat uns auseinander-dividiert, aber auch wieder einander nähergebracht, was mir erst heute Abend langsam dämmert."

„Ich finde, alle vier jüngeren Geschwister hätten mit mehr Optimismus und einem Grundvertrauen in eigene Fähigkeiten ins Leben starten müssen."

„Das sehe ich heute anders. So hart sich das auch für sie in den ersten Jahren angefühlt haben mag, sehe ich heute eher die Chancen, dass alle vier schon frühzeitig ohne Blauäugigkeit und unnötigen Idealismus mit härteren Bandagen gegen die Widrigkeiten und Ungerechtigkeiten des Lebens ausgestattet wurden. Irgendwie haben es doch alle vier geschafft, ohne auf die schiefe Bahn zu geraten. Sie haben früh gelernt, dass das Leben nicht fair ist."

„Deine Denkweise grenzt fast an Sozialdarwinismus. Die Startpositionen aller vier – und hier klammere ich uns beiden mal aus – waren zu beschwert von Traumata und unbewältigter Trauer. Ich hätte ihnen so gerne eine größere Portion Lebenslust und Unbeschwertheit mit auf den Lebensweg gegeben. Sie hatten den Trost unserer Eltern nötiger als wir, denn dieser ist doch auf dem Weg ins Erwachsenen-Alter eine hilfreiche Stütze, eine emotionale Lehne zum Anlehnen, wenn einem die Hormone beinahe täglich einen Streich spielen. Diesen Trost hat ihnen keiner gegeben, den mussten sie sich – wie Marie – irgendwo suchen."

„Wenn mein Verhältnis zu Marie besser gewesen wäre, hätte ich mich schon früher um sie bemüht und ihr Hilfe angeboten wie bei Kurt und Franzi. Als Kind musste ich auf sie aufpassen, wozu ich überhaupt keine Lust verspürte, da sie mir diese Pflicht zusätzlich sehr erschwerte durch Widerborstigkeit oder Ausbüxen, wenn ich auf sie aufpassen sollte. Ich fand sie einfach nur blöd. Unser Altersunterschied hatte später auch einen anderen Kreis von Freundinnen zur Folge, während ihr doch einige Jahre gemeinsame Freunde hattet – oder?"

„Ja – auch einige gemeinsame Partys zwischen 16 und 17 Jahren; und später während ihrer Ausbildung als Krankenschwester in Münster habe ich sie häufiger in ihrem Schwesternwohnheim besucht und dabei nette Kolleginnen näher kennengelernt, besonders ihre Zimmermitbewohnerin Laura", schmunzele ich rückblickend.

„Aber sonst hat doch jeder von uns dreien spätestens nach Mamas Tod sein eigenes Leben gelebt, ohne geschwisterliche Zusammenhänge. Marie ist doch schon mit 17 Jahren nach Münster gezogen und war aus unserem Leben überwiegend verschwunden."

„Ab Beginn meines Studiums wohnten wir beide in Münster, und es ergaben sich immer wieder gewisse Gemeinsamkeiten. So hat Marie sich gut mit meiner Freundin Lisa verstanden und wir haben zu viert, wenn ihr Sohn Sven beim Vater weilte, mit Maries Freund Frank zusammen Diskos besucht oder auch mit Sven Sonntagsspaziergänge gemacht. Deshalb bot es sich auch an, dass ich durch die plötzliche Trennung von Lisa bei Marie und Frank eingezogen bin für einige Wochen. Du warst in dieser Zeit weit entfernt – emotional wie geografisch, da du im Ruhrgebiet und in irgendwelchen WGs abgetaucht bist."

„Und in einer davon hat Mama mich tatsächlich mit Franzi eine Woche lang besucht", sinniert Anne vor sich hin und ihr Gesicht hellt sich dabei auf. „Es war solch eine Umstellung für sie, dass wir fünf Bewohner abwechselnd Küchen- und Putzdienst hatten, unabhängig vom Geschlecht. Sie hat es auch hingenommen, dass ich in dieser Woche im Zimmer meines damaligen Freundes Harald übernachtete. Die Jungs in unserer WG mussten sie davon abhalten, dass sie in ihre Mutter- und Hausfrauenrolle verfiel. Es war für eine Frau aus einem kleinen Dorf im Münsterland eine enorme Herausforderung, die sie super gemeistert hat und die ihrem Selbstbewusstsein gutgetan hat. Wenn wir danach gelegentlich telefonierten, war Mama viel verständnisvoller, weniger vorwurfsvoll – sie war dabei, meine Lebensform zu akzeptieren."

„Hast du mit Franzi mal über diese Woche bei dir gesprochen?“

„Kaum, aber du bringst mich auf die Idee, das hier zu tun. Und bevor ich wieder todmüde ins Bett falle, könnten wir nicht zum Abschluss noch mal zusammen singen?“, schlägt sie unvermittelt vor und fröstelt etwas dabei.

„‚Kalt weht der Abendhauch‘ von Ingrid Noll, du erinnerst dich?“, frage ich sie und reibe dabei ebenfalls meine Arme wegen aufziehender Kühle.

„Nee, was meinst du?“ Ich stimme an und sie setzt gleich ein:

„Der Mond ist aufgegangen
Die gold’nen Sternlein prangen
am Himmel hell und klar
Der Wald steht still und schweiget
und aus den Wiesen steiget
der weiße Nebel wunderbar.
– Der weiße Neger wumbaba“

Ich lache: „Kennst du doch – Axel Hacke?“

„Dazu habe ich keinen Bezug. Frag mich nach Betonmischverhältnissen oder Bauvorschriften, damit kann ich beeindrucken.“

„Aber immerhin haben wir beide wieder gemeinsamen Bezug zur Musik. Nach unseren jahrelangen Klavierstunden bei Schulte bin ich froh, wieder ein entspanntes Verhältnis zur Musik gefunden zu haben. Marie hat nie wieder ein Instrument angerührt, nachdem Schulte sie und mich zu oft ‚angerührt‘ hat.“

Betroffen schaue ich sie an: „Wie, unser gemeinsamer Klavierlehrer hat euch betatscht?“

„Er hat Marie wie auch mich auf der Klavierbank mit dem rechten Arm um unsere Hüfte gefasst und manchmal rutschte sein Arm oder seine Hand auch schon mal etwas höher. Dabei hat er mit der anderen Hand einen spitzen Bleistift unter unserer Handfläche hoch gehalten und wenn wir die Hand sinken ließen, beim Spielen, erinnerte uns die Bleistiftspitze an die vorschriftsmäßige Handhaltung. Marie hat dies nie jemandem außer mir erzählt, was mich nach dem heutigen Abend auch nicht erstaunt. Ich hab Schulte vor Kurzem einen Brief, an seine Frau adressiert, geschickt und mir seine ‚Techniken' des Klavier-Lernens von der Seele geschrieben. Danach war ich meine jahrelange musikalische Blockade langsam – nicht sofort – los. Es tut mir nach wie vor leid, dass Marie auch dieses Kapitel verdrängt hat."

„Und natürlich konnte keine von euch beiden mit unseren Eltern darüber reden", stellte ich fest.

„Missbrauch ist doch immer noch ein Tabu-Thema; Marie könnte ihren Mann doch anzeigen, aber Vergewaltigung oder Gewalt in der Ehe stehen immer noch nicht unter Strafe. Ich setze mich seit Jahren dafür ein, dass sich dies ändert."

„Aus heutiger Sicht ist es dann auch nicht verwunderlich, dass Herr Schulte mich in der 3. und 4. Klasse viermal pro Woche als einzigen Jungen jeweils 15 Minuten vor der Pause zu sich nach Hause geschickt hat, um seine Mahlzeit zu holen. Ich war strebsam, angepasst und gab niemals Widerworte. Aber auf dieses Privileg hätte ich schon damals sehr gern verzichtet. Außerdem hat Herr Schulte mich als Kind genötigt, die Rohrstöcke von zuhause mitzubringen, mit denen er nur den Kindern auf die geöffneten Hände schlug, die aus der dörflichen Gemeinschaft eher ausgeschlossen waren, sodass er keine Konflikte mit einflussreichen Eltern riskierte: Schwarze Pädagogik nennt man das heutzutage. Wen wundert's, dass ich keine Freunde in meiner Klasse hatte, was ich allerdings erst heute richtig kapiere."

„Die Allmacht der Lehrer wurde nie in Zweifel gezogen, auch von unserem kritischeren Vater nicht. Wieso ist Marie eigentlich nach der Grundschule weiter auf die Hauptschule gegangen, sie ist doch eine clevere Frau?", will ich von Anne wissen.

„Du als Lehrer weißt doch besser als ich, wie stark unser Schulsystem bis heute Kinder bereits in der Grundschule aussortiert", entgegnet meine Schwester. „Dir muss ich nicht erzählen, dass Kinder aus bildungsfernen Schichten es bis heute ungemein schwer haben, auf das Gymnasium zu wechseln. Von klassischer Bildung waren wir auch bei uns zuhause ziemlich weit entfernt; Bücher standen nirgendwo herum, auch wenn wir Klavierunterricht bekamen."

„Unsere Schwester Maria, welch ein Leben voller Höhen und Tiefen! Sie hat die Kurve gekriegt, ist zu einer emanzipierten Frau geworden – trotz des erneuten Rückfalls in die weibliche Untertänigkeit bei ihrem Ehemann. Sie ist schon seit Jahren eine Leseratte und wir haben die erste feministische Literatur miteinander geteilt: Erinnerst du dich?"

„Du meinst Gerd Brantenberg, die Töchter Egalias? Das hab ich doch auch verschlungen, auf jeden Fall die ersten 150 Seiten, bis es langweiliger wurde und sich die witzige und tolle Idee wiederholte, dass Frauen und Weibliches als Norm angesehen werden, sogar in der Sprache. Ich erinnere mich noch an Petronius, der irgendwann seinen PH – seinen Penishalter – offen in der Stadt mit seiner Männergruppe verbrannt hat."

Wir beide freuen uns über unsere Gemeinsamkeiten, über das, was uns nach all den Jahren auch weiterhin verbinden wird. „Allerdings bin ich deiner anderen Empfehlung des Buches ‚Die Scham ist vorbei' damals nicht nachgekommen und hab es nach kurzer Lektüre beiseitegelegt; wobei ich es immer noch vor mir im Bücherschrank sehe."

„Marie hat auch das Buch mit Zustimmung und Begeisterung gelesen, aber die Zeitschrift ‚Emma' wollte sie dann doch nicht abonnieren", schmunzelt Anne und gähnt laut vor sich hin.

„Auch wenn sie sich nicht helfen lassen wird, wird sie es schaffen, auf eigenen Füßen zu stehen – auch mit ihrem Sohn Sebastian – und auch dieses Kapitel hinter sich lassen", proste ich meiner Schwester mit dem letzten Schluck Wein optimistisch zu – und wir beide gehen endlich auch zu Bett.

5. Kapitel: Gedanken zur Nacht

Die Tür meines alten Zimmers öffnend, bleibe ich stehen und sehe den kleinen Peter vor seinem Bett kniend für das abendliche Gebet. Mit welch tiefem Vertrauen ich damals noch in die Zukunft geschaut habe, wird mir dabei bewusst. Beim Eintreten in mein Zimmer wende mich automatisch nach rechts: Das kleine übliche Weihwassertöpfchen in jedem Raum ist nicht mehr da. Überhaupt sind wohl alle religiösen Gegenstände aus dem Haus verschwunden, wie mir scheint. Ich hatte eine glückliche Kindheit, denke ich dabei – trotz der alles bestimmenden Katholischen Religion. Die Liebe meiner Eltern füreinander mit Mutters kaum zu unterminierender Fröhlichkeit waren gute Fundamente; sie sang fast den gesamten Tag über, scherzte mit Kunden, kraulte ihre vielen Kleinkinder – und lief oft im Dauerlauf vom Gewächshaus zum Laden und zurück. Irgendwann in der Oberstufe blitzte bei mir der Gedanke im Mathe-Unterricht auf, dass meine Familie einem Oktaeder ähnelte: Die acht Personen waren wie acht kongruente gleichseitige Dreiecke als Außen- und Seitenflächen mit einem gleichseitigen Dreieck als Grundfläche, so waren wir wechselseitig miteinander verbunden. Diese Grundfläche war mein Vater. Als sie von heute auf morgen wegbrach, brach das gesamte geometrische Gebilde zusammen, denn meine Mutter war nicht imstande, die auseinanderbrechenden Fliehkräfte zu halten. Aber vielleicht hinkt dieser Vergleich auch, denn Mathe gehörte nie zu meinen Stärken.

Es ist ein kalter Oktoberabend kurz vor „Allerheiligen" am 1. November. Es ist eine der arbeitsintensivsten Zeiten in unserer Gärtnerei. Ich wache offensichtlich von einem Alptraum erschrocken auf und rufe nach Mama – keine Reaktion. Ich bin etwa vier bis fünf Jahre alt, schlafe in einem viel zu großen Bett in einem unaufgeräumten Zimmer, das auch als Abstellraum dient. Das 1. Obergeschoss mit Dachboden ist noch nicht ausgebaut. Ich stehe auf, muss aufs Klo, das unter einem Holzstuhl angebracht ist, denn die einzige Toilette liegt weit entfernt nahe der Deele oder Tenne im

Anbau. Ich fange an zu weinen, denn ich friere und keiner hört mich. Nur mit meinem Schlafanzug gehe ich langsam die Treppen hinunter, keiner da. Also setze ich meinen Weg fort, nach draußen zum Gewächshaus, wo ich meine Eltern vermute, da sie seit Tagen dort arbeiten. Immerhin habe ich meine kleinen Pantoffeln angezogen, denn der Weg ist feucht und es nieselt. Von Weitem sehe ich das Treibhaus erleuchtet, öffne mühselig die dicke Holztür – viele erstaunte Gesichter: Meine Eltern, Oma, Tante Franziska und zwei Mitarbeiter schauen mich mit großen Augen an. Mama kommt schnell auf mich zu, nimmt mich hoch, drückt mich: „Was machst du denn hier?"

„Ich hatte so große Angst, und dann musste ich nötig aufs Klo – und keiner war da."

Mama nimmt mich auf ihren Arm und bringt mich zuerst aufs Töpfchen, dann ins Bett. Während ich mich im großen Federbett verkrieche, singt sie leise: „Schlafe mein Prinzchen schlaf ein, es ruh'n Schäfchen und Vögelein, Garten und Wiesen verstummt, auch nicht ein Bienchen …" und schon schlafe ich und träum vom Liedtext.

Leise gehe ich ins Bad und auch dabei erinnern mich die Geräusche der knarrenden Dielen, die heute mit PVC überklebt sind, an zu lange Nächte, in denen ich bis morgens die Karl-May-Romane gelesen habe und dann noch aufs Klo musste.

Von dort zurückkommend, zögere ich und sehe den kleinen Peter mit seinen ca. vier Jahren kniend vor seinem Bett – außer in den kalten Wintermonaten, und sein Abendgebet sprechen:

Müde bin ich, geh zur Ruh
Schließe beide Augen zu
Vater lass die Augen dein
Über meinem Bette sein.

Hab ich Unrecht heut getan
sieh's oh lieber Gott nicht an
Deine Gnad und Jesu Blut
macht ja allen Schaden gut.

Dann lernte ich jeweils ein Jahr später eine Strophe dazu.

Alle, die mir sind verwandt
Gott lass ruhen in deiner Hand.
Alle Menschen, groß und klein
sollen dir befohlen sein.

Kranken Herzen sende Ruh
nasse Augen schließe zu.
Lass den Mond am Himmel steh'n
und die stille Welt beseh'n.

Endlich sitze ich in meinem alten Bett; mein eigenes, mitgebrachtes Bettzeug überlappt Gott sei Dank die dunkelrote Umrandung. Die kleine Funzel gibt etwas Licht, sodass ich meine Gedanken wieder ordnen kann – und mache wahllose Notizen in eine mitgebrachte Kladde.

Ich habe meine Mutter nie gefragt, warum kranken Herzen Ruhe gesendet und warum nasse Augen geschlossen werden sollten, denn Gebete wurden nicht hinterfragt. Außerdem war es doch als Kind tröstlich zu wissen, dass man für das Unrecht am Tage nicht gleich bestraft wurde und das allzeit schlechte Gewissen sich hier zur Ruhe begeben konnte. Meine Mutter kam meist nach dem Gebet ins Zimmer zum „Gute-Nacht-Sagen" und hat mir auf ihre Nachfrage vertraut, ob ich schon gebetet habe, was ich natürlich immer auch bestätigt habe. Hier hat meine Mutter mich auch auf meine erste Beichte vorbereitet; ich hatte keine Ahnung, was ich mit neun Jahren schön Böses getan haben könnte, dass ich beichten müsste: den Eltern Widerworte geben oder lügen, sündige Gedanken haben – was mir noch völlig fernlag, all das lernte ich auswendig, um es am anderen Tag in meiner „1. Heiligen Beichte" dem Pfarrer im Beichtstuhl zu gestehen. In Gedanken daran schüttele ich noch jetzt mit dem Kopf. Und dann folgte auch schon bald die „Erste Heilige Kommunion" – Kurz: Erstkommunion mit einer kaum überschaubaren Anzahl von katholischen Devotionalien als Geschenke wie Weihwasserbecken, Rosenkränze, Kruzifixe – und als Höhepunkt ein Buch über „Unsere Märtyrer und Heiligen"; sie sollten für mich Ansporn und Vorbild sein, hatten weder Schwächen noch Fehler, und wenn – dann hatten sie diese tapfer überwunden. Das konnten niemals meine Vorbilder sein, denn einige Jahre später habe ich bei Tante Franziska einige Folgen von J. F. Kennedys „Zivilcourage" im Fernsehen gesehen: Das waren gelebte Vorbilder, an denen ich mich orientieren wollte, trotz oder gerade wegen ihrer Schwächen und Fehler. Ein gutes Vorbild ist ein Mensch, an dem man sich im besten Sinne bilden kann. Die sogenannten Heiligen und Märtyrer waren dies nicht. Mein erstes großes Vorbild heftete ich als Plakat an die Wand meines Zimmers in der Molkerei – unkontrolliert von den Augen meiner Eltern: Patrice Lumumba, erster frei gewählter Präsident des Kongo, der für seine Ideale gekämpft hatte und vom belgischen Geheimdienst dafür ermordet wurde. Zu den unumstößlichen Ritualen gehörten unsere sonntäglichen Gebete, bevor das Essen auf den Tisch kam: „Der Engel des Herrn brachte Maria die frohe Botschaft", betete Mutter oder Oma vor, und wir alle antworteten: „… und sie empfing vom Hl. Geist". Dann kam ein „Gegrüßet seist du, Maria, voll der Gnaden …" und die nächsten drei bis vier Minuten wurde für uns Kinder ein Gebetsritual vollzogen, bei dem ich heute eher an die Gebetsmühlen im Tibet denken muss. Als ungeschriebenes Gesetz in unserem Elternhaus galt in diesen Jahren die strenge Religiosität meiner Großtante, unserer ‚Oma'. Da sie ansonsten keinerlei Erwartungen hatte, sondern im Gegenteil in der Gärtnerei und im Haushalt arbeitete und half, wo sie konnte, war dies der stillschweigende Kompromiss zwischen ihr und meinen Eltern: Sie waren zwar christlich-religiös, aber nicht streng katholisch. Im Wonnemonat Mai, dem katholischen „Marien-Monat", mussten wir zusätzlich zu den zweimal sonntäglichen Kirchgängen – morgens und nachmittags – noch einmal pro Woche abends zur „Mai-Andacht". Im Oktober kam es noch härter: Abends nach dem Essen und Spülen hatten wir nichts Dringlicheres zu tun, als den Rosenkranz zu beten, wobei es drei verschiedene gibt: den glorreichen, den schmerzhaften und den freudenreichen. Bei der Perlenschnur der Muslime werden die 3 x 33 Perlen zur Hilfe genommen, um mit wiederholten Gebetsformeln Gott leise und selbstvergessen zu preisen. Der Rosenkranz hat nur 59 Perlen, ist stärker strukturiert als bei den Moslems, aber auch hier verbindet sich jeweils eine Perle mit einem Gebet, dem „Vaterunser" und den zehn folgenden „Gegrüßet seiest du, Maria", wobei am Ende zusätzlich mit einer Formel aus dem Leben Jesu abgeschlossen wird. Damals hatte allerdings die feministische Sprachregelung noch nicht in der katholischen Kirche Einzug gehalten, denn Maria war immer noch „gebenedeit unter den Weibern“, ebenso wie die „Frucht ihres Leibes, Jesu“. Als Kind versuchte ich mir vorzustellen, wie Jesus die Frucht eines weiblichen Leibes sein sollte: Als was könnte er aus dem Mutterleib herauskommen – und wo? Nie gestellte Fragen und nie erhaltene Antworten. Alles in allem eine nicht enden wollende Umklammerung der katholischen Religion.

Warum schreibe ich all dieses auf? Schreiben bedeutet Entschleierung in der Öffentlichkeit vor höhnischen Zuschauern, konstatierte einst die Schriftstellerin Assia Djebar. Und welchen Schleier nehme ich von Geschehnissen aus meiner Kindheit und Jugend, wodurch etwas Wert würde darüber zu berichten? Den Hohn der Leser fürchte ich nicht, dass ich meine Kindheit und Jugend so verbracht habe; sie haben mich bis heute geprägt und Schreiben bedeutet für mich, diese unbewussten Prägungen in mein Bewusstsein zu holen, sie vielleicht dadurch besser zu verstehen. Allerdings weiß ich zu wenig von denjenigen Menschen in unserem Dorf, ob sie unter der starren sozialen Ordnung gelitten haben, die der herrschende Katholizismus ausgegrenzt oder unterdrückt hat, wie alle Evangelischen oder der Gewerkschaftler aus der städtischen Fabrik, der im Dorf mit Familie wohnte, oder manche Frauen, die von ihren Männern nicht mit dem bei der Heirat versprochenen Respekt behandelt wurden. Hinter vorgehaltener Hand wurde getuschelt, aber nach außen hin drang nichts an die Öffentlichkeit von internen familiären Konflikten, vielleicht sogar gewaltsamen: ein grundlegendes Tabu im dörflichen Leben. Frauen gingen am Arm ihres Ehemannes zur Kirche und die Kinder fassten die Eltern an oder gingen im respektvollen Abstand mit ihnen. Das Bild in der Öffentlichkeit war allen Bewohnern enorm wichtig und es war immer eine ernste Drohung der Eltern ihren Kindern gegenüber: Was sollen die Nachbarn denn sagen?! Kaum jemand traute sich eine eigene Meinung öffentlich kundzutun. Es war nicht die positive Entscheidung für Normen und Werte, da diese von der katholischen Moral geprägt wurden; es war eher die Angst vor der Stigmatisierung, als Normverletzer zu gelten. Ich erinnere mich an die Worte der US-Ökonomin Karen Stenner, dass die meisten Menschen ein Verhalten, das von der Norm abweicht, bestrafen wollen, besonders in Zeiten erhöhter Unsicherheit. Und unsicher waren die Veränderungen in diesem Dorfe seit Mitte der 60er Jahre sicherlich geworden, seitdem die in der Bibel und in der Auslegung der katholischen Kirche festgelegten Normen ins Wanken gerieten.

Trotz der Tatsache, dass mein Vater eingeheiratet hatte, wurde er durch den Aufbau der Gärtnerei sehr schnell gesellschaftlich anerkannt, sodass ich auch vom 1. Grundschuljahr an eher bevorzugt wurde; zu den Ausgeschlossenen hatte ich keinen Kontakt und konnte sie somit wenig begreifen.

Was ist aus meinen Klassenkameraden der Grundschule geworden? Es war so befremdlich und furchtbar für mich, als Einziger meiner großen Grundschulklasse vorn am Lehrerpult sitzen zu müssen mit einem hässlichen Blumentopf mit einer roten Geranie vor mir, an meinem letzten Schultag im Dorf: Es war nicht mein Verdienst, dass niemand sonst auf ein Gymnasium geschickt wurde. Auch mein Vater hatte dies verhindern wollen, obwohl meine ältere Schwester und der Cousin Paul doch bereits auf die städtischen Gymnasien gingen. Eine Woche lang habe ich kein Wort mit meinen Eltern geredet, bis mein Vater mich endlich – verspätet – am Staatlichen Gymnasium angemeldet hat. Als wenn er die harte Schule der sozialen Ausgrenzung dort durch Lehrer und Mitschüler vorausgesehen hätte.

Ich habe mich nicht unterkriegen lassen, bin stolz auf mich – und wache am anderen Morgen mit dem Block und Schreiber wieder auf.

6. Kapitel: Unser Dorf – Use DüörpKen prick un fien

Es klopft und Joa schiebt seinen Kopf durch die Tür: „Ich bin fertig mit dem Duschen, die anderen sind schon unten und warten mit dem Frühstück auf uns." Und weg ist er.

So viele Gedanken schwirren durch meinen Kopf. Ich schaue mich um und langsam dämmert's mir, wo ich bin. Mein alter Eichenschreibtisch steht immer noch da, den Papa genutzt hat und davor schon Oma. Wofür brauchte Oma denn einen Schreibtisch? Dabei fällt mir wieder eine andere Anekdote ein:

Eines Sonntags, der kleine Peter hatte bereits lesen gelernt, lehnte er am halbrunden Eichenstuhl seines Vaters, der Rechnungen an diesem Schreibtisch bearbeitete. „Du, Papa, welche Firma hat eigentlich Omas Tochter Schwester Maria Firma?"

Papa musste tatsächlich laut lachen, was sehr selten vorkam. Für einen Moment zögerte er mit der Antwort: „Schwester Maria Firma hat quasi eine Firma mit Gott; sie hat ihr Leben in diesem Kloster Gott geweiht und ist sozusagen seine Frau geworden. Deshalb trägt sie auch einen Ehering."

So richtig überzeugt hat mich seine Erklärung nicht. Aber vorerst zufriedengestellt. Papa hat diese Anekdote später gelegentlich als Witz erzählt, was jedes Mal große Heiterkeit auslöste. Allerdings glaube ich heute, dass man dafür katholisch sozialisiert sein muss, um dies als witzig zu empfinden.

In einem hohen Bogen schwinge ich mich aus dem Bett und eile zum Bad, bevor wieder meine Erinnerungen überhandnehmen.

Fröhliches Geplapper und Klirren von Tassen und Gläsern erwarten mich draußen auf der Terrasse. Wie schön zu sehen, dass alle Hand in Hand das Frühstück vorbereiten.

„Hey, da bist du ja endlich!“, begrüßt mich die Meute. Marie fehlt noch, denke ich.

„Und, habt ihr gut geschlafen?“, will der Hausherr wissen.

„Sweet dreams are made of this“, trällere ich schon wieder vor mich hin und gehe damit offensichtlich jemand auf die Nerven.

„So früh schon so gute Laune, das ertrage ich nicht“, meckert mich Joa an. „Ich hatte auch eher Alpträume, aber hab sie Gott sei Dank schnell wieder vergessen.“

„Who am I to disagree“, setzte ich mein Trällern fort und weiß, dass ich Joa damit provoziere.

„Lasst das doch am frühen Morgen“, schaut uns Anne bittend an.

„Pete hat mich zeitlebens provoziert und kann es wohl immer noch nicht lassen“, setzt Joa nach; ich schweige dazu besser.

„Mir sind gestern Nacht noch im Bett so viele Erinnerungen durch den Kopf gegangen und einige davon hab ich aufgeschrieben. Vor allem die alles beherrschende katholische Kirche hat mich beschäftigt, da sie in all den Jahren so weit weg war, hier ist sie wieder allgegenwärtig, nicht zuletzt durch das Glockengeläute am frühen Morgen.“

„Wir haben im Frühjahr in Marrakesch zu sechst ein Riad in der Altstadt gemietet, direkt neben einer Moschee mit Minarett; die Gebete des Muezzin fand ich allerdings bei Tagesanbruch weitaus nerviger als dieses nur instrumentale Glockengeläute“, merkt Joa an.

„Das kenn ich auch“, sind die ersten Worte von unserer weit gereisten Marie, die im Türrahmen bereits mit ihrer ersten Zigarette steht. „Und als Frau hatte ich es in den nordafrikanischen Ländern wirklich nicht leicht, ohne Mann zu reisen wäre unmöglich gewesen. Also lasst doch die Kirche mal im Dorf“, und schaut dabei gezielt mich an.

Ich gehe auf sie zu, umarme sie kurz: „Es tut mir leid, wenn ich dich gestern Abend zu heftig attackiert habe."

„Ach Pete, so leben wir doch schon miteinander, seit wir zuhause ausgezogen sind, denn vorher hat die elterliche Kontrolle wohl unsere Konflikte vermieden", beschwichtigt sie mich. „Als Kind hatte ich dich sehr gern, wir haben zusammen gespielt, sind zum Schwimmen gefahren. Später habe ich gelernt, in erster Linie für mich zu sorgen und auf mich zu achten, auch wenn dies nicht immer so geklappt hat, wie ich es mir gewünscht habe. Aber das Leben ist schließlich kein Ponyhof." Sie nimmt ihre Tasse Kaffee mit Zigarette und dampft ab.

„Hast du für heute etwas geplant?", fragt Anne unseren Gastgeber.

„Nach dem Aufräumen könnten wir einen ersten Spaziergang ums Dorf oder runter zur Ems machen", schlägt er vor.

„Hauptsache nicht bei Brenningmeyers rum", ruft Marie zurückkommend und wir beiden Ältesten grinsen zustimmend.

„Sogar nach Jahren erinnere ich mich an diese langweiligen Sonntagsspaziergänge in ordentlichen Sonntagsklamotten, auf einem dieser neuen asphaltierten Wege durch die Bauernschaft, die Männer in Anzügen und die Frauen in Kostümen oder Sommerkleidern. Wie furchtbar! Der gesamte Sonntagnachmittag war eingezwängt in familiäre Pflicht und Kontrolle. Heute liebt jeder von uns doch die Spaziergänge im Wald oder über Wiesen und Felder."

„Der Unterschied ist aber gar nicht so groß zu damals, abgesehen von der Kleidung", findet Kurt. „Unsere Familienspaziergänge waren nicht grundsätzlich anders."

„Aber gleichzeitig haben sich die Erwachsenen sonntags mit uns als Kinder beschäftigt und die befreundeten Nachbarn wie Wehrmanns oder manchmal auch Onkel Josef mit Familie waren mit ihren Kindern doch auch dabei", gebe ich zu bedenken. „Und am Ende sind wir doch auch oft zu Tante Mariechen zum Eisessen gegangen."

„Ich hab ’n paar Fotos mitgebracht, und auf einem davon bist du sogar in einem Anzug mit Krawatte beim Spaziergang“, erinnert mich Anne. „Fandest du das denn toll?“

„Nein, aber manches relativiert sich eben im Vergleich zu heute“, nehme ich die Diskussion in gewohnter Manier mit meiner Schwester wieder auf.

Vor meinem inneren Auge erscheinen meine Sonntagsbegleiter im Sonntagsstaat. Proportional zu den Bäuchen der Männer hatten auch die Körbchengrößen bei den BHs der Frauen deutlich an Umfang zugenommen. Während die Männer sich um ihr Körpergewicht wenig Gedanken machten, mussten die Frauen sich immer noch in Büsten- und Hüfthalter einschnüren, zumindest an Sonn- und Feiertagen. Nur bei wenigen Gelegenheiten wie Namenstage von weiter entfernt wohnenden Onkel und Tanten wurde unser blauer VW-Bulli gründlich gesäubert, die weiß-gestrichene Gartenbank im hinteren Großraum aufgestellt, Decken und Kissen auf die Motorhaube im Innern platziert – und dann konnte der große Sonntagsnachmittags-Ausflug starten. Wir Kinder saßen natürlich alle hinten, keiner von uns war angeschnallt und nur durch das rückwärtige Fenster konnten wir erahnen, wo wir uns gerade befanden. Es herrsche jedes Mal eine große Aufregung, weil ein solches Abenteuer mit beiden Eltern so selten geschah. Alle hatten gute Laune und natürlich wurde schon beim Verlassen des Dorfes das erste Volkslied angestimmt. Der nächste fahrbare Untersatz war ein Opel Rekord Caravan-Combi Baujahr 1960, anlässlich von Franzis Geburt gebraucht gekauft in Grau-Blau. Das war tatsächlich ein Ereignis, denn ab jetzt gehörten wir zur Autofahrenden respektablen Schicht, denn der VW-Bulli zählte nicht: Er war nur ein notwendiges Arbeitsfahrzeug und es war uns durchaus peinlich, wenn uns Nachbarn oder andere Rinkelner zusahen, wie wir im Sonntagsstaat hinten hineinkletterten – und dabei manch blöde Bemerkung über uns ergehen lassen mussten. Selbstverständlich fuhren die beiden Brüder meiner Mutter schon länger ihre gehobeneren Statussymbole – wie den dunkelblauen Opel Rekord von Onkel Josef – stolz durch die Gegend. Und dieses Minderwertigkeitsgefühl von damals piesackt mich offensichtlich auch heute noch, seit ich wieder hier verweile.

„Wie wunderbar waren die jährlichen Osterfeuer bei Tante Maria und Onkel Wilhelm in der Ostbauernschaft. So viele Erwachsene mit so vielen Kindern in unserem Alter sangen und feierten fröhlich den beginnenden Frühling."

„Oh Bue watt kost dien Hai – wer von euch kennt dieses Lied noch?", erinnert uns Marie zu unser aller Erstaunen.

„Mien Hai datt kost ne Maagt",[12] setze ich Maries Erinnerung fort. „und wir Kinder fassten uns an den Händen und gingen im Kreis um das Feuer in die eine Richtung."

„... und die Erwachsenen taten es uns gleich und zogen um uns herum in die andere Richtung", ergänzt Kurt unsere Erinnerungen. „Anita und ich sind noch oft zu diesen Osterfeuern gegangen mit den Kindern – zu ihrer großen Freude."

„Also los bevor wir hier Wurzeln schlagen! Ich schlage den Marsch unten an der Ems entlang vor, der dauert doch ca. zwei Stunden?", wendet sich Anne an Kurt und unterbricht unsere Erinnerungen.

Wir waren einverstanden, wechselten das Schuhwerk und waren im Nu wieder draußen vor dem Haus. Ich wundere mich schon lange nicht mehr über den Kleidungsstil meiner Geschwister. Während Anne immer deutlicher zu ökologischen Textilien neigt, bevorzugt Marie die „Schnäppchen" der aktuellen Frauenmode. Kurt ist Mode völlig egal und Joa ist meist sehr hipp und jugendlich gekleidet; nur Franzi scheint das alles nicht zu tangieren mit ihrem Hang zum Praktischen – und natürlich ihre mannigfaltigen Turnschuh-Variationen: „Seit Joschka Fischers Vereidigung als hessischer Umweltminister 1983 in Turnschuhen trage ich als modisch-politisches Statement nur noch Turnschuhe", O-Ton Franzi. **Mein Verhältnis zu „Kleidung"** habe ich bis heute „Tante" Erna zu verdanken, die zweimal pro Jahr von Papa morgens abgeholt und nach gemeinsamem Abendessen bei uns zurückgebracht wurde auf den Bauernhof, auf welchem sie als unverheiratete Frau und Tante des Besitzers ohne Einkommen lebte, sodass das Nähen für andere Leute ihren Lebensunterhalt darstellte, ähn-

12 „Oh Bauer, was kostet dein Heu – mein Heu das kostet eine Magd."

lich der Situation vieler „Öhms an de Müre“[13]. Jeweils im Frühjahr und im Herbst wurde unser Wohnzimmer zur Hälfte aus- und umgeräumt und Tante Erna zog mit unserer Singer-Nähmaschine in die Nähe des wärmenden grünen Kachelofens ein. Das Rattern und das schnelle Bewegen mit den Füßen faszinierten mich als Kind mehr, als draußen zu spielen, sodass ich ihr häufig beim Arbeiten zuschaute. „Tante“ Ernas Aufgaben bestanden im Umändern bestehender und Nähen neuer Kleidung für fast die gesamte Familie. Dadurch waren wir Kinder es gewohnt, meist die getragene Kleidung von älteren Cousins und Cousinen oder Geschwistern weiter zu tragen. Zusätzlich kamen gestrickte, kratzende kurze Hosen für den Sommer hinzu. Mein ganz besonderer Stolz war jahrelang – und wohl bis heute beim Betrachten des Fotos – ein neuer Anzug mit Weste aus schottischem Tweed. Mit beiden Händen in den Taschen vergraben und etwas zu langen Locken stehe ich zu Ostern vor meinem Osternest im Garten auf dem Bauernhof von Onkel Wilhelm und Tante Maria. Mein Hosenstall steht noch offen, was aber offensichtlich niemanden gekümmert hat. Woher meine Mutter den Stoff gezaubert hat, habe ich nie gefragt. Aber die Bedeutung von Kleidung und sich damit von seinen Geschwistern abheben zu können, beschleicht mich auch beim Betrachten meines Einschulungsfotos: Ein weißes, kurzärmeliges Hemd und eine dunkele Stoffhose mit „Kniff“, den Schulranzen hinten auf dem Rücken, mit sauber gescheitelten kurzen Haaren blicke ich direkt und optimistisch in die Kamera: Die Schule konnte beginnen!

„Wovon träumst du mal wieder?“, reißt mich Anne aus meinen Erinnerungen. Um mich schauend fällt mir erst jetzt auf, dass keinerlei Kundschaft da ist. „Wieso hast du das Geschäft geschlossen?“, frage ich Kurt.

„Die Gärtnerei ist bereits verpachtet – inklusive Blumengeschäft. Denn ich ziehe ebenfalls aus Rinkeln weg, hier sieht mich keiner wieder, außer zu den notwendigen Anlässen.“

13 Oheime oder Onkel an der Mauer, die unverheiratet und ohne Erbrecht auf den Höfen im Münsterland lebten und arbeiteten

Obwohl Kurt zweien von uns über diese Tatsache bereits berichtet hat, erschreckt uns alle die Heftigkeit, mit der er seine Aussage hervorstößt. Es war nie seine Art, seine Gefühle nach außen zu zeigen, geschweige denn in Worte zu fassen. Betroffen bleiben wir stehen. „Nachdem das Scheitern unserer Ehe nach außen gedrungen ist, ist Anita häufiger zu ihrer Mutter nach Münster gefahren, was auch immer sie dort sonst noch gemacht hat. Der Dorftratsch zog schnell seine Kreise – und immer mehr Kunden blieben weg. Endlich konnte man sich für diese ‚Zumutung' revanchieren, dass Anita und ich uns beim hiesigen Pfarrer Brinkmann geweigert hatten, unsere Kinder im katholischen Glauben zu erziehen; darauf verweigerte Pfarrer Brinkmann uns die katholische Trauung hier in Rinkeln, und wir haben in Münster evangelisch geheiratet unter Beteiligung eines katholischen Paters, den ich kannte. Ihr wart doch dabei."

„Und wie albern sich die katholische Landjugend und der Kolping-Verein, den Papa hier übrigens aufgebaut und begleitet hat, benahmen mit ihren blöden Fahnen, könnt ihr euch noch daran erinnern?", schau ich fragend in die Runde. Alle außer Anne schüttelten den Kopf. „Sie bestanden doch darauf, dass ihre Fahnen links und rechts vom Altar positioniert werden müssten, wogegen der protestantische Pastor protestierte. Immerhin wurde er hierbei seiner Religionsbezeichnung mal gerecht", füge ich grinsend hinzu. „Und – wer hat gewonnen?", will Franzi wissen.

„Selbstverständlich mussten die Banner draußen bleiben, sodass die Fahnenschwenker zähneknirschend nachgaben."

„Unseren Eltern ist doch Ähnliches widerfahren wie Kurt und Anita", gebe ich zu bedenken, „hat Mama euch nie davon erzählt?", frage ich meine Geschwister.

„Unsere Eltern hatten mit Onkel Josef und Tante Hilde doch eine katholische Doppelhochzeit", wirft Marie ein.

„Ich meine doch den dörflichen Käuferboykott, nachdem Papa der Meinung war, dass die Unterschlagungen von Pfarrer Brinkmann an die Öffentlichkeit gehörten und damit angezeigt werden sollten." Ich ernte nur fragende Gesichter.

„Lass uns bitte darüber später reden, ich möchte keinen Problemspaziergang machen, es ist so schönes Wetter und wir alle leben doch jetzt und in der Gegenwart", und zieht sich eine Zigarette aus der Schachtel, steckt sie demonstrativ an und bläst den Rauch in die Luft.

„Marie hat recht", pflichtet Joa ihr bei. „Ich brauch auch Abstand zu all den Geschichten aus unserer Kindheit, mir reicht es schon, auf Schritt und Tritt auf Erinnerungen zu stoßen, wenn ich links oder rechts schaue." Aber bereits im nächsten Atemzug überwiegt ihre Neugierde: „Übrigens – was macht denn Werner Wehrmann und unsere Molkerei? Die Familie war doch oft bei unseren Sonntagsspaziergängen dabei."

„Ich dachte, du wolltest nicht in der Vergangenheit wühlen", stichele ich meinen Bruder. „Dann hör das nächste Mal genauer hin, denn meine Frage zielt in die Gegenwart", kontert Joa.

„Ich habe mit der ältesten Tochter Christine häufig gespielt und fand die Molkerei so spannend, den automatischen Rundlauf der großen Milchkannen aus Metall, die Fertigung von Käse und Quark, diese Bilder werde ich nicht vergessen", freut sich Marie über ihre Erinnerungen.

„Der Vater war zu unserem ziemlich gegensätzlich, finde ich im Nachhinein. Er war so vierschrötig, eckig und kantig, wenig freundlich und verbindlich im Umgangston und im wörtlichen Sinne sehr zupackend mit seinen großen Händen. Er war am Kriegsdienst gerade noch vorbeigekommen und damit bereits geprägt von der Nachkriegsgeneration. Als Geschäftsführer hat er doch dafür gesorgt, dass diese Molkerei mit einem größeren Verband fusioniert – oder?"

„Und ist als Geschäftsführer in den neuen Vorstand gegangen", ergänzt Kurt.

„Aber immerhin hat er dafür diese Molkerei erhalten können?", will ich von Kurt wissen. „Nein, nur das Gebäude steht noch, der Landhandel funktioniert relativ gut. Die Bauern müssen nun die Milch 20 km weiter entfernt von hier liefern."

„Papa hat doch mal ausgerechnet, wie viele Tonnen Quark und Milch wir in den letzten zehn Jahren gekauft hatten bei 4 Liter Milch und 2 Pfund Quark täglich", wirft Anne ein und wir sechs denken an die täglich variierenden Quarkspeisen nur mit Zimt und Zucker oder mit Früchten aus unsrem Brookgarten im Sommer.

So schlenderten wir langsam zum Ortsausgang. Unsere Nachbarschaft besteht immer noch aus den sieben Häusern mit ihren Familien, die früher einmal die „Ostporte Rinkelns" genannt wurde – use Noberschupp[14]; dazu gehören sowohl die benachbarte Molkerei von Werner Wehrmann als auch der kleinere Bauernhof mit Landhandel von Bernhard Stammkötter und schräg gegenüber lag das Fuhrgeschäft von Heinz Wertkamp. Alle Feste und auch die traurigen Anlässe wurden gemeinsam geteilt, auch wenn es Abstufungen in der Priorität von Nähe und Freundschaft gab. So hatte unsere Mutter nach Papas Tod Freundschaft geschlossen mit der nicht mehr ganz jungen Neu-Vermählten von Ernst-Josef Stammkötter. Sie war später auch Mutters einzige Zuhörerin, als sie die Krebsdiagnose und -operationen niederdrückten. Ihre Schwiegereltern „Onkel Bähnt" und „Tante Änne" waren gemütliche und für uns verlässliche, ansprechbare Nachbarn. Ihre Haustür stand beinahe zu jeder Zeit für uns offen. Sie saßen im Sommer abends bei gutem Wetter vor ihrer Haustür auf der breiten Holzbank und wir Nachbarn wussten, dass wir uns gern dazusetzen konnten. Onkel Bähnt hatte seine Hosen mit Hosenträger festgebunden, denn sein ansehnlicher Bauch sollte ihn nicht behindern; dabei zog er allerdings seine Hosen fast bis unter die Achseln, sodass sein kragenloses Hemd immer mal wieder hier oder da herausrutschte, was Tante Aenne genügend Anlass gab, an ihrem Mann herumzuzuppeln. Wie so viele Frauen im Dorf und erst recht auf allen Bauernhöfen, so trug auch Tante Aenne bis zu ihrem Ableben ihre Haare zusammengebunden zu einem Knoten. Unsre Mutter hatte ihren vor der Geburt ihres vierten Kindes abgeschnitten, sodass danach die Lockenwickler in unser Haus einzogen. Die Vorbereitungen für alle Hochzeitsfeierlichkeiten in dieser „Ostporte" wurden passenderweise bei uns in der Gärtnerei abgewickelt, sodass wir als Kinder daran unseren Spaß hatten; alle Erwachsenen be-

14 Unsere Nachbarschaft

nahmen sich plötzlich verändert, lachten lauter und machten Witze, die wir nicht verstanden. Zuerst wurde das Grün geholt – mit Schnaps und Bier, dann wurde der Kranz für die Haustür von den Männern gebunden, die Frauen schufen die Papierrosen – mit Schnaps, selbst gemachtem Aufgesetzten und Bier; dann wurde die Hochzeit gefeiert – mit Schnaps, Aufgesetzten und Bier / Wein; wenige Tage später wurde abgekränzt – mit Schnaps und Bier nur von den Männern: Dies waren die Höhepunkte im Leben der Rinkelner Nachbarschaft.

Unsere weiteren Nachbarn waren Böhmers und Wertkamps. Thekla Böhmer und Gundi Wertkamp hatten als Geflüchtete aus der katholischen Region Schlesiens jeweils eingeheiratet; sie bildeten eine Ausnahme nicht nur als Nachbarn, da sie bei schönem Wetter oft in ihrer Haustür standen und sich quer über die Dorfstraße unterhielten, deutsche Schlager hörten, laut mitsangen und oft und laut lachten. Während „Tante Gundi" schwarzhaarig war und dunkle Augen hatte, groß gewachsen war und schlank, war „Tante Thekla" einen Kopf kleiner, ebenso schlank und strohblond von Natur aus, so sagte sie jedenfalls. Als Hausfrauen trugen sie natürlich Kittelschürzen; der Kontrast zu ihrem sonstigen Äußeren konnte kaum größer sein, da sie auch im Alltag Wert auf ein perfektes Äußeres legten. Und sie rauchten – ungehindert in der Öffentlichkeit, Ernte 23, erinnere ich mich. Es war zwar schon viele Jahre her, dass eine „deutsche Frau" in der Öffentlichkeit nicht raucht, aber in Rinkeln war dies bis weit in die 60er Jahre ein Tabubruch. Sie scherten sich aber kaum darum und verbargen ihre Freude am Leben selten. „Dei glappkert mi tou laut," beschwerte sich „Tante" Änne Stammkötter, „un dei könnt kien plattdütschk"[15]. Im Hochsommer trugen sie unter ihren deutlich knapperen Kittelschürzen nichts – außer BH und „ne Unnerbüchs"[16]. Das Gerede darum verstummte, wenn ich als heranwachsender Junge dazukam. Das wiederum war genug Anlass für mich, meine Mutter danach zu fragen: „Sie sind, wie sie sind", sagte sie kurz und knapp. Es erstaunte wohl später niemanden, dass Gundis Tochter Julia die einzige Vertraute und Freundin meiner Schwägerin Anita wurde. Aber Verlass war auf beide Nachbarinnen, denn als wir sie brauchten bei

15 „Die lachen mir zu laut - und die können kein Plattdeutsch."
16 Eine Unterhose

der plötzlichen Nachricht von Papas Herzinfarkt, waren sie beide zur Stelle und hüteten ein, kamen zu uns Kindern, denn Tante Franziska war mit Mama und Onkel Josef ins Krankenhaus gefahren und es war nicht klar, ob und wann sie zurückkommen würden.

„Könnt ihr euch noch an den kleinen Kiosk von Tante Magda erinnern?“, fragt Marie in die Runde. „Du meinst, Magdalene, die unverheiratete Schwester von Josef Böhmer?“ Während meine drei älteren Geschwister nicken, schauen mich Joa und Franzi wieder nur fragend an. „Typisch für so viele junge Frauen, so fand auch ‚Tante‘ Magda keinen Mann, musste aber versorgt werden und so eröffnete ihr zweiter Bruder Bernhard mit Lebensmittelhandel in Münster für sie diesen Kiosk.“

Noch etwas ungeübt und wackelig auf unserem neuen Dreirad fahre ich allein auf dem Bürgersteig an diesem Kiosk vorbei, verliere etwas das Gleichgewicht und schramme leicht an der Fahrertür mit dem gummierten Lenker entlang. Voller Angst vor den Folgen verschweige ich meine Tat. Denn bis heute sitzt die Sorge vor finanziellen Problemen – aufgrund latenter Sorgen im Elternhaus – tief; sie bestimmt bis heute meine wirtschaftlichen Überlegungen. Leider hatte „Tante“ Magda mich beobachtet und sofort ihrem Bruder Bericht erstattet. Postwendend erschien noch am selben Abend Bernhard Böhmer, groß, kräftig und bereits gut genährt, bei uns und forderte von Papa die Neulackierung seiner Fahrertür. Wir waren damals noch wenig versichert und so blieb unserem Vater nur eine teure Reparatur übrig. Papa war allerdings weniger auf mich als auf diesen Nachbarn wütend: „Da kauft künftig keiner mehr von euch ein, ist das klar!“, so lernte ich bereits vor meiner Einschulung unbewusst einen Käuferboykott kennen.

Während wir an diesen langjährigen Nachbarn vorbeischlendern, fällt mir eine andere Anekdote ein, die auch sofort mein flaues Magengefühl aufgrund der unangenehmen Erinnerung wieder verdrängt:

„Marie war doch mit Böhmers Conny befreundet“, und ich nicke in Richtung unseres Nachbarn. „Haben wir euch anderen die Geschichte erzählt, als Papa uns vier, Kurt inklusive, dabei erwischte, wie wir im Gang am Ende des alten Gewächshauses interessiert die Geschlechtsorgane von Conny untersuchten, die breitbeinig am Ende dieses Ganges lag. Wir dachten uns überhaupt nichts Böses dabei und fanden alles so spannend."

„WAS", fragt Franzi uns drei Betroffene, „und wie haben unsere Eltern darauf reagiert?"

Kurt schüttelt schmunzelnd den Kopf und Marie winkt lachend ab.

„Papa hat dies sofort unterbunden, zumal eine Kundin neben ihm das Geschehen mitbekommen hat, die er sofort sanft, aber bestimmt aus dem Gewächshaus hinauskomplimentierte. Er kam postwendend zurück, befahl Conny im ruhigen Ton sich anzuziehen und uns, das Gewächshaus zu verlassen. Wir würden abends nach dem Essen in Ruhe darüber reden."

„Wow, liberaler Papa", meint Franzi, „leider hab ich ihn kaum kennen lernen dürfen."

„Aber das war doch seine grundsätzliche Erziehungsmethode", fügt Anne hinzu. „Manchmal kam Papa abends nach dem Essen an unser Bett und hat mit uns über den Tag und besonders über Fehlverhalten gesprochen. Er schimpfte selten, machte aber seinen Standpunkt unmissverständlich deutlich und empfahl uns der Nacht."

„Wie, er ließ euch mit dem schlechten Gewissen über eurem Tun allein?", fragt Franzi entgeistert. „Konntet ihr denn danach schlafen?"

„Na ja – mal schlechter, mal besser, je nach Papas Stimmung, mit der er uns zurückgelassen hat", erinnert sich Kurt. „Ich habe mal eine Scheibe des Treibhauses mit dem Fußball zerschossen, hatte ein so schlechtes Gewissen, dass ich Reißaus genommen habe und erst zum Abendessen heimlich auf mein Zimmer geschlichen bin. Ich hörte Papa hochkommen und hatte Angst, ihr wisst warum. Aber er klopfte an die Tür, setzte sich zu mir aufs Bett und sagte: ‚Wenn du die Scheibe kaputt gemacht hast und dazu stehst, gibt es keine Strafe. Wenn du aber lügst, jemand anderem die Schuld in die Schuhe schiebst und ich kriege das raus, gibt es Ärger. Du kannst dir bis morgen Mittag überlegen, wozu du dich entscheidest. Und komm runter, du hast noch nichts gegessen', ergänzte er beim Herausgehen."

„Was hast du gemacht?“

„Natürlich habe ich Papa mittags nach der Schule sofort gesucht und ihm meine Missetat gestanden. Als Strafe durfte ich zwei Tage nicht zum Sportplatz, was nicht der Rede wert war. Aber daraus habe ich gelernt.“

„Das schlechte Gewissen ist ein fundamentales Erziehungsinstrument der Katholischen Kirche“, ergänze ich, „denn schließlich sollen wir unsere Sünden mindestens alle drei bis vier Wochen beichten. Dafür ist doch ein schlechtes Gewissen die Voraussetzung.“

„Und bei den armen Evangelischen häufen sich dann ein Leben lang alle Missetaten auf ihrem Sündenkonto, sodass sie vor dem Ewigen Gericht eigentlich eine Heidenangst haben müssten?“, schaut Franzi mich fragend an.

„Du bist doch auch mit einem evangelischen Mann liiert“, helfe ich ihr auf die Sprünge, „frag ihn doch mal“, und schubse ich sie von der Seite.

Wir kommen bei Waltrups vorbei und Anne fragt mich unvermittelt: „Hast du je wieder etwas von ihrem Sohn Friedrich gehört, den die Mutter doch Bubi nannte?“

„Nein, ein etwas verdrängtes und wenig reflektiertes Kapitel in meinem Leben“, seufze ich. „Er war mein erster richtiger Freund, mit dem ich täglich drinnen und draußen gespielt habe; wir waren immer nur zu zweit. Wir als Kinder hatten doch eigentlich nur Spielkameraden, da von Freunden erst viel später in der Pubertät die Rede war, aber Friedrich war mein Freund. Waltrups hatten schon seit Anfang der 50er Jahre einen Fernseher, und ich war so stolz, dort Rintintin sehen zu können.“

Waltrups hatten eine Autowerkstatt und eine kleine Tank-Stelle, wovon es zu der Zeit noch zwei gab, jeweils an einer der vier Ausfahrtstraßen des Dorfes. Borgward-Isabella, der Kabinenroller von Messerschmitt und BMW-Isetta „Mach-hoch-die-Tür“ waren ihre ersten Verkaufsschlager, aber kaum in Rinkeln anzutreffen.

Irgendwann setzten Friedrichs Eltern ausschließlich auf die Pferdestärken von C. F. W. Borgward – und vergaloppierten sich. Seine Mutter lackierte ihre Fingernägel knallrot und rauchte mit Zigarettenspitze Peter Stuyvesant, den „Duft der großen weiten Welt“ und hatte ihre Haare immer perfekt toupiert und frisiert. Auch sie hatte eingeheiratet, sonderte sich aber von den zwei Nachbarinnen Gundi und Thekla so weit ab wie möglich. Mich behandelte sie durchweg mit großer Freundlichkeit, zu mehr war sie aber auch als Mutter von Friedrich nicht in der Lage.

„Am letzten Tag meines 1. Schuljahres vor den Sommerferien kam Friedrich ausnahmsweise zu uns, blieb in der Tür stehen und teilte mir mit, dass sie am nächsten Tag wegziehen würden ins Ruhrgebiet wegen ihrer Geschäftsaufgabe. Wir hatten uns vorher schon einige Tage nur noch auf dem Schul-Hinweg gesehen, er war dabei so schweigsam, dass wir kaum noch redeten. Für mich war dies ein schwerer Schlag, da ich danach jahrelang niemandem mehr vertraute außer unseren Eltern, mein Vertrauen in Gleichaltrige war für Jahre futsch. Aber auch das hab ich erst bei meiner derzeitigen Psychotherapie begriffen.“

„Wart ihr gleichaltrig?“, will Franzi wissen.

„Friedrich war ein halbes Jahr älter und schon im 2. Schuljahr, aber auch er hatte keine Freunde und ich – wie ihr euch erinnert – auch nicht. Seine Mutter schottete ihn ab und so war es nicht erstaunlich, dass wir immer nur zu zweit blieben.“

„Durfte Friedrich denn auch nie mit uns und Tante Anni auf unsere Pick-nick-Wanderungen?“, deutet Anne auf das gegenüber liegende Haus.

„Nein, durfte er nicht. Aber da hat er doch richtig etwas verpasst.“

Unsre beiden Jüngsten schauen uns fragend an. „Los, erzählt!“

„Bei den kinderreichen Familien der 50er waren alle Eltern froh, wenn wir im Sommer mal aus dem Haus waren; wir waren schon in der Grundschule und ihr Jüngeren durftet nicht mit.“ „Ich war auch noch nicht geboren und Joa wohl noch viel zu klein“, verbessert Franzi.

„Stimmt“, grinst Anne, „und Tante Anni hatte als Witwe viel Zeit, verstand sich außerdem nicht besonders mit ihrer Schwiegertochter Gundi, war enorm lebensfroh und ihr Lachen war unglaublich ansteckend. Sie bekam von den Nachbarseltern Obst und zu trinken für uns alle mit, wir packten es ein und dann zog sie nach dem Mittagessen los. In den Sandbergen eine Stunde von hier konnten wir tollen, und es war jedes Mal so eine große Freude, dass wir glücklich wieder zurückkamen. Aus heutiger Sicht ist es erstaunlich, dass es dabei nie zu Problemen oder Streitereien kam."

„Glückliche Kindheit", ergänzt Marie, die sich ebenfalls an Tante Annis Wanderungen erinnert.

„Da habt ihr mir etwas voraus", bemerkt Franzi sarkastisch, sodass Anne und Marie sie spontan beidseitig in den Arm nehmen.

Wir stehen vor dem Friedhof und ich verspür großes Unbehagen, das Grab unserer Eltern zu sehen, äußere dies auch genauso.

„Wer kommt denn mit?", fragt Kurt. „Immerhin hab ich es neu angelegt und kümmere mit auch als Friedhofsgärtner das ganze Jahr darum."

Mein Widerstand ist geschmolzen und wir steuern auf unser altes fast hundertjähriges Familiengrab zu mit einem wuchtigen Grabstein, vorbei an der einzigen Wasserpumpe.

„Ich glaub es nicht, das ist ja immer noch eine Handwasserpumpe", staune ich.

Links davon ist ein Mauerdurchbruch zum benachbarten evangelischen Friedhof.

„Na – möchtet ihr wieder eine kleine Papa-Heldengeschichte hören?", frage ich meine Geschwister.

Sie zucken mit den Schultern, was ich als unbewusste Zustimmung deute.

„Ab Mitte der 60er Jahre nahm die Zahl der evangelischen Toten langsam zu, sodass sie sich an unsren Vater als Friedhofsgärtner wandten, um besser an die einzige Wasserstelle auf dem katholischen Friedhof zu gelangen, denn diese 120 cm hohe Mauer trennte beide voneinander. Der Kirchenvorstand war dagegen, sodass Papa ihm drohen musste, seine Tätigkeit als Friedhofsgärtner einzustellen. Daraufhin hat man sich auf diesen 1 m breiten Durchbruch geeinigt. Manche haben ihm dies jahrelang nicht verziehen, wie ich später von Mama erfahren habe."

Bei diesen seltenen Gelegenheiten konnte ich unsere Mutter eines Abends nach den Motiven unseres Vaters fragen. Hat er aufgrund seiner Erfahrungen aus dem Krieg gegenüber den sogenannten Vertriebenen so gehandelt? War ihr Religionsbekenntnis für ihn weniger wichtig als die Tatsache, dass diese Menschen Haus, Hof und Heimat verloren hatten? Im Krieg an der Front zählte die Religionszugehörigkeit nichts, sondern nur der Mensch als verlässlicher Kamerad. War dies so prägend, dass unser Vater als „Zugereister", als Neuankömmling im Dorf die Loyalität, mit seinen neuen Dorf-Mitbewohnern als weniger wichtig empfand aufgrund seiner Erlebnisse im Krieg? Gehörte dies zu seinen unbewussten Konsequenzen, die er u. a. aus seinen Kriegserlebnissen zog? Geredet hat er darüber auch mit unserer Mutter nicht, aber sie hielt es nicht für ausgeschlossen.

„Papa hat uns vorgelebt, was es heißt, Rückgrat zu beweisen; habt ihr das auch übernommen?", will Anne wissen.

„Nicht immer, aber ich habe einige Prinzipien, bei denen ich nicht mehr diskutiere", entgegne ich. „Heuchelei, Gewinnstreben aus Prinzip, Ignoranz, das sind solche Verhaltensweisen, bei denen ich mit Mitmenschen in Konflikt gerate. Und auf soziale Kontrolle wie hier besonders in unserer Jugend reagiere ich bis heute allergisch."

„Ich hab doch immer schon das getan, was ich letztlich für richtig halte", ergänzt Marie, „auch wenn dieses manchmal etwas länger dauerte", fügt sie hinzu, als sie unsere Gesichter sieht.

Wir stehen vor unserem Familiengrab und wundern uns, dass die Namen unserer Eltern und all der anderen Verstorbenen nicht auf dem Grabstein vermerkt sind.

„Ich hab eine neue Grabplatte anbringen lassen nur mit den beiden Familiennamen von Oma und von uns."

„Ihr wisst, dass sich unsere Eltern hier auf diesem Friedhof kennen gelernt haben?", frage ich in die Runde.

„Und wieder mal merke ich, dass ihr von Mama und Papa so viel mehr wisst als ich", beschwert sich Franzi.

„Papa hat seine ältere Schwester Gertrud besucht, die als Haushälterin beim hiesigen Pfarrer arbeitete. Mit ihr ist er über den Friedhof geschlendert und hat dabei Mama getroffen, die am Arm ihrer Tante – unserer ‚Oma' – dieses Grab besuchte. Die beiden Frauen kannten sich natürlich, blieben stehen und stellten ihre jeweilige Begleitung vor. Oma und Tante Gertrud gingen weiter in Richtung Friedhofsmitte, zum großen Stein-Kreuz, Papa und Mama bemerkten dies erst, als sie bereits an diesem Grab angelangt waren. Papa hat danach unsere Mutter nach einer Wiederholung des Treffens gefragt – und was daraus wurde, seht ihr ja hier."

„Welch tragisch-schicksalhafte Begegnung", ironisiert ausgerechnet Franzi, „der Friedhof war ihr Leben." Wir schauen sie verdutzt an. „Stimmt doch, schließlich war die Friedhofsgärtnerei später eine wesentliche Geschäftsgrundlage." Keinem von uns gelingt eine Reaktion, so perplex macht sie uns.

„Und", fährt sie fort, „wo habt ihr denn euren derzeitigen Partner, Partnerin oder Ehefrau kennen gelernt? Vielleicht hat das ja ebenfalls eine schicksalhafte Dimension für eure Zukunft." Immer noch überrascht von der Art und Weise, wie unsere kleine Schwester mit dem ersten Begegnungsort unserer Eltern umgeht – und dann ausgerechnet an ihrer Grabstelle, wartet sie vergeblich auf eine Antwort; also macht die selbst den Anfang:

„Ich habe mich in Olaf auf unserer gemeinsamen Abiturfeier verliebt; danach sind wir spontan und gemeinsam nach Spanien in den Urlaub gefahren, wo ich auch schwanger geworden bin." Dabei stößt sie mich sanft von der Seite an: „Du erinnerst dich, die vergessene oder fehlende ‚Lektion Pillenwechsel'."

„Von mir werdet ihr nichts dergleichen erfahren; vielleicht werde ich euch von meinem Privatleben zu gegebener Zeit berichten", bemerkt Anne ungewohnt angespannt.

„Ich bin Britta in einer großen Disko in Berlin nachts gegen 3 Uhr auf der Tanzfläche nähergekommen, sagt das etwas aus?"

„Nur so viel", antworte ich meinem großen Bruder, „dass ihr das Tanzen als gemeinsames Band behalten solltet." Bevor er mich dafür boxen kann, weiche ich einen Schritt zur Seite. „Ich habe Frank auf der großen, jährlichen ‚Gay-in-may-Party' auch nachts etwa zur gleichen Zeit ebenfalls auf der Tanzfläche angebaggert. Allerdings war er zu dem Zeitpunkt noch nicht geoutet und unser weiteres Kennenlernen gestaltete sich zu Beginn sehr problematisch. Seit einiger Zeit gehen wir beide aber fast jeden Samstag tanzen, auf Hetero-Partys oder in Gay-clubs. Allerdings", und dabei nähere ich mich langsam Joa wieder an, „haben wir auch keine kleinen Kinder zuhause," was Joa auch so versteht, wie es gemeint ist: als Vorwurf und Stich.

„Ich habe Gerd in Münster auf Weiberfastnacht das erste Mal getroffen; er war zu dem Zeitpunkt noch im Sauerland verheiratet, was uns beide aber nicht von weiteren intensiven Begegnungen abhielt, denn Gerd lebte und arbeitete zu dem Zeitpunkt in Münster."

„Dann bin ich wohl die letzte Offenbarung für euch", grinst Kurt verlegen. „Ich habe Anita auf dem Weihnachtsmarkt ebenfalls in Münster das erste Mal gesehen, gesprochen und mit ihr zu viel getrunken. Ich war mit einigen Kumpels aus der Meisterklasse dort, Anita aus der Abschlussklasse der Lebensmittel-Techniker. Vielleicht war das ja unser Fehler, dass wir danach nie wieder auf einen Weihnachtsmarkt gegangen sind." Oh, denke ich, Kurt und Selbstironie, das lässt hoffen. „Aber wie ihr euch sicherlich denken könnt, hatte das berufliche Gründe, denn zu diesem Zeitpunkt haben wir in der Gärtnerei jeweils Hochsaison."

„Danke für eure umfassenden Antworten; zumindest kenn ich jetzt einen wichtigen Teil eures derzeitigen Lebens. Aber etwas anders interessiert mich noch: Stimmt es, dass Papa beim Antrittsbesuch in Ostrinkeln auf dem Bauernhof um Mamas Hand angehalten hat, während sie im Kuhstall mit Tante Franziska Kühe melkte?", fragt uns Franzi.

„Es stimmt, und Mama wusste nicht, ob sie seinen Antrag annehmen sollte, da Papa doch diese Kriegsverletzungen hatte und zehn Jahre älter war als sie und zu allem Überfluss noch einen damals typischen, großkrempigen grauen Filzhut trug. Aber Tante Franziska hat spontan reagiert: Wenn du ihn nicht willst, ich nehme ihn sofort."

„Und nun liegen sie nebeneinander – oder das, was von ihnen noch übriggeblieben ist", schließt Franzi meine Erläuterung ab.

„We are living on a borrowed time", fügt Joa zu unser aller Erstaunen hinzu. „Wenn der frühe Tod unserer Eltern mich eines gelehrt hat, dann dieses."

„Wir leben nur auf geborgter Zeit", übersetzt Franzi für uns – und schweigend verharren wir vor unser Eltern Grab. Die hohen Pappeln direkt hinter der Friedhofsmauer, an die das Grab unmittelbar anstößt, wiegen sich rauschend im Sommerwind; jeder hängt seinen Gedanken nach.

Keine Antworten – denke ich dabei als Erstes. Nie hat es Antworten unseres Vaters auf so viele Fragen gegeben, die wir ihm hätten stellen wollen. Und dies ist symptomatisch für seine Generation. Und so wächst eine ganze neue Generation heran, arbeitet und freut sich des Lebens in Frieden und in wachsendem, materiellem Wohlstand und fragt sich am Grabe ihrer Eltern, was sie diesen Eltern beweisen wollen. Strampeln wir uns täglich ab, drehen uns im Kreise, nur um es unseren Eltern zu beweisen? Wären sie stolz auf uns gewesen? Haben all die traumatischen Erlebnisse, die sie uns nicht erzählt haben, uns derart unbewusst beeinflusst, dass wir weiter in diesem Hamsterrad schuften und rennen? Was davon geben wir unbewusst an unsere Kinder weiter?

„Wer hat eigentlich ihre Eheringe?", bricht erneut Franzi das Schweigen.

Anne zeigt demonstrativ ihre linke Hand vor mit zwei ineinandergeschlungenen goldenen Ringen: „Wahrscheinlich wisst ihr nicht mehr

– oder könnt es nicht wissen, dass Papa einige Monate vor seinem Tod hier auf dem Friedhof seinen Ehering verloren hat. Das Gold seines neuen Ringes ist heller, wie ihr seht. Ich habe diese für mich umarbeiten lassen – und voilà – hier sind sie."

„Das freut mich sehr, dass das Symbol ihrer Ehe weiterlebt an deiner Hand", und auch wir anderen teilen ihre Ansicht. „Sagt einmal, wer von euch will denn hier einmal beerdigt werden", ändert Franzi die Gesprächsrichtung.

„Ich werde verbrannt und anonym verstreut", komme ich als Erster ihrer Aufforderung nach.

Trotz des deutlichen Stirn-Runzelns meiner kleinen Schwester pflichten Marie, Anne und Joa meinem Wunsch bei. „Allerdings möchten Anne und auch ich eher in einem Friedwald beigesetzt werden", ergänzt Marie, „wir beide haben vor einigen Jahren schon einmal an dieser Stelle darüber gesprochen."

„Und ich würde gerne in den Bergen verstreut werden und nicht irgendwo anonym", fügt Joa hinzu.

„Das finde ich aber sehr traurig, denn als eure Jüngste möchte ich euch eines fernen Tages doch hier ab und an besuchen kommen", und Franzi muss dabei ihre Tränen zurückhalten.

Sie in den Arm nehmend versuche ich sie zu trösten: „Ach Franzi, was sind denn schon die sterblichen Überreste? Wer sagt außerdem, dass du übrig bleibst? Schließlich geht es nicht immer nach dem Alter", spotte ich, was einen körperlichen Rüffel zur Folge hat. „Mich hat nie etwas hierher gezogen an das Grab unserer Eltern, sie sind in meiner dauernden Erinnerung, wir haben alle ihr Doppelfoto im Silberrahmen von Tante Franziska, auf das ich manchmal schaue." „Sicherlich ist dieser Ort so friedlich, wie es für unsere Eltern im Leben wohl sehr selten war angesichts von Krieg, Hunger und anderen Katastrophen. Mama und Tante Franziska waren als junge Mädchen im Oktober 1943 in Münster, als die Stadt am helllichten Tag – bei strahlendem Herbstwetter – einen furchtbaren Bombenterror erlebte. Genauso wie Papa haben sie nie über ihre Kriegserlebnisse gesprochen. Seine schweren Kriegsverletzungen im Gesicht und an der linken Hand waren niemals Thema, und wir durften auch nicht danach fragen. Dabei hätte ich auch schon in jungen Jahren gern von unserem Vater erfahren, wie es ihm auf den verschiedenen Kriegsschauplätzen ergangen ist. Immerhin hab ich so viel aus seinen sehr allgemein gehaltenen Andeutungen gegen Krieg als Lösung von Konflikten mitgenommen, dass ich zwei Jahre nach seinem Tod den Wehrdienst verweigert und mich dabei explizit auf Papas Erfahrungen bezogen habe."

„Wir haben doch die wenigen Fotos von ihm", ergänzt Anne, „auf denen er mit Badehose in Zypern – oder war es Kreta? – am Strand ist oder im Motorrad mit Beiwagen sitzt, da er hierin neue Fahrschüler unterrichtet hat."

„Darauf sieht Papa aus wie Gregory Peck, fand ich früher", wirft Marie ein.

„Habt ihr euch jemals in seine Lage versetzt und eure egoistische mal für einen Moment vergessen?"

„Du meinst damit unsren Vater?", schaue ich Anne skeptisch an.

„Wie mag es in ihm ausgesehen haben? Wie hat er sein Selbstbewusstsein wiedererlangt nach dem Krieg – mit diesem so völlig veränderten Äußeren –, gar nicht zu denken an die nicht sichtbaren Verletzungen? Woher hat er den Mut genommen, um Mamas Hand anzuhalten? Ich habe so viele Fragen an ihn – und keine wird mir jemals beantwortet."

Mit diesen Gedanken an unsere Eltern verweilen wir noch einige Minuten stillschweigend vor ihren sterblichen Überresten.

„Los, lass uns weitergehen, wenn wir noch das Dorf einmal umrunden wollen", treibt uns Kurt an.

„Und ausgerechnet Papa hat dann – aufgrund des verlorenen Führerscheines – diesen hier gleich nach seiner Hochzeit nachgemacht und ist beim 1. Mal durchgefallen", versuche ich die Wandergruppe aufzulockern.

„Das hat Mama mir mal gebeichtet unter dem Siegel der Verschwiegenheit."

Schmunzelnd und in Gedanken verlassen wir den Friedhof und nähern uns dem kaum zu übersehenden Krieger-Ehrenmal.

„Oh Gott, das Seelensilo", entfährt es mir.

Ungläubig schaut Franzi mich lächelnd an:

„Woher kommt denn der Ausdruck – von dir?"

„Nee, der hat sich damals unter uns Jüngeren so eingebürgert, ist aber wohl nicht in den allgemeinen Sprachschatz der Rinkelner übergegangen", spotte ich, „denn sonst hättest du davon erfahren."

„Papa war doch von den Plänen wenig begeistert – oder?", fragt Anne in die Runde.

„Der hiesige Gartenbauarchitekt hat diesen Platz so gestaltet und das Denkmal entworfen. Du erinnerst dich aber richtig an Papas Ablehnung noch vor seinem Tode."

„Aber es ist doch besser als das martialische und kriegsverherrlichende Denkmal neben der Kirche", wendet Franzi ein.

„Stimmt, muss ich dir recht geben", erwidere ich mit einem Anflug von Selbstkritik. „Hierbei merke ich leider auch, dass ich Papas Haltung in manchen Dingen unreflektiert übernommen habe."

Derweil sind die anderen drei bereits weiter in Richtung Sportplatz gewandert, immer an der Ems entlang. Dieser Fluss durchquert das Münsterland ähnlich wie die BAB 1, entspringt nahe Bielefeld in der trockenen Senne und mündet nach 371 km in die Nordsee. Sie haben sich am Ufer auf ihre Jacken gesetzt und schauen dem fließenden Gewässer zu. „Habt ihr hier noch baden können?", will Joa wissen.

„Gott bewahre!", rufe ich aus. „Das stinkende und mal rot oder mal grün gefärbte Wasser diente doch als Abwasserkanal für die am Fluss liegenden Textilfabriken. In einer davon habe ich mal gearbeitet und mir mein Mofa verdient."

„Und ich habe in einer anderen meine Ausbildung gemacht", erinnert uns Joa. „Übrigens habe ich mich dort recht wohl gefühlt und viel gelernt als Groß- und Außenhandelskaufmann."
Wie wenig wir doch voneinander wissen, denke ich bei der Gelegenheit und betrachte die vorbeigleitenden Kanufahrer, die uns fröhlich zu winken. Offensichtlich wurde auch dieser Fluss re-naturiert; kann man wohl eine verletzte Seele auch re-humanisieren? Während ich über mein kleines Wortspiel nachdenke, ob dieser Vergleich passt, hakt sich Marie bei mir unter:

„Welch idyllisches Fleckchen Erde", sinniert sie, „aber für nichts in der Welt möchte ich hierher zurück. Denn mir scheint, dass hinter dieser idyllischen Fassade immer noch die gleiche Verlogenheit und Heuchelei herrschen, wie an eurem Beispiel zu erkennen ist", und wendet sich dabei Kurt zu.

„Aber es ändert sich langsam auch hier etwas, denn unser Hauskäufer ist ein katholischer Ägypter mit Familie, der im alten Geschäft eine Drogerie errichten wird. Und Onkel Josef hat sein Haus seinem Ältesten vererbt und dafür im Dorfzentrum das älteste Gebäude des Dorfes völlig umgebaut und erweitert. Sein Elternhaus hat unser Cousin Paul auch prompt verkauft an zwei Männer aus Münster, die offensichtlich als Paar dort zusammenleben, und hat sich dafür in Münster eine schicke Eigentumswohnung gekauft."

Mit großen Augen schauen wir Kurt an: „Da müssen also künftig die armen Rinkelner mit Ausländern und Schwulen klarkommen; gut so!", freut sich Marie und klatscht mit mir ab.

Als wenn das Wetter es geahnt hätte, riechen und empfinden wir heute die Wärme und Schwüle unserer Kindheit. Müde und etwas behäbig erheben wir uns aus dem Gras und wandern an der Ems entlang auf unsere alten Brookgärten zu. Hier hatten wir unsere Erdbeerfelder, die Schnittblumen und Gemüsebeete für den Verkauf im eigenen Laden, den Mutter organisierte. Diese Nutzgärten waren zum Dorf hin wiederum begrenzt durch Obstbäume mit Aprikosen und Pfirsichen für unseren privaten Gebrauch. Der Sommer war ein jedes Jahr ein Obstsommer – mit so vielen Früchten aus unseren Gärten. Was nicht gegessen wurde, wurde eingeweckt oder zu Marmelade verarbeitet, Äpfel und Birnen wurden im kühlen Keller auf großen Obstbänken gehortet. So wir waren bis etwa Mitte der 60er Jahre beinahe autark und Selbstversorger.

„Welche Erinnerungen habt ihr denn an unsren Brookgarten?", will ich von meinen Geschwistern wissen.

„Wir drei Ältesten mussten doch in den Sommerferien bald nach dem täglichen Kirchgang um 8 Uhr zum Erdbeerenpflücken mit Tante Franziska und irgendwelchen Helfern", erwidert Anne als erste. „Wieso eigentlich schon so früh?"

„Bei Erdbeeren ist ihr Aroma-Gehalt vormittags am höchsten. Papa hatte wohl noch nicht so viele Sorten wie wir heutzutage, sodass die Ernte Ende Juli meist schon vorbei war. Ich habe für dieses Areal einen Kaufinteressenten, da der neue Pächter des Geschäftes dieses Land nicht mehr braucht."

„Ich habe noch Kinderfotos, auf denen Mama, Oma und Tante Franziska hier arbeiten und ich im Kinderwagen am Rand im Gras stehe, während

Anne neben mir auf einer Decke liegt", erinnere ich mich als zweiter. „Auch später bin ich gerne hierhergekommen, auch mit meiner einstigen Kindheitsfreundin Bärbel, es war immer so ein ruhiger, fast idyllischer Ort. Die Erdbeerernte habe ich gar nicht so schlimm in Erinnerung; ich bin bis heute am liebsten draußen in der Natur. Das war prägend."

„Bitte lasst uns doch auch hier einen Moment verweilen", bitte ich meine SpaziergängerInnen. Marie und Franzi setzen sich zu mir ins Gras, die drei anderen kann ich nicht überzeugen, denn sie wandern den breiten Sandweg zwischen hohen Buchenhecken gemächlich weiter. Von Ferne hören wir die Glocken der Turmuhr, ihr Schall schwingt herüber über Wiesen und Äcker um uns herum. Während der Wind sanft durch das hohe, weil nicht gemähte Gras weht, wandern bei uns drei nur unsere Gedanken. Diese warmen Sommer meiner Kindheit erlebe ich an diesem Wochenende noch einmal – welch ein glücklicher Zufall. Ab der 5. Klasse durften wir auch alleine mit Geschwistern oder Nachbarskindern die gut zwei Kilometer bis in den Brookgarten gehen. Häufig trafen wir dabei auf unsren Vater oder andere MitarbeiterInnen. Wenn Ende Juni die Erbsen oder Möhren reif waren, und später auch die roten Johannisbeeren oder Stachelbeeren, haben wir uns daran bedient – in Maßen, versteht sich. Frische Möhren aus der Erde ziehen oder die Erbsenschoten knacken lassen und die frischen grünen Perlen daraus pulen – Erbsen döppen, hieß das bei uns und all diese verschwanden in unseren Mägen: Bis heute bin ich Rohkost-Liebhaber, auch von Radieschen oder Kohlrabi. An den roten Süßkirschen durften wir uns aber nur so weit bedienen, wie wir sie ohne menschliche oder andere Hilfsmittel erreichen konnten – also auch leider ohne Räuberleiter. Wie selbstverständlich haben wir als Kinder und Jugendliche diesen Kreislauf des Lebens erfahren, dass die Samen in die Erde gepflanzt wurden und daraus langsam eine sichtbare Pflanze wuchs, die am Ende Früchte trug, welche wir wiederum mit Freude genießen konnten. Auch wenn wir nur gelegentlich zum Erbsendöppen mit Oma oder zum Erdbeerenernten für ein, zwei Stündchen genötigt wurden, spürten wir doch hautnah, was es bedeutet, dass Lebensmittel in der Natur wachsen und bewahrt werden sollten. Wie ekelig wir auch unseren „Schweine-Eimer" in der Waschküche empfanden, so war es doch

Teil unseres Lebens, dass Essensreste wieder von Tieren gefressen wurden, die wir eines Tages – nach der Schlachtung – selbst verspeisten. Als anstrengend empfand ich schon damals – und nicht erst aus heutiger Sicht – die Kartoffelernte; für uns ältere drei war die Bezeichnung „Kartoffelferien" für die Herbstferien kein leerer Begriff, sondern eine körperliche Erfahrung. Reihe um Reihe wurden die Kartoffeln mit einer dreizinkigen Forke am jeweiligen Strauch herausgehoben, geschüttelt, damit sie auf der Erde liegen blieben, um danach von uns eingesammelt zu werden. Unter unseren Knien befand sich ein Jutesack als Schutz gegen den feuchten Dreck, denn manche Kartoffeln waren faulig oder die grünen Sträucher über der Erde noch nass. Neben sich hatte jede/r einen Drahtkorb, der grob geflochten war und in der Mitte zu einem Henkel zusammenlief, der wiederum mit einem Holzgriff verbunden war. Bis heute mag ich keine Kartoffeln – außer als Pommes frites oder als Bratkartoffeln, denn zu oft habe ich in die faulen gegriffen oder ihr feucht-modriger Geruch trug nicht dazu bei, sie als Delikatesse verspeisen zu wollen.

Und so ist es auch nicht erstaunlich, dass meine Kindheit und frühe Jugend mich derart nachhaltig geprägt hat bis zu meinen heutigen Essensgewohnheiten.

„Wir lagen träumend im Gras, die Köpfe voll verrückter Ideen", trällere ich leise vor mich hin; „Da sagte er nur zum Spaß, komm, lass uns auf die Reise gehen", setzt Marie das Lied fort. „Du hast es auf Anhieb erkannt", wundere ich mich. „Juliane Werding, Conny Kramer", antwortet sie, „einer meiner Lieblingsjugend-Songs. Aber auf diese Art von Reise, die durch die Drogensucht tödlich endet, wollen wir hier hoffentlich nicht gehen." „Ganz sicher nicht, denn die endet in dem Song tödlich. Aber wir gehen doch auch hier auf eine andere Art von Reise, eine in die Vergangenheit. Und hier im Gras in unserem alten Brookgarten mit dem dumpfen Schall der Kirchturmuhr fällt es mir nicht schwer, meine Gedanken schweifen zu lassen, zumal sich meine Erinnerungen an dieses Stück bearbeitete Natur nur auf die Sommermonate bei schönem Wetter beziehen."

„Ich war zu klein für solche Erinnerungen, bedauere aber immer wieder, dass ich eure nicht teilen kann", seufzt unsre Kleinste. „Aber die Natur und das Wandern im Wald gehören zu meinen Lieblingsbetätigungen in meiner Freizeit."

„Damit geht es mir so wie euch beiden", fügt Marie hinzu. „Ich hatte vor diesem Treffen mit euch einen ziemlichen Bammel, aber in solchen Momenten freue ich mich total, dabei zu sein. Aufgrund meines städtischen Lebens ist mir unsere Kindheit in die Ferne gerückt, da sie in meiner Erinnerung fast nur draußen stattfand. Für einen Moment empfinde ich sogar Glücksgefühle, wenn ich hier liege und das trockene Gras rieche."

„Selbst im Winter mussten wir noch bis Mitte der 60er Jahre ein bis zwei Runden um unser Haus machen mit bloßen Füßen", kläre ich unsere Jüngste auf, die zu dem Zeitpunkt noch nicht geboren war. „Nach dem Essen und vor dem Schlafengehen haben wir unsere Pantoffeln und Socken im Flur ausgezogen, Mama hat für jeden ein Handtuch ausgebreitet und ab ging es in den Schnee. Wenn wir zurückkamen, hatten wir heiße Füße, konnten sie schnell abtrocknen und so ging es ins Bett, denn unsere Schlafzimmer hatten doch keine Heizung und nur die Wärmflaschen reichten oft nicht aus." „Ich habe nach einer Runde meist schon schlappgemacht, dafür fehlte mir jeglicher Ehrgeiz", ergänzt Marie meine Erinnerungen. „Und auch auf eure Schlittschuh-Ausflüge zu den gefrorenen Überschwemmungen der Ems hatte ich keine Lust." „Aber dafür hast du doch an unseren Gleitschuh-Abenteuern auf Rinkelns verschneiten Straßen teilgenommen, denn die wenigen Autos bis Mitte der 60er machten noch keine Probleme und von Räumfahrzeugen war weit und breit keine Spur."

„Und welch eine Freude waren unsere Schlitten-Abfahrten von den Hügeln im Brink, wobei es auch einige Unfälle gab durch die im Wege stehenden Bäume."

„Seid ihr denn im Sommer zum Schwimmen ins nächste Freibad gefahren?"

„Nein, sondern mit dem Fahrrad einige Kilometer zu diesem kleinen Nebenarm der Ems, wo sich auch viele andere Kinder tummelten, wobei Pete wohl nicht schwimmen gelernt hat – oder?“

„Stimmt, denn erst nach dem Abitur bin ich per ‚Inter-Rail-Ticket‘ vier Wochen mit einem – nun ja – ‚Freund‘ durch Südeuropa getingelt und habe im Mittelmeer langsam das Schwimmen gelernt, was im Salzwasser auch leichter war.“

„Genug der Geschichten, wir müssen weiter, die drei warten sicherlich schon auf uns.“ Bei diesen Worten erhebt sich unsere Kleinste, zieht ihre Schwester an den Händen nach oben und ich folge ihnen. Wie schade, dass auch dieses Stück Land für uns verloren geht; Kurt hatte wohl nie einen Bezug dazu.

„Was hast du eigentlich gegen den Brookgarten“, rufe ich Kurt von Ferne zu, noch bevor wir sie eingeholt haben.

„Hier konnte man nicht Fußball spielen, hier fand ich es immer zu langweilig“, schaut Kurt sich zu mir um, während sie bereits auf den Sportplatz zusteuern.

„Und“, fragt Joa, „spielst du hier immer noch Fußball? Immerhin warst du mal der beste Torwart in der Kreisliga.“

„Ach nee, schon lange nicht mehr. Die letzten Jahre waren zu nervenaufreibend und meine Knochen machen das nicht mehr mit.“

„Aufpassen, in deinem Alter beginnt schleichend die Fettablagerung besonders in der Bauchgegend“, klopft Joa seinen Bruder wohlwollend auf die Schulter. „Ich habe hier bald eine Biege gemacht und bin nach der Grund- weiter zur Hauptschule in die City gegangen. Dort fand ich das Leben und den Sport viel spannender.“

„Aber Kurt hat doch bereits mit 4 oder 5 Jahren hier im Tor gestanden. Wie oft musste ich ihn hier abends abholen und wie viele Brillen sind dabei kaputt gegangen“, entfährt es mir.

„Hör endlich auf, dich als großer Bruder aufzuspielen! Diese Zeit ist doch wohl endgültig vorbei!", ermahnt mich Joa, wie so oft seinen Bruder verteidigend, der dieses so selten schafft.

„Und wieso bist du in die städtische Grundschule gegangen und nicht hier in Rinkeln geblieben? Und warum sind Marie und Kurt zur Hauptschule nach Schwegte geschickt worden anstatt in die Stadt?", erkundigt sich Franzi.

„Ich weiß nur noch, dass Papa sich weigerte, mich zur hiesigen katholischen Grundschule anzumelden", erinnert Joa sich.

„Das war der nächste massive Konflikt unseres Vaters mit den Dorfhonoratioren und Pfarrer Brinkmann, obwohl er doch eigentlich dazugehörte, aber er war letztlich nur Zugereister, ein Eingeheirateter aus dem Lipper Land. Es war die Zeit der neuen SPD/ FDP-Landesregierung in Düsseldorf, die das Bildungssystem umkrempeln wollte; dabei mussten sich alle Schulträger entscheiden, ob sie eine Bekenntnis- oder Gemeinschaftsschule einrichten wollten. Natürlich hat sich die katholische Kirche auch dabei durchgesetzt – gegen Papas Willen, der die Nicht-Katholiken nicht ausgrenzen wollte. Aus Protest dagegen hat er anschließend Joa auf die städtische Grundschule geschickt: Welche Konsequenz!", ergänze ich in voller Anerkennung. Und ein nicht zu verhehlender Stolz auf meinen Vater kommt immer wieder zum Vorschein, zumal ich selber oft nicht genügend Rückgrat zeige, aber das würde ich Anne gegenüber kaum eingestehen.

„Für mich war es die beste Entscheidung in der damaligen Situation", lobt Joa im Nachhinein seinen Vater. „Ich fand es zu Anfang beklemmend, fast allein von meinen Spielkameraden in die Stadt zu fahren; später allerdings hab ich mich eher gefreut, auch in der City im Sportverein spielen zu können und dort andere Freunde zu finden, weil ich Rinkeln zu spießig fand. Dadurch habe ich diese Konflikte mit und in dem Dorf nie so gespürt wie ihr."

„Der Bus hat uns täglich nach Schwegte gebracht und wieder zurück; leider wurden wir nie gefragt, denn aus heutiger Sicht wäre ich auf jeden

Fall lieber in die städtische Hauptschule gegangen", pflichtet Marie ihrem Bruder bei, „denn dort hätte ich eine reale Chance auf den Wechsel in die Realschule gehabt."

„Mir war das ziemlich egal", äußert sich Kurt dazu. „Ich habe nie einen Bezug zur Stadt bekommen wie ihr anderen, auch später als Jugendlicher bin ich doch nie in der städtischen Jugendszene gelandet wie du, Pete."

„Ich erinnere mich aber, dass du es versucht hast und ich dich dort mal getroffen habe. Aber diese Welt der Kiffer und langhaarigen Protestler war nicht dein Ding. Ich hab mich nach Papas Tod dort wohl gefühlt und konnte samstagabends abtauchen, Uriah Heep und Led Zeppelin, Deep Purple, Ton-Steine-Scherben und all die Musik, mit der man seinen Frust herausschreien konnte. Aber auch Neil Young oder Leonard Cohen fand und finde ich immer noch einzigartig. In der Oberstufe habe ich dann auch George Moustaki entdeckt und ich kann heute noch Le Métèque mitsingen. Ich war sogar zu seinem 1. Konzert in der Halle Münsterland nach dem Ende der Obristendiktatur in Griechenland", verkünde ich stolz. „‚Music was my first love' von John Miles drückt allerdings bis heute meine musikalische Gefühlswelt aus. Aber deine damalige Welt der Diskomusik ist mir bis heute völlig verschlossen geblieben", wende ich mich an Marie.

„Ach du meine Güte, diese deutschen Schlager waren doch fürchterlich!", schüttelt sich Anne noch im Nachhinein. „Außer vielleicht Udo Jürgens, den haben wir – glaube ich – alle mitgesungen. Ansonsten waren fast alle Woodstock-Songs – außer diesen abgefahrenen Songs von Jimi Hendrix– meine Musikwelt. Joan Baez finde ich bis heute toll."

„Das ist 'n bisschen unfair von dir, mein Bruder", wirft Marie mir vor, „denn schließlich habe ich mich durch den Umzug nach Münster grundsätzlich geändert. Meine Ängste vor dem Leben, meine Selbstzweifel habe ich hinter mir gelassen und die Musik hat mir dabei geholfen oder hat mein neues Lebensgefühl begleitet. Schließlich habe ich auch mal Klavierunterricht gehabt, wenn auch nicht sehr lange; aber auch für diesen Abbruch ist wohl eher der Lehrer verantwortlich", und schaut dabei Anne direkt an.

„Und die Beatles fanden wir doch auch alle toll – oder?", ergänzt sie versöhnlich.

„Der alte Grabenkrieg: Beatles- oder Stones-Fan, ich fand beide Gruppen gut und das bis heute", werfe ich schnell ein, bevor wieder ein neuer Streit aufkommt.

„Mein Musikgeschmack hat sich seitdem aber nicht mehr groß verändert und heute geht es mir so wie dir, Pete: Die Melodien müssen erkennbar sein, egal welche Musikrichtung es ist."

„We all live in a yellow submarine, yellow submarine, yellow submarine", stimmt Marie dazu passend an und wir stimmen freudig und bewegt mit ein und kommen auf dem Weg zur Kirche bei der alten Gaststätte Krieger vorbei. „Ich hatte übrigens kürzlich in einer Bielefelder Eisdiele ein ‚déjà gout'", erkläre ich meiner etwas verdutzten Schwester.

„Ein was?"

„Déjà vu – déjà gout: schon mal gesehen, schon mal geschmeckt. Es war das Nusseis von Krieger, was mich beim ersten Lecken sofort an meine Kindheit und den Eissalon neben dieser Gastwirtschaft erinnerte. Es ist wie eine körperliche Form des Erinnerns. Kennst du so etwas auch?"

„Ja – Bratensoße", was lautes Lachen von mir zur Folge hat und meine andern Geschwister neugierig werden lässt. „Ich war kürzlich bei Gerds Verwandten im Sauerland zum Wildschweinbraten-Essen, und die Soße hatte genau den Geschmack wie die Wildsoßen von Mama."

Bevor wir die Erinnerung unserer Geschmacksnerven fortsetzen können, ist eine akustische Erinnerung stärker aufgrund der Orgelklänge aus der nahen Kirche.

„Wieso wird denn um diese Mittagszeit Orgel gespielt?", wundert sich Franzi.

„Am Sonntag gibt es ein großes Hochamt um 10 Uhr zur Pensionierung und Verabschiedung in den Ruhestand von Pfarrer Dierkes, und dazu übt wohl der Organist gerade", klärt Kurt uns auf.

„Pfarrer Dierkes hat mir bei meinem Coming-out geholfen“, erkläre ich zum Erstaunen meiner Geschwister. „Könnt ihr euch erinnern, dass Tante Franziska mit meiner Sexualität große moralische Probleme hatte?“ Ich erntete allgemeines Schulterzucken. „Nach ca. zwei Wochen tränenreicher Telefonate mit ihr bat sie mich, nach Rinkeln zu kommen und mit dem hiesigen Pfarrer Dierkes zu sprechen, der dazu bereit sei.“

„Wann war das ungefähr?“, wollte Joa wissen.

„Ende der 70er, also noch relativ zu Beginn der Diskussion um gleiche Rechte für Menschen, unabhängig von ihrer Hautfarbe, sexuellen Orientierung und von ihrem Geschlecht. Wir beide kannten uns nicht und ich war noch nicht aus der Kirche ausgetreten. Nach einem über zweistündigen, sehr offenen und vertrauenswürdigen Gespräch versicherte mir Pfarrer Dierkes, dass ich seinen Segen hätte für mein weiteres Leben, wenn ich es auch weiterhin nach allgemeinen ethischen Grundsätzen und mit Respekt vor jeglicher Kreatur Gottes leben würde. Danach war Tante Franziska versöhnt mit ihrer Religion und meiner Lebensweise und hat meine späteren verschiedenen Lebenspartner immer willkommen geheißen, wie zum Beispiel anlässlich ihres 60. Geburtstages, wie ihr euch sicherlich erinnert.“[17]

„Stimmt“, ergänzt Joa, „du konntest tatsächlich gegen den Willen der katholischen Verwandtschaft deinen Freund zur großen Geburtstagsfeier abends mitbringen, was mir erst jetzt klar wird.“

„Und unsere in Scheidung lebende Cousine Susanne aus Bocholt ist – gegen den Willen ihrer Eltern, aber ermutigt durch Tante Franziska – ebenfalls erschienen; denn diese hatten Sorge um ihren Ruf, den ihre älteste Tochter durch ihre Teilnahme ohne Ehemann schädigen würde. Wenn die bürgerliche Fassade bröckelt, unternehmen die Betroffenen oft alles, um dies zu verhindern, das ist meine Erfahrung.“

---

17 Oh du verlogenes, katholisches Münsterland: Dass diesem Pfarrer keine 20 Jahre später fortgesetzter, schwerer Missbrauch in Rinkeln nachgewiesen wurde, ohne dass der Münsteraner Bischof den Pfarr-/ Gemeinderat informiert hätte, hat mich – und die Rinkelner – doch fassungslos gemacht.

„Und es gab doch noch einen Tabubruch", erinnert sich Anne. „Die inzwischen verwitwete Cousine unserer Mutter und Tante Franziskas, Tante Lilly aus Essen, erschien mit ihrer Familie zum ersten Mal, da sie bis dahin aufgrund ihrer Ehe mit einem evangelischen Mann nie teilnehmen durfte."

Wir schütteln ob solcher Ignoranz und katholisch-moralischer Überheblichkeit nur mit dem Kopf; allerdings kennen meine Geschwister nicht die Hintergründe dieser familiären Verstrickungen. Oma Sophia hatte neben unserer „Oma" Maria und Großtante Gertrud, der „Juffer", noch eine Schwester namens Anna. Diese heiratete ebenfalls nach dem 1. Weltkrieg, aber „in die Stadt", und dort den städtischen Verwaltungsbeamten Bernhard Kusenberg. Mit ihm bekam sie zwei Töchter, die jeweils einige Monate später geboren wurden als die beiden Töchter des späteren britischen Königs George VI: Um ihre Distanz zur bäuerlichen Herkunft zu betonen, glaubte sie, den Töchtern den Nimbus des Besonderen in die Wiege legen zu müssen, und benannte sie nach den britischen Prinzessinnen Elisabeth und Margret. Ihre Rufnamen bekamen sie allerdings von ihrer Mutter Anna bereits nach ihrer Geburt: Lilly(beth) und Maggy („the english prononciation please"). Ich erinnere mich kaum an einen Besuch dieser Großtante bei uns, sodass es mich auch nicht erstaunt, dass selbst Anne nichts mit diesem Familienzweig verbindet. Tante Lilly und ihre Schwester Maggy hoben sich bei diesem Familienfest deutlich von ihren dörflichen leiblichen und angeheirateten Cousinen ab: Sie waren nicht korpulent geworden, trugen einen Seidenschal um die Schultern mit Brillantbrosche und jeweils ein schlichtes Kostüm mit passendem Schuhwerk. Sie haben mich als heranwachsenden Jungen damals derart beeindruckt, dass ich mit Mama noch mehrmals darüber gesprochen und sukzessive ihre Geschichte erfahren habe. „Do bis mi too nieschierich"[18], sagte sie dann – und erzählte mir trotzdem Einzelheiten. Während Lilly „nach Essen einen Evangelischen" heiratete, blieb ihre Schwester Maggy der Stadt und dem Beruf des Vaters treu: Sie ehelichte den städtischen Inspektor Erich Möller. Nach Papas Tod war er ein verlässlicher Verwandter, der unserer Mutter bei steuerlichen Problemen

18 „Du bist mir zu neugierig."

half. Dass er mir jedes Mal bei seinem Weggang 5 Mark an der Haustür zusteckte, haben meine Geschwister bis heute nicht erfahren.

Der Orgel lauschend hatten wir inzwischen auf Bänken gegenüber der alten Dorfschule, die sich direkt am Kirchplatz befindet, Platz genommen. Der ehemalige große Schulhof mit einer mächtigen Linde in der Mitte scheint der zentrale Platz im Dorf zu sein wie eh und je. Das alte Holz- und Gerätehaus unter anderem für Fahrräder wurde abgerissen und ein funktionaler Betonbau an seiner Stelle errichtet. Auf einem Teil des Platzes ist ein neues Gebäude zu bestaunen, das sich besser in die dörfliche Architektur einfügt und von Weitem als der katholische Kindergarten zu erkennen ist.

„Hier wird immer noch dasselbe Repertoire kirchlicher Lieder gespielt", kritisiert Anne; „selbst heute noch weiß ich, dass dieses Lied ‚Die Himmel rühmen' heißt, konnte mich aber nie dazu durchringen, nach dem Komponisten zu suchen."

„Beethoven, und mir geh es so wie dir: Ich höre diese Orgelmusik und sofort kommen die Kindheitserinnerungen an unseren Kirchenchor hoch, wobei dies allerdings auch relativ schöne Erinnerungen sind; schließlich haben Mama und ihre gesamten überlebenden Geschwister in diesem Chor gesungen."

„Wer von euch hat eigentlich nie bei Tante Franziska am Samstagabend hier oben in ihrer Wohnung in der alten Schule geschlafen?" will Joa wissen.

Marie meldet sich: „Anne und ich haben hier einige Monate verbracht während unsres Hausumbaus. Aber an diesen Wochenenden davor war ich hier nie, das war doch wohl eher euch Jungs vorbehalten, die sich nicht mit Tante Franziska angelegt hatten."

„Ich als ihr Patenkind habe dafür häufiger in ihrer nächsten Wohnung oben in der alten Berufsschule übernachtet, da wart ihr bereits häufig weg und zu alt", erinnert Franzi ihre Schwester. „Mal ein Samstagabend und Sonntagmorgen ohne euch war doch wunderbar."

„Können wir bestätigen", ergänzt Kurt und schaut seine beiden Brüder an. „Wir hatten doch auch bis einige Monate vor Papas Tod keinen Fernseher, weil er diesen verweigerte, sodass wir bei Tante Franzi die großen Samstagabend Quiz-Shows sehen und euch neidvoll berichten konnten, wie lange wir aufgeblieben waren. Unser Wettstreit: Wer darf dieses Wochenende bei Tante Franziska schlafen? fing doch schon am Montag an."

„Die Benachteiligung von uns beiden Mädchen hat eine lange familiäre Tradition", bemerkt Marie dazu, grinst aber auch, denn das ist schon lange kein Streitpunkt mehr unter uns.

Bei diesen Worten öffnet sich die Seitentür der Kirche und vier Herren in schwarzen Anzügen treten heraus. Die Orgel hat ihr Spiel beendet und ein bemerkenswerter älterer Herr mit silbergrauem Haar, das bis auf seinen Kragen reicht, langen weißen Koteletten und etwas untersetzt löst sich aus der Gruppe, die ansonsten auf Distanz bleibt. Er kommt auf uns zu, begrüßt Kurt mit Handschlag und dieser stellt uns nacheinander vor.

„Wir beide kennen uns doch schon", wendet sich dabei der Pfarrer an mich. „Wie geht es Ihnen?"

„Es freut mich, Sie so fit und gesund wieder zu sehen", entgegne ich, „und auch so viele Jahre nach unserem Gespräch bin ich Ihnen noch dankbar für ihre positive Unterstützung, die mir all die Jahre innerfamiliär sehr geholfen hat. Kürzlich las ich einen Zeitungsartikel, der ihre couragierte NS-Gegnerschaft zum Thema hatte. Meine Hochachtung dazu! Lange bevor der Bischof von Münster, Graf von Galen, seine Predigten gegen das NS-Regime gehalten hat, sind Sie bereits von der Gestapo wegen Ihrer Haltung verhaftet worden. Es freut mich, ihnen dazu mal persönlich meinen Respekt bekunden zu können."

„Das ist schon so lange her, aber danke dafür. Ich muss mich jetzt aber um meine Gäste kümmern, insbesondere um den Weihbischof Brinkmann. Ich wünsche Ihnen allen ein schönes und einvernehmliches Wochenende."

Dabei wendet sich der Pfarrer um und geht zu den drei anderen Herren zurück.

Anne neben mir merkt als Erste, dass ich mich beherrschen muss, um nicht dem Pfarrer zu folgen, und hält mich am Ärmel zurück: „Was ist mit dir los?"

„Selbst nach so vielen Jahren könnte ich diesem Brinkmann immer noch seine Visage demolieren", bemerke ich wütend und seufze tief. „Aber Gewalt war noch nie eine Lösung", sagt der alte Wehrdienstverweigerer in mir und dies auch zu meinen Geschwistern.

„Kannst du uns später von deiner Wut auf diesen Bischof Brinkmann erzählen, es ist so schönes Wetter und es freut mich, mit euch auf alten Pfaden zu wandeln", bittet Marie mich.

„Aber klar, ich beruhige mich ja schon. Vielleicht sind das auch nur alte Kamellen und nicht mehr von Belang", pflichte ich ihr bei.

„Nein, so meine ich das nicht. Wenn allein der Anblick dieses Mannes dich derart aus der Fassung bringt, würde ich gerne wissen, warum."

„Kennst du den Mann denn nicht?", fragt Kurt und deutet Maries fragenden Blick richtig: „Das ist doch unser ehemaliger Pfarrer Brinkmann, der von hier aus Karriere in der Hierarchie gemacht hat, zuerst zum Dompropst und dann zum Weihbischof ernannt wurde."[19]

„Ach, daher weht der der Wind", und noch bevor ich weitere Erklärungen abgeben kann, hakt sie mich verständnisvoll unter, singt wieder ihren Beatles-Song vom Gelben Unterseeboot und wir beide hüpfen dazu in Richtung unserer Geschwister, die bereits unsere Dorf-Umrundung fortgesetzt haben. Der auf der Landkarte unschwer als ein Ei erkennbare Dorfkern umschließt nur eine geringe Zahl von Häusern, wobei entlang der Dorfstraße beidseitig gebaut wurde, sodass dieses Dorf-Ei auch in unserer Rinkelner Zeit Ziel und Anlass für einen Spaziergang darstellte: „Lass uns eine Runde ums Dorf gehen" – und jeder wusste, was damit gemeint war.

19 Dass Pfarrer Brinkmann bereits ein Jahr nach Vaters Tod auf Betreiben meines Onkels Josef abberufen wurde aus Rinkeln, habe ich leider erst viel später erfahren. Ich hätte ihm dafür gedankt.

Ich verlasse bei herbstlich windigem Wetter gegen 22 Uhr unser Haus; Mutter bügelt wie so oft abends noch Wäsche oder macht restliche Hausarbeiten, meine drei noch zuhause lebenden jüngsten Geschwister schlafen schon. Die drückende Enge und erdrückende Atmosphäre halt ich manchmal nicht mehr aus. Bauchschmerzen sind die Folge. Mama redet nicht von ihren Gefühlen, ich kann es auch nicht. Immer wieder führt mein Weg mich ums Dorf. Eingehüllt in meinen dunkelblauen Dufflecoat, die Kapuze über'm Kopf, umrunde ich – wiederholt und ohne einen klaren Gedanken fassen zu können – unser Dorf. Das Gefühl der Überforderung mit all den unausgesprochenen Erwartungen meiner Mutter konnte ich damals noch nicht als solches erkennen, geschweige denn benennen. Es ist dunkel und nur wenige Laternen erhellen die Dorfstraße, aber den Weg könnte ich auch im Schlaf gehen. Nach einer gefühlten Ewigkeit komme ich wieder zuhause an, erschöpft und keinen Deut klüger, sage Mutter „gute Nacht" und falle in mein Bett.

7. Kapitel: Franziska

Wir kommen am Haus unsres Onkels Josef vorbei, der Anfang der 50er Jahre an dieser Dorfstraße ein geräumiges Haus mit Anbau für seinen Handwerksbetrieb Elektro-Installation gebaut hat. In diesem leben jetzt laut Kurt zwei Männer aus Münster in Eintracht miteinander – oder auch nicht? Auch dieses Haus birgt so viele verschiedene Erinnerungen vor allem für mich, aber noch mehr für Franzi.

„Ich musste mir oft das Lachen verkneifen, wenn Onkel Josef Worte verwendete, die mit einem J anfangen; er sprach diese Worte nämlich mit einem G aus, wie wohl viele Münsterländer."

„Du meinst, er sagte dann Goachim, Gosef und Gordanien?", ergänzt Joachim, was unser aller Heiterkeit auslöst.

„Habt ihr euch mal gefragt, warum wir schon als Kinder in unbewusster Konkurrenz zu den zwei Familien vom Mamas Brüder standen?"

Ich ernte nur große Augen als Antwort. „Heikles Thema?", hake ich nach.

„Eher verschüttetes Thema und schon lange nicht mehr akut", antwortet Anne.

„Ich glaube, dass dies an dem Ehrgeiz sowohl der beiden Brüder als auch ihrer Ehefrauen lag. Allerdings kann ich ihnen dieses nicht vorwerfen, da unsere Eltern sich nicht durch besonderen Ehrgeiz für unsere schulische Bildung auszeichneten. Hauptsache, wir waren zufrieden und hatten Lust am Leben. Zudem waren beide Brüder auch beruflich und wirtschaftlich erfolgreicher als Papa und Mama, besonders Onkel Josef mit seiner Firma."

„Warum haben dann Onkel Karl und Tante Marianne nebst den beiden jüngsten Söhnen Lukas und Stefan uns so häufig an Wochenenden besucht?"

„Onkel Karl hatte einen starken Bezug zu Rinkeln, denn hier lebte seine gesamte Verwandtschaft. Beantwortet das deine Frage?“

„Nein, denn sie haben immer nur bei uns gewohnt, Mama doppelte Arbeit gemacht und sich durchgefuttert“, kritisiert Marie rückblickend. Sie hat spätestens nach dem Tod unserer Mutter alle Familienbeziehungen abgebrochen – wie auch unsere ältere Schwester Anne.

„Aber unser Haus stand doch immer allen offen, unsere Eltern waren sehr gastfreundlich, was übrigens auch mich bis heute geprägt hat, und ich weiß nicht, ob du das beurteilen kannst“, nehme ich unsere gewohnte Streitkultur wieder auf. „Nach dem 1. Staatsexamen habe ich für sieben Wochen bei der Westdeutschen Genossenschafts-Zentralbank in Münster gejobbt und u. a. Kontoauszüge geordnet. Aus Jux und Dollerei habe ich eines Nachts auf einem dieser Auszüge für Tante Franziska ‚Hallo‘ geschrieben: Welch ein Datenschutz-Drama für die SPk in Rinkeln! Des Dramas Lösung kam schließlich von Tante Franziska selber: ‚Ach je, Peter arbeitet doch in eurer Zentrale in Münster.‘ Bei der Gelegenheit konnte ich alle Sparkassen-Konten unseres Onkels einsehen, wobei ich natürlich zur Verschwiegenheit verpflichtet war. Nur beim nächsten Zusammentreffen mit ihm habe ich einige Andeutungen fallen lassen; danach hat Onkel Josef mir gegenüber nie wieder gejammert, wie schlecht es ihm und seiner Firma ginge.“

„Wie ging es dir eigentlich hier in den Jahren nach Mamas Tod, als du jeden Mittag nach der Schule aus der Stadt kamst und hier gegessen und deine Hausaufgaben gemacht hast?“, will Marie von Franzi wissen. „Ihr beide lebtet noch zuhause mit Tante Franziska und ihr habt doch sicherlich manchmal darüber geredet?“, wendet sie sich an ihre beiden anderen Brüder.

„Da irrst du dich“, antwortet Franzi. „Jeder von uns dreien hat sein eigenes Leben gelebt und miteinander geredet haben wir nie, außer über Alltägliches – oder?“

„Ich kann mich auch nicht erinnern, dass wir uns mal ehrlich über unsere Probleme ausgetauscht haben“, stimmt Joa ihr zu und Kurt nickt nur.

Wie deprimierend, denke ich bei mir, die beiden Eltern sterben innerhalb von fünf Jahren und lassen die drei Jüngsten mit allen Sorgen und Ängsten allein. Wir drei Ältesten waren weit weg, kamen vielleicht mal an einem Wochenende vorbei.

„Aber ich hatte viele konfliktreiche politische Diskussionen mit Onkel Josef primär Samstag spät nachmittags, bis uns Tante Hilde genervt unterbrochen hat, weil sie mit ihrem Mann zur Samstagabendmesse wollte: ‚Jau Moder, treck di män ol an, ik kuom glieks',[20]waren seine Worte an seine Frau. Wir haben oft die Zeit vergessen, da häufig auch noch der benachbarte Sparkassenchef dabei war. Das war aber noch zurzeit meiner Oberstufe, natürlich noch zu Mutters Lebzeiten."

Nur ein einziges Mal hat er dabei fast in einem Nebensatz erwähnt, wie sehr ihn der plötzliche Tod unseres Vaters geschockt hat, und nicht nur ihn, sondern auch so viele Männer seiner Generation in diesem Dorf. „Es sind oft die Besten, die unser Herrgott eher zu sich ruft", war seine Erklärung. Ich war 16 Jahre alt und er glaubte doch tatsächlich, mich mit dieser idiotischen, katholischer Phraseologie über den plötzlichen Tod meines Vaters hinweg trösten zu können: Welch Vermessenheit und Gedankenlosigkeit, welche Unfähigkeit zur Empathie!

„Typisch Onkel Josef", entgegnet Franzi, „der war so was von einem Macho! Mich hat er kaum wahrgenommen und seine Frau meist abgekanzelt und nicht wirklich für voll genommen. Von seinen Kindern hat er nur Hans, seinen 3. Sohn, vorgezogen, da dieser ihn zu nehmen wusste und mit ihm oft lange Spaziergänge machte. Die beiden anderen waren ja langhaarige Gammler für ihn. Bei den Hausaufgaben hat mir auch nur unsere Cousine Gudrun geholfen, die völlig unterschätzt wurde in ihrer Familie. Habt ihr heute noch Kontakt zu ihnen?"

Allgemeines Rollen mit den Augen antwortet ihr – außer ich.

„Trotzdem besuche ich die beiden etwa ein- bis zweimal im Jahr", melde ich mich zum Erstaunen meiner Geschwister, „denn bei Papas Tod war Onkel Josef für seine Schwester da, wenn auch aus schlechtem Gewissen

20 „Ja, Mutter, zieh dich man schon an, ich komme gleich."

unserem Vater gegenüber wegen seines rückgratlosen Verhaltens zuvor, als Papa seine Unterstützung gegen den Pfarrer Brinkmann so nötig brauchte. Allerdings hat er nicht nur seine beiden verzweifelten Schwestern nach Papas 1. Herzinfarkt an dem Dienstagnachmittag zum Krankenhaus gefahren und anschließend seine älteste Schwester Lisbeth ebenfalls dorthin gebracht, sondern auch nach Papas Tod hat er Mama zur Seite gestanden mit Rat und Tat."

„Ich hab Onkel Josef sehr verübelt", schüttelt Anne dazu den Kopf, „dass er immer den großen Zampano gemacht hat, alles kontrollieren wollte und auch Menschen manipuliert hat; lachend hat er sich oft über gegenteilige Meinungen oder Einwände hinweggesetzt und mich niemals ernst genommen."

„Mit welcher Arroganz er und auch sein Bruder Karl ihren ältesten Bruder Wilhelm, den Hoferben, kritisiert haben für seine Unfähigkeit, den Hof erfolgreicher zu bewirtschaften, für seine mangelnde Bildung und Hilflosigkeit angesichts des Niedergangs der bäuerlichen Landwirtschaft, das grenzte immer wieder an Unverschämtheit", ergänze ich die Sicht meiner Schwester. „Äs use Ölste un äs Buer mosste nich innen Krieg, do tou säggste biäter nix"[21] Mit diesem Argument haben seine beiden Brüder ihn immer wieder mundtot gemacht und Onkel Wilhelm hatte ein schlechtes Gewissen, dass seine Brüder für ihn in den Krieg gezogen waren und einer nicht zurückgekommen ist, ein zweiter am Kriegsende noch starb.

„Und dann sein völliges Abtauchen, als wir ihn wirklich brauchten angesichts des nahen Todes unserer Mutter; er war nicht da, sondern wurde von Tante Hilde abgeschirmt, weil er krank war. Die Verantwortung, Mama zum Sterben drei Tage vor Weihnachten nach Hause zu holen und nicht zu wissen, ob sie noch 6 oder 10 Wochen leben würde, all das allein unter uns vier Ältesten auszumachen, das fand ich kaum zu ertragen. Aus heutiger Sicht war dies eine vorweggenommene Palliativ-Medizin."

„Besonders als Krankenschwester war ich froh, dass drei unserer Tanten sich abwechselnd um ihre Pflege gekümmert haben; aber auch mit ihnen

---

21 „Als unser Ältester und als Bauer musstest du nicht in den Krieg, da sagst du besser nichts zu."

konnten wir doch kein offenes Wort reden, auch sie waren mit uns und unseren Ängsten völlig überfordert. Und dir, Pete, bin ich bis heute dankbar, dass du unseren alten Hausarzt Dr. Gerdes an die Luft gesetzt hast, sodass dieser andere, verantwortungs- und verständnisvolle Arzt täglich nach Mama geschaut, egal ob es Weihnachten oder Silvester war, und ihr Morphium gegeben hat – bis zu ihrem Tode."

„Dass wir dies ohne rechtliche Komplikationen so entschieden haben, wundert mich bis heute; Dr. Gerdes hätte bei der Ärztekammer intervenieren können, hat er aber nicht. Und auch das Krankenhaus hat nicht nachgefragt, was mit unserer Mutter jetzt passieren würde, als wir sie gegen den Willen der dortigen Oberärztin nach Hause geholt haben."

„Das gehört bis heute zu den am meisten verdrängten Kapiteln in meinem Leben", gesteht Marie unvermittelt und wir bleiben wie angewurzelt stehen. „Nach dem Anruf aus dem katholischen Krankenhaus auf meiner Station im katholischen St. Clemens-Hospital in Münster habe ich sofort bei Pete angerufen und wollte ihn mitnehmen. Stattdessen bin ich kopflos abgefahren, was du dir dann sicherlich gedacht hast, als ich nicht am verabredeten Platz ankam."

„Genauso war es. Maries unverständliche Andeutungen über Mamas Krankheitszustand veranlasste mich ebenfalls, ohne weiter nachzudenken, ins Auto zu steigen und dir hinterherzufahren. Als ich vor dem Krankenhaus ankam, sah ich dich bei geöffneter Tür in deinem Auto sitzen und du warst herzzerreißend am Weinen."

Bruchstückhaft kennen unsere Geschwister diese Geschichte, aber immer noch löst sie viele Emotionen aus. „Warum seid ihr beide danach nicht zusammen zur Oberärztin gegangen?", will Franzi wissen.

„Marie hat mir nur stotternd sagen können, dass Mama nicht mehr lange zu leben habe; das hat mich derart geschockt, dass ich – ohne abzuwarten – auf die Station unserer Mutter gestürmt bin, die Oberärztin in ihrem Büro angetroffen und laut zur Rede gestellt habe: ‚Was erzählen Sie meiner Schwester für einen Quatsch!?'"

„Ich hatte keine Kraft, Pete zu folgen, und habe unten in meinem Auto auf ihn gewartet."

„Diese völlig gefühllose Oberärztin machte mir mit medizinischem Vokabular klar, dass unsere Mutter nicht – wie wir bis dahin annahmen – an starken Gallensteinen erkrankt war, sondern Knochenkrebs im letzten Stadium habe, die Leber nicht mehr arbeite und dass es deshalb eine Frage der Zeit und der Stabilität ihres Herzens sei, ob Mama noch sechs oder zwölf Wochen zu leben habe. Allerdings müssten wir uns darauf gefasst machen, dass sie – mehr oder weniger – am lebendigen Leibe verfaulen würde und ihre Fingernägel ausgingen und … Ich bin aufgesprungen, hab die Ärztin wahrscheinlich sogar angeschrien, dass dies niemals in diesem Krankenhaus geschehen würde, dafür würde ich sorgen, bin durch das Treppenhaus heruntergesprungen und wir haben noch lange weinend im Auto zusammengesessen. Danach haben wir Mama besucht und ihr von unserem Plan, sie nach Hause zu holen, berichtet. Erstaunlicherweise hat sie nicht nachgefragt und wir konnten ihr auch nicht die Wahrheit sagen. Es war drei Tage vor Weihnachten. Ihre beiden bereits erwachsenen Kinder konnten diese Entscheidung treffen. Mama wurde mit dem Krankenwagen zuhause abgeliefert und Dr. Gerdes erschien postwendend als informierter Hausarzt."

„Inzwischen sind Kurt und ich informiert worden", ergänzt Anne unsere Darstellung, „und wir haben gemeinsam den empfohlenen Spezialarzt gebeten uns zu unterstützen; er erschien noch am selben Tag gegen Abend und danach häufiger zweimal täglich."

„Dr. Gerdes schwadronierte am Krankenbett unserer Mutter allgemeine Empfehlungen: ‚Sie müssen aber auf sich aufpassen und diese Tabletten müssen Sie nehmen.' Er käme bald wieder und würde ihr dann noch einmal eine Spritze geben gegen die Schmerzen. Ich habe ihn nach unten bis an die Haustür begleitet, ihm die Hand gegeben mit den Worten: ‚Herr Dr. Gerdes, Sie werden dieses Haus niemals wieder betreten', und habe ihm die Tür vor die Nase zugeknallt. Er hat noch ein- bis zweimal angerufen, vergeblich – wie ihr wisst."

„Ich fand es am schlimmsten, dass ich außer euch niemanden hatte, mit dem ich darüber reden konnte", gesteht Kurt uns zu unsrem Erstaunen. „Ich habe bis heute für Weihnachten nichts mehr übrig, organisiere es aber gern für meine Kinder."

„Genauso geht es mir auch", pflichtet Joa ihm bei und wir anderen nicken wieder nur, dieses Mal in Gedanken an das letzte Weihnachten mit unserer Mutter.

„Viel später habe ich Onkel Josef und Tante Hilde davon erzählt, aber dafür hatten sie kein Ohr. Allerdings fragen sie jedes Mal nach euch, was ihr macht und warum keiner von euch die beiden in ihrem neuen, alten Haus besucht. Und jedes Mal versuche ich ihnen klarzumachen, wie verletzend unsre Erinnerungen an dieses Dorf sind und dass uns nichts hierher zurückzieht. Dann schweigen beide und wechseln schnell das Thema."

„Ich würde es ja tun, aber Beruf, Schwiegereltern und meine Familie lassen mir zu wenig Zeit", bemerkt Franzi. „Ich wüsste heute nicht einmal mehr, was ich mit ihnen reden sollte. Ich war über jeden Tag am Wochenende und in den Ferien froh, an dem ich damals nicht bei ihnen sein musste. Die Atmosphäre war oft derart aggressiv und die Art und Weise, wie die drei Jungs ihre Mutter behandelten, konnte ich kaum ertragen. Irgendwann ist mir mal der Kragen geplatzt und ich habe sie angebölkt, dass sie gefälligst froh sein sollten, noch eine Mutter zu haben, die immer für sie da sei und sich stillschweigend um alles kümmern würde. Danach war endlich Ruhe im Karton – zumindest während meiner Nachmittage dort."

„Aber es war rückblickend doch nicht selbstverständlich, dass du dort jeden Mittag gegessen hast", bemerkt Marie dazu. „Ich kann Onkel Josef bis heute nicht ausstehen, aber ihre Sorge für dich muss ich Tante Hilde und Onkel Josef wirklich anerkennen."

„Mir geht es so wie dir", lässt Joa sich plötzlich vernehmen. Wir bleiben stehen und schauen ihn an: „Wie oft bin ich bei ihm vorbeigefahren, habe ihm stolz meinen ersten Mercedes-Kombi gezeigt, habe ihm von meiner neuen Firma berichtet – nichts als abschätzige Bemerkungen dazu, dass dies doch auf keinen soliden Füßen stehen würde; ‚Messebau – das ist doch kein solides Handwerk‘, sagte er dann. Irgendwann habe ich es aufgegeben. Wenn ich heute vor seinem alten Haus stehe, kommt mir eher die Galle hoch.“

So wütend habe ich Joa lange nicht mehr erlebt, auch wenn er immer schon zum Jähzorn neigte.

„Ich hatte übrigens kürzlich einen Traum, an den ich mich ausnahmsweise sogar am anderen Morgen noch erinnerte. Darin machten wir alle zusammen ein Picknick an der Ems und Tante Hilde hat auch für Franzi einen Korb mit Essen eingepackt. Als ich das blau-karierte Geschirrhandtuch vorm Korb nehme, sind darin nur drei dicke Steine in Stroh gewickelt – und ich bin aufgewacht.“

„Das ist ja furchtbar“, entfährt es Franzi, „aber so herzlos war Tante Hilde nicht, nur eben nicht besonders empathisch und ihre Gefühle hatte sie im Laufe ihrer Ehe wahrscheinlich immer mehr unterdrückt. Dafür war sie eine gute Geschäftsfrau und Buchhalterin für die Firma.“

„Aber Tante Franziska war doch nicht minder gefühllos“, füge ich noch hinzu. „Ihr drei hattet doch keinerlei emotionale Zuwendung zu erwarten von ihr, außer dass sie euch gut versorgt hat.“

Oh Gott, ein Stich ins Wespennest! Franzi bleibt stehen und zischt mich an:

„Wenn du das so klar wusstest, dann hast du uns ganz schön sitzen lassen! Wo warst du denn in dieser Zeit?“

„Ich war nach Papas Tod oft eifersüchtig auf dich, weil Mama für dich immerhin noch Gefühle aufbrachte, dich in den Arm nahm; mir gegenüber hatte sie keine Kraft mehr dazu, ich fühlte mich emotional abgeschrieben.“

„Aber immerhin hattest du vorher lange etwas von unseren Eltern, was ist mir denn geblieben? Meine Vater-Erinnerungen bestehen aus Fotos, die an meine Mutter an eine immer kranker werdende Frau, die viel und häufig weinte.“

Tränen schießen ihr in die Augen und Anne nimmt sie schnell in den Arm.

„Und du warst genauso wenig da für mich oder für uns!", faucht sie Anne an und schüttelt wütend ihren Arm weg. „Die einzigen Menschen in diesen Jahren nach Mamas Tod waren doch meine vier Freundinnen, sie waren mein soziales und emotionales Korsett, mit ihnen bin ich heute noch eng befreundet. Wir haben über alles geredet, aber es ist doch ein riesiger Unterschied, mit Gleichaltrigen zu reden, die selbst noch so wenig vom Leben verstehen, als mit vertrauten älteren Geschwistern, die mir zuhören und mir hätten helfen können."

Peng, das saß. Sie hatte Recht. Wo waren wir drei Älteren geblieben, als uns unsere drei jüngeren Geschwister so dringend gebraucht haben?

„Es tut mir bis heute unendlich leid, aber wir hatten doch alle mit uns selber genug zu tun", entschuldige ich mich – auch vor mir selber.

„Du hattest doch nichts Eiligeres zu tun nach Mamas Tod, als uns deine neue Freundin Lisa vorzustellen und mir ihren verzogenen Sohn Sven unter die Nase zu reiben. All die gemeinsamen Abende mit Geschichten erzählen oder mir vorlesen waren doch spätestens ab da verschwunden!"

Jede körperliche Annäherung abwehrend stapft sie voran. Ich versuche mit ihr Schritt zu halten, was sie offensichtlich noch mehr aus der Fassung bringt.

„Lass das, ich kann in solchen Situationen Nähe nicht ertragen, weder körperliche noch mentale", wehrt sie sich.

„Meine Rechtfertigung vor mir selber war lange Zeit, dass Tante Franziska schon gut für euch drei, besonders für ihr Patenkind, sorgt. Du wirktest nie traurig, wenn ich da war. Dass ich Sven gelegentlich mitgebracht habe, bedauere ich heute am meisten, denn ich musste meiner Freundin Lisa beweisen, dass ich ein guter Ersatzvater für ihn sein würde. Du bist dabei auf der Strecke geblieben, was ich erst heute durch deine Reaktion wirklich begreife."

Franzi hat mir tatsächlich zugehört, bleibt stehen und schaut mir direkt in die Augen: „Es gibt psychische Verletzungen, die heilen niemals. Zeit heilt nicht alle Wunden, sondern diese vernarben nur und heute sind Narben wieder aufgebrochen. Ob ich darüber froh bin, kann ich dir erst in ein paar Wochen sagen. So – und nun lass mich in Ruhe!", dreht sich um und stapft allein weiter – allerdings unter häufigem Schnäuzen und offensichtlich Tränen trocknend. Auf keinen Fall sollten ihre Geschwister sie weinen sehen.

Die können mich alle mal, denke ich und lass meinen Tränen freien Lauf, denn schließlich sieht mich niemand dabei. Was bilden die sich ein, mich derart zu provozieren? Ich bin wohl immer noch der Nachkömmling, das Nesthäkchen, die Kleinste, die man nicht für voll nehmen muss. Aber da täuschen sie sich alle. Mir reicht's. Ich habe mich hier sehr lange wohl gefühlt – trotz aller bescheuerten Umstände. Meine Freundinnen waren immer für mich da. Und jetzt kommen diese Geschwister daher und wollen mir erzählen, wie es war; mir wird übel, wenn ich weiter darüber nachdenke. Ich habe so eine Sehnsucht nach meiner kleinen Tochter, nach Marla. Was mache ich hier noch? Mit meinen kleinen Schritten versuche ich, den Abstand zu meinen Geschwistern hinter mir zu vergrößern. Am liebsten würde ich jetzt davonrennen. Schnell in dieses riesige, leere ehemalige Elternhaus, Tasche gepackt – und dann können die mich alle mal…

„Wir waren uns einig, dass ihr das am besten unter euch ausmacht", sagt Anne, denn mittlerweile haben mich meine anderen Geschwister wieder eingeholt.

„Es schmerzt mich, dass ich ihr nicht meine damalige verzweifelte Lage klarmachen kann. Außerdem bedauere ich, dass sie sich jeglicher professionellen Hilfe – soweit ich das bisher mitbekommen habe – verweigert. Wenn die Mutter in 5-jähriger Krankheit Stück für Stück aus dem Leben scheidet, ist das mehr, als das System eines achtjährigen Kindes vertragen kann. Ihr wisst inzwischen vielleicht, dass man von Traumata dann spricht, wenn mehr auf einen einprasselt, als man alleine verarbeiten kann. Dafür braucht man Hilfe. "

„Bist du jetzt fertig mit deinem Vortrag?“ fragt mich Joa gereizt. „Hast du nicht selbst mit deinem Verhalten in Franzis offene Wunden noch weiter Öl geschüttet? Du hast doch manchmal den Sohn deiner Freundin Lisa mit nach Rinkeln gebracht – sehr zum Leidwesen von unserer kleinen Schwester.“

„Genau das war gerade ein heftiger Streitpunkt, da mein Verhalten Franzi jedes Mal sehr verletzt hat. Ihn – und er heißt übrigens Sven – demonstrativ vorzuziehen, war nach all den Erfahrungen des Verlassen-Werdens durch beide Eltern noch einmal sehr schmerzhaft für Franzi. Ich konnte ihr meine damalige innere Zerrissenheit nicht klarmachen, und es schmerzt mich zu sehen, wie verletzt sie nach all den Jahren immer noch ist. Und wo wir gerade an der Sparkasse vorbeikommen: Sven habe ich natürlich auch mit hierher genommen, was einige bissige Bemerkungen von anderen Kunden ausgelöst hat wie:

‚Uneheliche Kinder deiner Freundin mit hierher zubringen – unverschämt!‘ oder

‚Wenn ik mi datt ankieken mott, bliffs du biäter tohuus – go no Mönster torügge.‘“[22]

„Wie sollte ich all diese Spannungen mit meinen Anfang 20 bewältigen? Nichts davon konnte ich Franzi verständlich machen, zumal ich mir auch selbst über diese Lage nicht klar war.“

„Und am Sonntag nach deinem Besuch predigte Pfarrer Brinkmann von der Kanzel, dass junge Männer aus dem Dorf in der Großstadt moralisch verkommen, in schwerer Sünde leben und diesen Lebenswandel nicht auch noch hierher bringen sollten. Das sei eine Beleidigung für alle aufrechten Christen. Wir haben dir doch auf Telefon davon erzählt, erinnerst du dich nicht mehr?“, fragt Kurt. „Ich bin nach dieser Predigt aufgestanden und habe sofort die Kirche verlassen, denn jeder wusste, dass mein Bruder Peter gemeint war.“

„Schon wieder dieser Pfarrer Brinkmann“, meint Marie. „Langsam verstehe ich deine Wut auf ihn.“

22 „Wenn ich mir das anschauen muss, bleibst du besser zuhause - geh nach Münster zurück!“

Schon von weitem sehen wir Franzi vor uns her stolzieren auf dieser heute so kahlen, einst so schönen, von Linden gesäumten Dorfstraße. Wir müssen uns sputen, um sie einzuholen. Wir fünf schauen uns an, bilden einen spontanen Kreis um unsere kleine Schwester und drücken sie.

„Lasst das, ihr erdrückt mich sonst, schließlich bin ich die Kleinste", wehrt sie sich erfolgreich, schiebt uns beiseite und stapft mit ihren kleinen Schritten von dannen. Etwas betreten bleiben wir stehen, schauen uns an – und folgen ihr auf dem grau gepflasterten Fußweg entlang einer baumlosen und Auto gerechten breiten Ausfahrtstraße bis nach Hause.

Zwölf große Linden säumten einst diese Straße, gepflanzt nach dem 1. Weltkrieg, als sich große Häuser entlang dieser Straße ansiedelten bis zum Dorfausgang, an dem sich der Friedhof anschließt. Als Zugeständnis an die ehemals dörfliche Gemütlichkeit wurde vom Bauamt der Stadt eine Bank zwischen Baum sechs und sieben einbetoniert, mit gelben Querbalken aus Hartplastik. 1975 wurde Rinkeln von der Stadt eingemeindet und verlor – wie so viele Dörfer – seine kommunale Selbstbestimmung. Wer sollte sich denn hier an dieser immer stärker befahrenen Straße ohne Baum und Strauch gemütlich niederlassen wollen? Während heute einmal monatlich städtische Kehrmaschinen für bezahlte Sauberkeit sorgen, war unsere wöchentliche Kinderarbeit mit Handbesen und Harke unbezahlbar. Im Herbst hatten wir großen Spaß, wenn das Laub trocken war und wir uns damit bewerfen konnten oder auch einen unserer Geschwister oder Nachbarskinder so schubsten, dass sie sich im großen Laubhaufen wieder fanden. Ist es nur der „Pinsel der Erinnerung", welcher unsere Kindheit gülden malt?

8. Kapitel: Wieder zuhause

„Uff“, stößt Joa hervor und lässt sich auf einen der sechs Wohnzimmerstühle sinken, „welch Psycho-Spaziergang. Ununterbrochen wühlen wir in unseren Erinnerungen, dabei lebe ich viel lieber in der Gegenwart und plane für die Zukunft.“

„Richtig“, entgegne ich ihm, „aber die Zukunft kannst du doch nur auf dem Wissen deiner Vergangenheit aufbauen. Erinnern bedeutet entscheiden, was wir behalten wollen – und was nicht. Wenn du nicht möchtest, dass deine Erlebnisse in Kindheit und Jugend dich unterschwellig bestimmen, sondern umgekehrt, dass du bewusst und selbstbestimmt deine Zukunft planen kannst, fallen deine Entscheidungen doch freier und ungebundener aus. Zum Beispiel deine Aggressionen gegen Onkel Josef: Du hast doch vorhin gemerkt und dies auch endlich mal ausgesprochen, wie lange du dich bemüht hast, ihm zu beweisen, dass du es beruflich auch zu etwas gebracht hast. Jetzt kannst du frei entscheiden, ob Onkel Josef auch weiterhin der Maßstab für dein Handeln sein wird.“

„Darüber muss ich mal in Ruhe nachdenken, aber zuerst brauche ich ’n Bier.“ „Und ich auch“, pflichtet Marie ihm bei.

„Ich mach mit“, und wir drei eilen direkt in den Keller, um uns am Vorrat unseres Bruders zu bedienen.

Als wir mit Sekt und Bier wieder zurückkommen, sitzen Anne und Kurt auf der Terrasse – Franzi steht mit gepackter Tasche vor ihnen.

„Was ist los?“, fragt Marie ihre kleine Schwester. „Du willst doch nicht etwa abhauen?“

„Das war alles zu viel für mich, ich möchte zurück zu meiner Familie.“

„Aber wir sind doch auch deine Familie, deine Ursprungsfamilie“, versucht Anne ihre Schwester umzustimmen. „Wenn du jetzt gehst, fehlt uns ein wichtiger Teil unserer gemeinsamen Lebenszeit mit und nach dem Tod unserer Eltern."

„Aber ich habe doch bemerkt, dass ich dazu nicht viel beitragen kann, ich war zu klein."

„Aber das, was du empfindest und erlebt hast, macht mir auch meine Fehler bewusst, schließlich möchten wir doch unser gesamtes verbleibendes Leben noch miteinander teilen. Warum habe ich euch denn sonst hierher eingeladen – doch nicht nur als Abschied." Erstaunt schaut Franzi ihren Bruder an – und lässt ihre Umhängetasche sinken.

„Pete hat vorhin schon Joa eine kleine Predigt gehalten über die Vergangenheit, die uns weiterhin unterschwellig bestimmt. Du kannst vor uns und von uns jetzt weglaufen, aber nicht vor dir selbst, dich und deine Kindheit nimmst du überall mit hin. Nur wir sechs teilen diese Lebenszeit miteinander und können immer wieder darauf zurückgreifen, wenn einer Hilfe braucht. Wir könnten doch zukünftig füreinander da sein!"

Franzis Blick hellt sich langsam auf, geht auf ihre große Schwester zu und nimmt sie in den Arm. Erleichtert blicken wir ihr nach, als sie ihre Tasche wieder nach oben bringt.

„Ich mache eine große Schüssel Salat", schlägt Marie spontan vor, „hast du noch genug Brot oder können wir hier etwas einkaufen?"

„Samstagmittag schließt das einzig verbliebene Lebensmittelgeschäft bereits um 13 Uhr, also zu spät für uns. Aber ich habe Brot eingefroren und wir können es schnell im Backofen aufwärmen."

„Donnerwetter", lobt Joa seinen Bruder, „was eine positive Veränderung bei dir. Das hätte ich dir vor einem Jahr noch nicht zugetraut", steht auf und kümmert sich tatsächlich darum.

„Und bitte keine rote Beete für mich, allein beim Geruch wird mir schon übel", begründe ich meine Extrawurst, „alles andere esse ich inzwischen und bereite es auch gerne gleich selber vor."

„Rote Beete sind so gesund und Blut reinigend", versucht Marie mich von meinem Wunsch abzubringen.

„Das weiß ich sehr wohl, aber abgesehen davon, dass ich alle Rüben-Produkte und ihre Zubereitungen nicht mag, kommt bei den Rote-Beete-Salaten oder Carpaccio noch die Erinnerung an Mamas jahrelangen Rote-Beete-Kugeln neben ihrem Essen dazu. Gleich nach ihrer Brust-Amputation schwor sie darauf, dass diese als Unterstützung für die Chemotherapien ihr Blut reinigen würden, da bereits Möllers Waltraut diese positive Erfahrung gemacht habe. Leider bewirkten sie bei Mama gar nichts. Deshalb verbinde ich diesen üblen, erdigen Geruch bis heute mit den frustrierenden Erfahrungen aus diesen Jahren."

„Das wusste ich nicht", lenkt Marie ein; „ich mach mich schon mal auf in die Küche, wer kommt mit?"

Während das Essen und Trinken vorbereitet werden, mach ich mich dieses Mal aus dem Staube und schlendere hinter die Gewächshäuser, mit einem Fläschchen Bier in der Hand versuche ich mich zu entspannen und etwas Abstand zu den morgendlichen Konflikten zu bekommen. Wieder kommt in mir die Wut hoch, wenn ich an diese – wenn auch nur entfernte – Begegnung mit dem Pfarrer Brinkmann denke. Es wird die letzte und wahrscheinlich einzige Möglichkeit sein, ihn an diesem Wochenende mit seinem Verhalten von damals zu konfrontieren – nur wie? Wieso lässt mich diese Geschichte nicht los? Es sind doch über fünfundzwanzig Jahre vergangen und wieso hab ich in all den Jahren keinen Versuch unternommen, diesen Pfarrer mit seinen kriminellen Taten zu verfolgen? Dass ich die Fakten nicht recherchieren konnte, liegt auf der Hand, da die Kirchenbücher dazu unter Verschluss sind. Wenn ich derartige Behauptungen in der Öffentlichkeit aufstelle, kann er mich wegen Verleumdung anzeigen. Also was soll ich tun?

Eine Hand legt sich auf meine Schulter und Marie fragt: „Was grübelst du? Lass doch mal diese alten Geschichten ruhen, bevor du auf Dauer davon chronische Sodbrennen bekommst oder sogar ein Magengeschwür."

„Sie haben mich all die Jahre nicht gequält und nun sind all diese Untaten dieses Herrn wieder da. Ich denke ernsthaft darüber nach, wie ich diesem Dreckskerl sein Verhalten vor die Füße kotzen kann."

„Ach Brüderchen, weiß denn außer dir keiner davon?"

„Onkel Josef und einige dieser Honoratioren, wenn sie noch leben; ich merke, dass ich keine Ruhe bekomme. Wenn ich Rinkeln morgen wieder verlassen werde, nehme ich all diese inneren Konflikte mit und stattdessen würde ich sie so gerne hierlassen, wohin sie gehören."

„Komm, lass uns zum Essen gehen, ich habe Hunger – und Durst", fügt sie grinsend hinzu.

„Welch ein Glück wir mit dem Wetter haben, hat jemand bereits für mich ein Glas eingegossen?", begrüßt sie die restlichen Geschwister.

Alle sitzen bereits um den Tisch, haben mit dem Essen aber noch nicht begonnen.

„Wir haben auf euch gewartet", sagt Kurt. „Alles okay mit dir?", fragt er in meine Richtung.

„Hinter dem Treibhaus musste ich an Oma denken, eine gute Ablenkung, denn ich sah sie plötzlich vor mir mit ihrem breiten Hintern in die Höhe gereckt und den Spargel stechen. Viele Male hab ich ihr dabei geholfen."

„Ich war ja noch kleiner und durfte noch nicht stechen; aber bei mir hat Oma dabei fast jedes Mal gefurzt, wenn ich den von ihr gestochenen Spargel in einen Korb gebracht habe", erinnert sich Kurt grinsend, was auch bei uns für Heiterkeit sorgt.

„Sie konnte doch ihre Knie nicht durchbiegen aufgrund eines Autounfalles an einem unbeschrankten Bahnübergang vor vielen Jahren. Sie hat übrigens niemals gejammert – oder?"

„Selbst ich als Bettnachbarin habe sie nur manchmal im Traum nachts stöhnen gehört", korrigiert mich Marie, „aber typisch für ihre Generation, die zwei Weltkriege mit- und überlebt hat, für sie sind solche körperlichen Schmerzen wohl zweitrangig geworden."
„Und für Oma war es außerdem eine von Gott auferlegte Prüfung," ergänze ich.

„Der Krieg hat hier in Rinkeln nicht stattgefunden. Und sowohl nach dem 1. als auch im 2. Weltkrieg war die Versorgungslage der Bevölkerung auf dem Lande gesichert, da alle Bauern ringsum ihre nahen und fernen Verwandten im Dorf mit Lebensmittel versorgten. Außerdem waren wir doch bis Mitte der 60er Jahre Selbstversorger dank der zwei Schweine hinten auf der Tenne. Ihr könnt euch doch noch an das jährliche Schlachten in der Waschküche erinnern?“, frage ich in meine Geschwisterrunde.

„Das war so ekelig, wenn Tante Lisbeth, Mamas älteste Schwester, in dem großen Wurstfass aus Zink mit dem Arm abwechselnd die Blutwurst umrührte und Kräuter und Pfeffer hinzufügte“, schüttelt sich Anne.

„Und ich habe jedes Mal so einen Schrecken bekommen, wenn das Schwein aufgeschlitzt auf einer Leiter hing mit gefesselten Beinen“, fügt Marie hinzu. „Dann kam der Trichinen- Beschauer und drückte seinen blauen Stempel auf die Rippen. Das kann sich doch heute niemand mehr vorstellen, der nicht in einer Schlachterei arbeitet.“

„Was glaubt ihr, warum ich zur Vegetarierin geworden bin“, erklärt Anne ihre Veränderung. „Diese Kindheitserinnerungen an das mehrtägige Wursten, die großen Schinken und Würste, die hier überall herumhingen – furchtbar! Wie oft haben wir dem Schwein hinten auf der Tenne die Essensreste bringen müssen, und dieses Schwein hat mir immer so leidgetan. Föten von Schweinen sind doch denen des Menschen am ähnlichsten.“

„Was die Bratwurst konserviert, konserviert mich auch“, stellt Kurt nüchtern fest, was uns andere allerdings amüsiert.

„Der Spargel wurde doch zum größten Teil verkauft – oder?“, fragt Joa in die Runde, bevor eine weitere Eskalation droht.

„Der Käufer hat derart nach Knoblauch gestunken, dass Mama beim Ankommen seines Autos Reißaus genommen hat, sodass Papa sich darum kümmern musste. Von den Erdbeeren haben wir übrigens auch oft nicht sehr viele gesehen, die gingen doch auch in den Verkauf?“, fragt Anne mich.

„Nee, den gesamten Sommer über gab es doch sonntags Erdbeerquark oder -creme, um den wir uns fast gekloppt haben. Außerdem wurde doch so leckere Erdbeermarmelade und -konfitüre daraus gefertigt, ich schmecke es bis heute und vergleiche diese immer noch mit gekaufter Marmelade. Während der Einkochorgien mit Früchten im Spätsommer war unsre Küche doch fast unbenutzbar. Am ätzendsten fand ich allerdings das vorherige Brombeerpflücken mit Tante Franziska, bei Hitze in voller Montur, mit langen Ärmeln."

„Und ich hatte jedes Mal Rückenschmerzen, wenn wir aus dem Teutoburger Wald zurückkamen mit Eimern voll Heidel- oder Waldbeeren", seufzt Marie noch im Nachhinein.

„Was habe ich nicht alles verpasst, ihr tut mir wirklich leid", stichelt Franzi.

„Geschenkt! Entschuldige. Aber was du wirklich bedauern solltest verpasst zu haben, sind die wunderschönen weißen Lachtauben, die oben an der Grenze zum Nachbarn Plöger im roten Backsteinhaus der Hühner ihren Platz hatten", versuche ich meine Schwester neugierig zu machen. „Du kennst sicherlich die alten Fotos, auf denen das Hühnerhaus mit großem Auslauf abgebildet ist. Omas Mann Heinrich hat es nach dem 1. Weltkrieg gebaut. Die Lachtauben konnten tagsüber heraus und flogen ihre Runden, landeten manchmal aber auch im Gewächshaus auf den Querbalken im Dach. Als sie dann tatsächlich einmal einer Kundin auf den Kopf oder sonst wohin geschissen haben und es richtig Ärger deswegen gab, hat Mama auf ihr sofortiges Ende bestanden – und sie wurden verkauft."

Das gemeinsame Lachen verbindet uns mal wieder. „Und warum wurde dieses Hühnerhaus abgerissen?", hakt unsere Jüngste nach.

„Wir brauchten für die expandierende Gärtnerei zunehmend mehr Fläche; deshalb ist auch das schöne rot-blau-gelb gestrichene Holzhäuschen im Hof neben dem großen weißen Flieder abgerissen worden."

„Das kenne ich nur von Schwarz-Weiß-Fotos, aber selbst darauf sah es schon nach einem tollen Kinderhaus aus."

„Das war es auch“, setzte ich die Unterhaltung mit Franzi fort, „es war nach vorne hin offen, hatte ein richtiges stumpfes Dach und kleine Sprossenfenster mit buntem Glas, eine Bank und ein Tischchen und war für Erwachsene zu niedrig: Dieser Großonkel Heinrich muss seine Tochter Gertrud über alles geliebt haben; dabei fallen mir außerdem unsere anderen, im damals modischen Weiß gestrichenen Kindermöbel in der Küche ein, die auch er schon für seine Tochter gebaut hat.“

„Die finde ich bis heute beneidenswert schön“, fügt Joa hinzu. „Mir fehlte die Zeit, so etwas zu bauen, auch wenn ich das kann. Wir Kinder wurden fast wie Erwachsene behandelt und durften neben dem großen Esstisch an unserem Kindertisch sitzen auf der Bank mit rotem Kunstleder, den zwei kleinen Stühlchen mit richtigen Armlehnen daneben; Mama bereitete uns dann sonntags den Teller vor und reichte ihn uns nach unten. Manchmal hatten wir sogar Servietten daneben.“

„Oh Gott, wie beneide ich euch um diese unbeschwerte Kinderwelt“, seufzt Franzi.

Schon vor der Geburt unserer Jüngsten hatte unser Vater entschieden, grundlegende bauliche Veränderungen vorzunehmen. Dafür musste eine große offene Halle gebaut werden für die anwachsende Geräteschar sowie für die ersten technischen Hilfsmittel wie einen kleinen, knallroten Handtrecker zum Umpflügen. Diesen konnte unser Vater mit seiner steifen linken Hand kaum halten, da mehrere Vorgänge gleichzeitig getätigt werden mussten wie das Schalten, das Bremsen oder erneute Gas geben. Es war kein Zufall, dass die Technisierung unserer Gärtnerei parallel zum ersten Umbau des Hauses verlief, sodass diese Entwicklung das Ende unserer „Beinahe-Selbstversorgungswirtschaft“ bedeutete. Diese große Halle war aber auch ein Spielplatz für uns, allerdings zum Leidwesen unseres Vaters, da manche neuen Geräte eine erhöhte Verletzungsgefahr bedeuteten, was für die alten Handgeräte wie Spaten, Schaufeln, Harken und Hacker nicht galt; diese wurden täglich mit Zeitungspapier gesäubert und danach an langen Holzhacken mit dem Stil nach unten aufgehängt. Von klein ab wussten wir, dass wir darum „einen großen Bogen zu machen“ hatten, aber jeder von uns hatte gelernt, alle Arbeitsgeräte nach

Gebrauch wieder ordentlich zu säubern – ein uns allen bis heute zu tiefst vertrautes Verhalten.

„Aber du hast doch auch noch die Schaukel in der großen Halle kennen gelernt; als diese mit dem Wellblechdach direkt an den Grenzzaun zu Böhmers gebaut wurde, musste auch der ‚Pütt' im Hof verschwinden und wir wurden an das örtliche Wassernetz angeschlossen inklusive Abwasser, wodurch auch der Auslauf für das Hausschwein verschwand – und damit auch das Schwein selber."

„Die Trapez-Stange nebst den beiden Ringen sind immer noch vorhanden, ihr könnt euch doch mal daran versuchen", fordert Kurt uns spaßeshalber auf.

„In dieser Halle hat unser Vater auch die Hühner geschlachtet, da der neue Hühnerstall direkt neben dieser Halle entstand. Ich sehe noch das Huhn ohne Kopf mit großem Geschrei blutend von dannen flattern."

„Pete, wie furchtbar!", rügt Anne mich energisch, schüttelt sich am ganzen Leib und wird in dieser Ansicht von ihren Schwestern unterstützt. Bei solchen Gelegenheiten bin ich mir der Missbilligung meiner drei Schwestern gewiss. Joa und Kurt müssen ihr Grinsen verbergen.

„Kunden kamen aber niemals bis hierher – und das ist auch heute noch so", erläutert uns der Hausherr. „Sie äußern ihre Wünsche, haben vorne zu warten, aber nur besonders anspruchsvolle Kunden dürfen mich bis ins Gewächshaus begleiten."

„So wie damals diese furchtbare, alte, immer in Schwarz gekleidete pensionierte Lehrerin Fräulein Burbank; sie bestand doch immer mit ihrer tiefen Bassstimme darauf, ausschließlich von Papa – und zwar ‚nur im Schatten' – bedient zu werden. Papa musste wie ein Lakai hin und her laufen und ihr die Pflanzen aus den Beeten holen und konnte es ihr oft nicht recht machen. ‚Wenn einer von euch je Lehrer wird, ich warne euch, wehe wenn ihr so werdet wie die!', kommentierte er abends das Verhalten dieser Kundin."

„Aber es gab doch auch noch das andere pensionierte Fräulein Althoff", fügt Anne hinzu, „die war etwas kleiner, ganz nett – und zugewandt, würde man heute sagen, kam mit Fräulein Burbank meist zu zweit und hat mit uns sogar geredet – sehr zum Missfallen der alten Schachtel; und nicht selten wurde sie von ihrer Kollegin offen gemaßregelt."

„Hatten die denn ein Verhältnis?", fragt Joa.

„Oh Gott, denke doch an die Zeit, denk doch an Tante Gertrud, Omas jüngste Schwester, die als Lehrerin zeitlebens eine sogenannte Haushälterin hatte, die auch manchmal zu Familienfesten mitkam. Sicherlich haben diese Haushälterinnen – ich erinnere mich an zwei im gesamten Leben von Tante Gertrud – auch den Haushalt geführt, aber das Verhalten untereinander war doch wie bei einem alten Ehepaar; dafür mussten sie doch kein körperliches Verhältnis zu- oder miteinander haben. Das war mit ihrem Glauben doch überhaupt nicht zu vereinbaren."

„Du hast wie immer recht", entgegnet Joa etwas zu spitz. „Ich fand es als Kind immer komisch, dass unsere Großtante Gertrud eine Hausangestellte hatte, die auch bei ihr lebte und uns bediente, wenn wir da waren; und wir haben diese Frau auch mit Fräulein angesprochen, erinnere ich mich. Ist das nicht manchmal wie aus einer anderen Welt für euch?"

„Der eigentliche gesellschaftliche Bruch – vielleicht auch Übergang – von den 50er/ 60er Jahren hat sich Ende der 60er Anfang der 70er Jahre vollzogen", belehre ich meine Geschwister. „Und der ging auch nicht an Rinkeln und an all den dörflichen Strukturen und Normen anderswo vorbei. Dadurch könnt ihr beide in den 60ern Geborenen wahrscheinlich auch kaum die 50er Jahre-Mentalität von uns vier Älteren begreifen, die uns geprägt hat, aus der wir aber ausgebrochen sind – wie große Teile unserer Generation. Wenn ihr heute Bilder- und Sachbücher zu ‚Kindheit in den 1950er Jahren' durchblättert, wird euch kaum ein Unterschied auffallen zu den Vorkriegsbildern – außer, dass die Nazi-Symbole das öffentliche Leben bestimmt haben. In unserem katholischen Dorf war davon aber nicht viel zu sehen."

„Gab es denn in Rinkeln auch Nazis?", will Joa von mir wissen.

„Na klar, wer damals Orts- und Kreisbauernführer war, ist heute der älteren Generation noch bewusst, nur wurde nach dem Krieg darüber Stillschweigen vereinbart – wie immer unausgesprochen. Ansonsten war auch hier der Katholizismus – wie beinahe im gesamten Münsterland – ein Bollwerk gegen den Nationalsozialismus. Habt ihr heute Mittag meine Respekt-Bekundung für Pfarrer Dierkes mitbekommen?“ Kopfnicken und Schulterzucken lässt mich fortfahren. „Er hat sich schon als junger Vikar in Warendorf der SA entgegengestellt, wurde verhaftet und verhört und nur entlassen wegen seines Priesteramtes. Einige Jahre später zu Beginn des Krieges ist er mit der SS in Emsdetten aneinandergeraten, wurde von der Gestapo verhaftet und konnte sich nur durch die Verpflichtung zum Soldaten weiteren Schwierigkeiten entziehen. Das nenne ich mal einen katholischen Priester mit Rückgrat – ganz im Gegenteil zu diesem Pfarrer Brinkmann.“

„Ach bitte, nicht noch mehr alte Geschichten“, entfährt es Joa. „Was macht ihr denn in diesem Sommer – fahrt ihr in den Urlaub?“

„Dank meines Hochsee- Segelscheins gehe ich wieder in der Ostsee segeln mit Freundinnen“, beginnt Anne die Runde.

„Das würde ich auch gerne, da ich Wasser und Ostsee liebe, aber leider kann ich mir das nicht leisten“, schaut Marie ihre Schwester etwas vorwurfsvoll an.

„Tut mir leid, aber dafür kannst du mich doch nicht verantwortlich machen.“

„Du und Pete wurdet doch schon als Kinder bevorzugt durch mehr Aufmerksamkeit und mehr Förderung bereits vor der Grundschule; Kurt und ich blieben durch den Aus- und Aufbau der Gärtnerei auf der Strecke, wir liefen nur noch so mit. Wie sollte daraus denn eine bessere Einstellung zur Bildung und Schule erwachsen?“

„Das finde ich jetzt unfair, mir meine bessere Ausbildung vorzuwerfen, zumal du doch als examinierte Krankenschwester hättest weitermachen und darauf aufbauen können. Du warst mit dem Erreichten offensichtlich zufrieden und die Lust am Leben und am Verreisen überwogen wahrscheinlich."

„Und ich bin sicher, dass du auch nicht mit mir hättest tauschen wollen in den ersten sechs Jahren des Gymnasiums. Zynische Junglehrer wie der in Latein oder überhebliche Altnazis wie der in Mathe waren vom Ausleseverfahren des Gymnasiums überzeugt. Mitschüler aus akademischen oder wohlhabenden Elternhäusern ließen mich täglich spüren, dass ich dort nicht hingehörte. Sieben Stunden Latein pro Woche bereits in der Sexta, Englisch und Französisch als zusätzliche, weitere Sprachen: Wo blieb meine Kindheit? Freunde habe ich in der Schule übrigens auch keine gewonnen, dafür war ihr Einzugsbereich damals außerdem viel zu groß und die sozialen Unterschiede zu meiner Herkunft ebenso. Erst in der Oberstufe habe ich mich arrangiert mit wenigen meiner Mitschüler. Ich war froh, nach dem Abitur diese Stadt und das Gymnasium hinter mir zu lassen. Bis heute besteht kein Kontakt zu auch nur einem meiner damaligen Mitschüler."

Marie schweigt und ebenso auch alle anderen.

„Lass uns doch mal abräumen und ich muss dringend telefonieren, kann ich das bei euch?"

„Das Telefon ist noch nicht abgeklemmt", ermutigt Kurt seinen Bruder. „Ich denke, du weißt, wo es immer noch steht."

9. Kapitel: Kurt

„Wollt ihr heute Nachmittag noch wie üblich Kaffee trinken und Kuchen essen?"

„Oh Gott – die übliche Völlerei", seufzt Anne, „ich trinke gern später einen Tee."

„Ach Quatsch", widerspricht Joa, „bitte das ganze Programm, wenn wir schon mal hier sind und das zum letzten Mal. Ich habe im Keller auch einen Kuchen gesehen."

„Den hat Marie gebacken", klärt uns Kurt auf. „Ich mach mal die Kaffeemaschine an und Anne kocht sich ihren mitgebrachten Tee am besten selber."

Ich begleite Kurt in unsere alte Wohnküche, die ursprünglich einen enormen Charme hatte, bis Kurt und Anita sie zweckdienlich umbauten. Die alten Fußbodenkacheln sind verschwunden ebenso wie die schönen Deckenbalken und die Vertäfelung in Karmesinrot dazwischen. Das große alte Herdfeuer mit den beiden Säulen zur linken und rechten Seite und oben drauf standen große Töpfe aus Messing mit Deckel, die Omas Mann Heinrich aus dem 1. Weltkrieg aus Frankreich mitgebracht hat: alles verschwunden. Als Oma dann nach Krieg ihren Heinrich endlich heiraten durfte, war das 1912 gebaute, gesamte Haus beinahe fertig ausgestattet, da der Handwerksmeister sich hier verwirklichen konnte.

„Warum habt ihr diese Küche derart verunstaltet und sie in der Mitte abgetrennt?", will ich von Kurt wissen.

„Frag Anita, die hat die Entscheidungen gefällt und ich habe meist nur zugestimmt. Sie hatte keinen Sinn für alte schöne Dinge und Gestaltungen, modern und praktisch musste es sein."

„Und leider habt ihr meine architektonischen Vorschläge auch abgelehnt", kommt es von hinten aus der Tür. Anne ist eingetreten und schaut in den Raum. „Unsere alte schöne Küche."

„Deine Vorschläge wären uns allerdings auch treuerer gekommen", wendet Kurt ein, „und wir haben so einen direkten Ausgang von der Küche nach draußen auf die Terrasse geschaffen."

„Kann nicht sein", widerspricht Anne, „denn meine Arbeit habe ich euch gratis zur Verfügung gestellt."

„Ihr seid mir nette Geschwister", wendet sich Kurt direkt an uns beide. „Jahrelang lasst ihr euch hier im Grunde genommen nicht mehr sehen und jetzt beim Auszug kommen die Beschwerden. Ich hätte damals gut eure Unterstützung gebrauchen können, als ich aus Münster zurück nach Rinkeln ziehen musste, um mein Erbe hier anzutreten. Um Anita von der Großstadt ins Dorf zu lotsen, habe ich ihr relativ freie Hand bei der Hausgestaltung gelassen. Der heftige Konflikt mit Tante Franziska bei unserer Verlobung hat nicht zur leichteren Eingewöhnung beigetragen. Danach wollte Anita eigentlich nicht mehr hierherziehen, sodass ich nachgiebiger geworden bin bei allen baulichen Entscheidungen und deine Vorschläge dabei auf der Strecke geblieben sind", erklärt Kurt seiner Schwester.

„Anita war leider nicht unser Fall", entschuldige ich mein Fernbleiben in all den Jahren, „aber ihr Verhalten während eurer Verlobungsfeier hat mir den Rest gegeben."

„Zwei dominante Frauen an einem Herd – das klappt niemals, und das sagt eine emanzipierte Frau."

„Wer hatte es künftig in der Küche und damit im gesamten Haus zu sagen", ergänze ich die Sicht meiner Schwester. „Aus heutiger Sicht weiß ich, dass an diesem Tage der Kampf mit beinahe allen Mitteln geführt wurde. Tante Franziska hatte sich große Mühe gegeben mit der Vorbereitung der Speisen für eure Feier, aber Anita hatte an allem etwas auszusetzen, anstatt als Gast im künftig eigenen Haus den Mund zu halten. Am Ende siegten Anitas Tränen, denn du als ihr verliebter Verlobter hattest wohl keine Wahl; die Tränen unserer Tante musste sie allein trocknen. Nur wenige

Monate bis zu eurer Hochzeit habt ihr Zeit für eine Wohnungssuche in Rinkeln gelassen. Niemand wird sich wirklich gewundert haben, dass sie am Tage eurer Hochzeit krank war."

„Es war für ihr katholisches Ego aber auch eine Zumutung, dass diese Trauung in einer evangelischen Kirche in Münster stattfand", verteidigt sich Kurt.

„Letztlich waren wir alle inklusive Tante Franziska zu den Taufen eurer drei Kinder anwesend", suche ich mal wieder nach einem versöhnlichen Abschluss unseres Streits.

„Meine drei Kinder sind auch mein Glück und mein Lebensinhalt geworden, und ich werde alles für sie tun, damit sie nicht weiter unter unserer Trennung leiden müssen. Ich habe das Haus auch deshalb verkauft, damit unsere Kinder unbeschwert neu in der Stadt anfangen können. Was soll ich allein noch hier!? Ich habe jetzt bereits eine neue Meisterstelle im Osnabrücker Land und freue mich auf die neuen Aufgaben. Selbstständigkeit ist eigentlich nie mein Ding gewesen, aber das konnte ich doch nicht nach Mamas Tod mit 18 Jahren erahnen. Erst bei meiner späteren Ausbildung zum Gärtnermeister in Münster habe ich langsam Abstand von Rinkeln und seinen Bewohnern – auch von Zuhause – bekommen, aber da hatte ich ja bereits den Erbschaftsvertrag unterzeichnet. Die immer komplexeren betriebswirtschaftlichen Abläufe und die Veränderungen beim Kaufverhalten durch die neuen großen Gartenzentren konnte ich damals nicht voraussehen; sie haben aber meine heutige Entscheidung zum Hausverkauf und zur Verpachtung der Gärtnerei erleichtert. Aber lass uns doch wieder zu den anderen gehen."

So eine lange Erklärung von meinem Bruder Kurt: Anne und ich schauen uns kurz mit großen Augen und dies anerkennend an, nehmen das Kaffeeservice, Kaffee und Milch mit nach draußen, freuen uns über das schöne Wetter und den zu erwartenden Kuchen.

„Was seht ihr angestrengt aus", fragt Joa uns drei beim Heraustreten.

„Wir hatten mal wieder einen Disput, dieses Mal über Kurts und Anitas Einzug in dieses Haus und ihre Umbauentscheidungen", erläutert Anne nicht ganz wahrheitsgemäß.

„Kurt wäre doch so viel lieber Sportlehrer geworden anstatt Landschaftsgärtner hier in Rinkeln", springt Joa seinem Bruder bei.

„Schon als Kind bist du doch häufig über den Dachboden und die kleine Eisenleiter abgehauen zum Sportplatz, anstatt uns in der Gärtnerei zu helfen", werfe ich ein. „Aber Papa hat das meistens geduldet: ‚Lott n goan', sagte er dann zu Mama, ‚hei is no to lütt.'"[23]

„Aber nach Papas Tod – wer sollte die Gärtnerei übernehmen?", insistiert Joa, „Mama zuliebe hast du dich dann umstimmen lassen, was heute kein Mensch mehr nachvollziehen kann. Wenn wir eine bessere Beratung gehabt hätten und nicht emotional so unter Druck gewesen wären, hättest du das werden können, was du wolltest."

„Ganz so einfach war das nicht", korrigiert Kurt seinen jüngsten Bruder. „Ich hatte nur den Hauptschulabschluss und Papas Vorbild wollte ich nach seinem plötzlichen Tod nacheifern, also bin ich wie er Gärtner geworden."

Da war es wieder: unser Vater als Vorbild! Die Ambivalenz dieses Begriffes wird kaum deutlicher als am Beispiel meines Bruders Kurt, der seinen Vater als Vorbild genommen hat, auch wenn er dessen gelegentliche Wutausbrüche mit Schlägen auf den Hintern nach dem Bettnässen in seiner Kindheit nicht vergessen hat. Geblieben ist das Vorbild des Vaters für einen Jungen, der mit 13 Jahren seinen Vater von heute auf morgen verloren hat. Egal, wie die Beziehung bis dahin war: Diese Ansage ist so groß, dass kein Mensch sich dem Prozess des Trauerns auf einmal und in Gänze hingeben kann. Kurt hat sich diesem Prozess zeitlebens verweigert. Das erste Vorbild, auch im Wortsinn, das Bild, das ein Mensch als Erstes vor Augen hat, ist fast immer das Bild der Mutter; wenn es gut läuft, auch das Gesicht des Vaters. An diesen nicht selbst ausgesuchten Vor-Bildern bildet sich das Selbstwertgefühl des Menschen. Der kleine Mensch lernt, wer er ist; er lernt, ob die Welt es gut mit ihm meint, welchen Platz er in

23 „Lass ihn gehen, er ist noch zu klein."

ihr hat. Am Anfang des Lebens hat man gar keine Wahl, man hat diese Vorbilder; sie sind lebenswichtig, manchmal, wenn sich in ihnen zu oft Lieblosigkeit und Gleichgültigkeit spiegeln, sind sie auch zerstörerisch. Unser Vorbild ‚Vater' war dies offensichtlich nicht.

„Aber du hättest doch auch in Münster zufrieden mit Anita leben können, immerhin ist sie Chemielaborantin geworden und ihr hättet zusammen ein gutes Einkommen gehabt", hakt Joa nach.

„Gut. Du willst es so." Langsam baut sich Kurt vor Joa auf – uns stockt beinahe der Atem – und er kommt ihm bedrohlich nahe: „Ich habe dies vor unserem Umzug nach Rinkeln mehrfach mit Anita diskutiert; letztlich hat sie die Entscheidung getroffen aufgrund des großen Hauses, das wir uns sonst nicht hätten leisten können. Dafür haben wir in den sauren Apfel gebissen und sind in dieses Dorf gezogen, nicht ahnend, dass sich die Bewohner kaum verändert hatten. Durch Papas frühen Tod hatte ich nie eine wirkliche Chance, eine eigene und selbstbestimmte Entscheidung über mein berufliches Leben zu fällen, was dank des auf zwölf Jahre festgelegten Erbschaftsvertrages mein persönliches Leben nicht minder geprägt hat. Du treibst dich bis heute in der Berufswelt herum und findest neue Herausforderung. Also halt einfach den Mund und überleg dir vorher, was du sagst!"

„An dem Nachmittag seines Todes hat es diesen furchtbaren Zwischenfall mit Tante Franziska gegeben: Du hättest eine Mitschuld an Papas Tod wegen deiner Bettnässerei und weil er sich so oft über dich aufgeregt hat. Danach hatten wir alle eine große Angst um dich, weil du dich über vier Stunden in dein Zimmer eingeschlossen hast, nur laut gewütet und geheult hast und keiner dich beruhigen konnte. Hast du deine Berufsentscheidung aufgrund eines schlechten Gewissens Papa gegenüber gefällt? Kannst du das heute einschätzen?"

Kurt ringt sichtbar um seine Fassung. Wir haben wohl den wundesten Punkt in seinem Leben getroffen.

„Die Lehre in Schwegte und besonders bei der Familie zu wohnen waren überwiegend schrecklich. Aber danach habe ich Gefallen an diesem Beruf gefunden und heute bin ich sehr gerne Landschaftsgärtner – und kein schlechter."

„Ich erinnere mich aber, dass du damals angefangen hast zu trinken und mit diesem Leben oder auch mit dieser Berufswahl nicht glücklich warst", wende ich ein.

„Na super, danke für diesen Hinweis! Du bist doch der Letzte, der mich daran erinnern sollte, denn du hast mir nicht ein einziges Mal geholfen oder auch nur mit mir darüber geredet. Joa kam damals trotz seines jungen Alters in die Dorfkneipe, um mich abzuholen, und manchmal konnte ich mit Anne am Telefon über meine Sorgen reden. Sonst gab's niemanden!"

Schweigen – und jeder schaut angestrengt auf sein Stück Kuchen, trinkt seinen Kaffee oder Tee und vermeidet den Blick des anderen.

„Heute glaube ich nicht mehr wie damals, dass wir uns noch schuldig fühlen müssten für unsere Hilflosigkeit und Ohnmacht nach Papas Tod, dem anderen nicht beigestanden zu haben, für den anderen nicht da gewesen zu sein, da jeder von uns mit sich zu tun hatte", versuche ich mich zu entschuldigen. „Aber trotzdem hast du aus deiner Sicht recht, mir mein Verhalten von damals vorzuwerfen, und es wurde auch Zeit, dass du dies einmal so deutlich formuliert hast."

„Wenn wir schon dabei sind", ergänzt Kurt, „es hat mich auch genervt, dass du mich als heranwachsender Junge abends vom Sportplatz abgeholt hast, mich ausgeschimpft hast für die verlorene Brille irgendwo hinter dem Torpfosten; das war Sache unserer Eltern und nicht deine! So – auch das musste ich dir mal sagen!"

Schweigen und jeder seine Gefühle für sich allein verarbeitend – darin haben wir alle sechs in den vergangenen zwanzig Jahren genügend Erfahrung gesammelt.

Erst heute ist mir meine damalige Geschwisterrolle bewusst, nämlich die eines verlängerten Armes meiner Eltern. Besonders Marie und Kurt haben dies zu spüren bekommen, wenn sie „aus der Reihe tanzten". „Nehmt euch doch mal an Peter ein Beispiel und räumt endlich eure Klotten weg, lasst nicht alles hinter eurem Hintern liegen!" So – oder so ähnlich mussten sich drei meiner mittleren Geschwister immer wieder Standpauken unserer Mutter oder von Tante Franziska anhören. Mit Peters Ordnungsliebe wurde gedroht, sie diente eher als Abschreckung, als positives Vorbild fungierte ich so nicht. Anne war auch in Kindheit und Jugend eher die Anwältin ihrer Geschwister, wenn dieses nötig wurde, was allerdings primär nach Papas Tod vorkam.

„Dass ich als Einziger von euch eine Strafe bekommen habe, wenn mal wieder eine Brille kaputt war oder ich sonst einen Mist angestellt hatte, habt ihr wohl auch schon vergessen?!"

„Mama und Papa waren mit dir von Kindheit an oft überfordert", versuche ich unsere Eltern in Schutz zu nehmen. „Ich habe mir meine Ohren jedes Mal im Bett zugehalten, wenn dir in den Morgenstunden einige Schläge auf dein Hinterteil verpasst wurden, weil du wieder ins Bett genässt hattest. Mama hatte oft bereits vorher den Wecker um 3 oder 4 Uhr gestellt, um dich aufs Klo zu setzen. Dass du dann zwei Stunden später schon wieder ins Bett gemacht hast, sodass es wieder komplett abgezogen und die Matratze trotz Gummi-Unterlage zum Trocknen herausgestellt werden musste, dass du dies nicht fahrlässig oder sogar absichtlich getan hast, das wussten unsere Eltern nicht, so wie die meisten Menschen bis weit in die 70er Jahre hinein; und keiner sprach darüber, weil es zu peinlich war. Bettnässer waren auch in den Klassen stigmatisiert, wenn das jemand erfuhr."

Den üblen Urin-Geruch habe ich bis heute nicht vergessen, der von Kurts Hosen, besonders seiner grünen Lederhose, ausging. Anstatt mit ihm zum Facharzt zu gehen, habe unsere Eltern dieses Problem beiseitegeschoben, ignoriert und damit unserem Bruder einen dauerhaften Schaden zugefügt.

„Wenn du wissen willst, warum du das getan hast, müsstest du eine Therapie machen und dich mit deiner Kindheit auseinandersetzen."

„Werde ich nicht tun", antwortet Kurt, „ich komme auch so in und mit meinem Leben klar, auch wenn ich die Schläge, die ich doch wohl als

Einziger von euch bekommen habe, nie ganz vergessen kann. Aber dafür bin ich meinen Kindern gegenüber nie – auch nur andeutungsweise – gewalttätig geworden; also habe ich durchaus daraus gelernt."

„Ich rechne es dir hoch an, dass du uns zu diesem verlängerten Wochenende hierher eingeladen hast, denn wahrscheinlich hätte sonst jede und jeder von uns das gewohnte Leben ohne die anderen Geschwister weitergeführt, sodass wir uns langsam aus den Augen verloren hätten", bemerkt Marie dazu. „Aber eines wurmt mich doch und ich werde es dir nur einmal und hier sagen: Du hast genau eine Woche nach dem Ende der 12-jährigen Frist des Verkaufsverbots in unserem Erbschaftsvertrag unser Elternhaus verkauft und kannst den Erlös allein einstecken; das finde ich sehr ungerecht! Wir haben alle dir zuliebe auf unser Erbe verzichtet und du streichst nun alles allein ein. So – jetzt ist es raus!"

Keiner wagt Marie zu antworten. Unterschwellig hat dieses jeder von uns – so oder ähnlich – gedacht, nur sie hat es ausgesprochen: Alle Achtung!

Kurt antwortet als Erster: „Zum einen war das Haus noch mit Schulden belastet, die wir abbezahlt haben. Wovon du aber nichts wissen kannst, ist von der ca. 15-monatigen Leidens- und Konfliktphase, die meine Familie und ich hier durchmachen mussten, in der ich nur noch unten im Wohnzimmer geschlafen habe mit immer stärkeren Rückenschmerzen und Anita auf Trennung gedrängt hat. Ich hätte es meinerseits als ungerecht empfunden, das Haus ein Jahr vor Ablauf dieser Frist im Erbschaftsvertrag zu veräußern, und euch, die ihr schon lange nichts mehr mit Rinkeln oder der Gärtnerei zu tun haben wolltet, jeweils ein Sechstel des Verkaufserlöses mitgeben zu müssen. Es war unser aller Entscheidung, dass ich – und nicht Pete – das Erbe antrete aufgrund der allseits bekannten Gründe. Ich hatte all die emotionalen Konflikte im Dorf auszustehen durch meine Heirat mit Anita und mancher erinnerte sich an meine Alkoholphase hier in den Kneipen und gab mir das auch durchaus zu verstehen. Damit habt ihr jedes Recht auf einen finanziellen Anteil am Hausverkauf verwirkt; ich habe dafür meinen Preis bezahlt!"

Peng – und wieder hatte es geknallt, wieder war ein Korken von einer Flasche, die unausgesprochene Gefühle eingeschlossen hatte, explodiert.

„Ich für meinen Teil werde dir keine Vorwürfe machen, dass du den Gewinn vom Hausverkauf alleine einsteckst, denn ich habe es nie bedauert, dass ich auf mein Erbe verzichtet habe zu deinen Gunsten. Es hat euch leider alle in einer emotional angespannten Phase erwischt zu erfahren, dass Mama mich nach Papas Tod zum Alleinerben von Haus und Gärtnerei eingesetzt hat. Ich war ihre soziale und emotionale Stütze, musste an allen Familientreffen als männliches ‚Familienoberhaupt' teilnehmen – ob ich wollte oder nicht, saß mit Mamas Brüdern und Schwägerinnen Sonntag nachmittags bei Kaffee und Kuchen, diskutierte mit den Männern über Politik und hatte dabei viel zu wenig eine eigene Jugend. Ich habe mich manchmal nackt auf der Toilette ausgezogen, weil ich derartige Bauchkrämpfe hatte, die ausschließlich psychosomatisch waren, weil ich völlig mit meiner Rolle überfordert war. Dass ich noch vor Mamas Tod versucht habe, eine Lösung für dieses Erbe zu finden zu deinen Gunsten, Kurt, wisst ihr drei Älteren hoffentlich noch."

Anne und ich sitzen jeweils links und rechts von unserer Mutter auf ihrem großen Ehebett. Eine große Schreibunterlage haben wir auf ihren Knien platziert und darauf ein Blatt weißes Papier. Unsere Mutter sitzt fast aufrecht in ihren Kissen, etwas betäubt vom Morphium. Während Anne ihre Schulter vorsichtig umfasst und von oben ihren rechten Arm führt, habe ich Mutters rechte Hand in meiner linken; beide versuchen wir vorsichtig, unserer Mutter bei einer eigenhändigen Unterschrift zu unterstützen. Tränen rinnen ihr über die Wangen, als sie merkt, dass ihr jedes Mal die rechte Hand ausrutscht und die Kraft versagt, sodass sie nicht einmal mehr eine Unterschrift leisten kann. „Wir versuchen es morgen noch mal, ruhe dich jetzt erst einmal aus", beruhigt Anne sie. Wir verlassen das elterliche Schlafzimmer, ziehen die großen Vorhänge etwas zu und schließen leise die Tür. Draußen nehmen wir uns in den Arm und sind unfähig auch nur ein Wort zu sagen. Beide weinen wir zum ersten Mal bitterlich zusammen.

„Und keinerlei Unterstützung von irgendeinem Verwandten für uns. Niemals wollte ich hier in diesem Rinkeln verhaftet bleiben. Insofern bin ich dir bis heute dankbar, dass du das Erbe angetreten hast und ich gönne dir jeden Pfennig des Verkaufes."

„Es ist nicht Missgunst", antwortet Marie, „die hatte ich damals nicht und die ist mir bis heute fremd. Ich hätte trotzdem gerne, besonders in meiner jetzigen schwierigen Lebensphase, einen kleinen finanziellen Anteil unseres gemeinsamen Erbes, da mein Mann mir jede Unterstützung verweigert, um ausziehen zu können."

Kurt steht auf, nimmt Marie in den Arm: „Ich schau mal, was machbar ist, wir reden darüber." Wir anderen sind erleichtert, dass auch dieser Konflikt ein Ende gefunden hat – vielleicht. Maries Information eines baldigen Auszuges geht dabei allerdings unter.

„Ich verspreche dir, dass ich deine beiden Töchter in den Ferien manchmal nach Osnabrück holen werde, zumal ich Patenonkel bin, und wir werden shoppen gehen; das macht mir allerdings auch selber Spaß."

„Danke", sagt Kurt, räumt Kaffee und Geschirr auf das Tablett und geht in die Küche.

Uff, wenn ich das vorher gewusst oder auch nur geahnt hätte, hätte ich mir dreimal überlegt, meine Geschwister in dieses leere Haus einzuladen. Beim Einpacken von Gläsern und Geschirr in Mutters alte Spülmaschine fällt mir auf, wie selten ich dies gemacht habe. Manche von unseren Gesprächen habe ich vermisst, und ich hätte meine Geschwister in Teilen gut als Unterstützung oder auch nur als Gesprächspartner in den letzten zwei Jahren gebrauchen können. Ich war allein mit all den Konflikten mit Anita, sie hatte immerhin ihre Mutter und Schwester nebst Nachbarfreundin. Männer haben keine Freunde, um ernsthaft Probleme zu besprechen, sondern nur zum Quatschen und Saufen. Wie geit diet – et mott ja et mott[24], war die meiste Unterhaltung hier. Vielleicht schaffe ich es, dies zu ändern. Vielleicht ist unser Treffen ja der Beginn einer neuen Zeit, in der wir sechs wieder zu einer Art Familie werden, nachdem meine bisherige zerbrochen ist. Ich schau aus dem Küchenfenster oberhalb der Spülmaschine und stelle fest, dass dies auch für mich ein einschneidender

24 „Wie geht es dir – es muss ja, es muss."

Abschied ist. Bevor ich wehmütig werde, beende ich aber schnell meine immer noch ungewohnte Küchenarbeit.

Joa steckt seine Nase um die Ecke: „Kommst du, oder soll ich dir noch helfen?“ Er kommt auf mich zu und eine kurze Umarmung erinnert mich an alte gemeinsame Jugendzeiten, und gemeinsam gehen wir auch zu den anderen zurück.

10. Kapitel: Familientraditionen

„Wann haben wir uns eigentlich das letzte Mal in dieser Runde getroffen?“, fragt Joa.

„Vor etwa 20 Jahren bei Tante Gertrud zusammen mit Tante Franziska, erinnert ihr euch noch? Unsere Großtante hatte uns zu sich nach Mettingen eingeladen; Joa hat doch heute schon das ‚Fräulein‘ erwähnt, das uns dabei bedient hat“, helfe ich meinen Geschwistern gedanklich auf die Sprünge.

„Tante Gertrud war doch eher der Schrecken unserer Kindheit“, runzelt Berna ihre Brauen.

„Sicher, aber ohne sie hätte unsere Mutter nach Papas Tod finanziell nicht überleben können, da zwei Jahre an seiner Kranken- und Rentenmindestversicherung von fünfzehn Jahren fehlten, sodass Mama nur 39.50 DM Rente bekam und wir eine sehr niedrige Halbwaisenrente.“

„Diese positive Seite an Tante Gertrud habe ich verdrängt“, gesteht Marie, „denn ihr Äußeres, ihre durchgängig schwarze Kleidung mit wenigen weißen Applikationen, ihre runde Nickelbrille, passend zu ihren grauen Haaren, zum Knoten gebunden – furchtbar.“

„Habt ihr einmal überlegt, welch Selbstbewusstsein und enormer Durchsetzungswille dazu gehört haben, sich als viertes Kind auf einem Bauernhof im Münsterland gegenüber dem Vater durchzusetzen und sich als Volksschullehrerin ausbilden zu lassen, und das noch im Kaiserreich?“

„Pete hat recht“, unterstützt mich Anne, „als Frau habe ich unsere Tante immer bewundert, auch wenn ich unter ihrem Leistungsdruck bei ihren Besuchen eher gelitten habe.“

„Als Tante Gertrud im Frühjahr 1914 fertig war, hat ihr Vater sie in Münster vom Hauptbahnhof mit der Pferdekutsche abgeholt; auf seine

Frage ‚Lüht, nu säg mi äs watte vedainst?‘[25] antwortete sie: ‚720 RM im Jahr.‘ Der Vater darauf lakonisch: ‚Datt vedaint unse beste Magd up unsen Hoff auk.‘[26]

‚Ik häf ower noch miene Alterspension dotou un miene aigene Wohnung met choaden‘,[27] antwortete unsere Großtante ihrem Vater. ‚Du wäist watt du döist, ik wünsch di Chottes Siägen.‘[28] Seitdem hatte Tante Gertrud immer einen Garten zu ihrer Wohnung dazu, und ihr erinnert euch vielleicht, dass sie bis zum 85. Lebensjahr die örtliche Präsidentin des Gartenvereins war."

„An diese Kutsche habe ich übrigens noch eine unliebsame Kindheitserinnerung", fügt Kurt hinzu. „Wir waren doch als Kinder in den Sommerferien oft und gerne bei Onkel Wilhelm und Tante Maria auf dem Bauernhof. Mit viel Freude turnte ich zusammen mit den dortigen Nachbarskindern im Kutschenstall in und auf der alten Pferdekutsche; dabei passierte es: Das morsche Dach ist gerissen und ich bin bis auf die Sitze nach unten durchgerutscht. Wir alle hatten ein wirklich schlechtes Gewissen und trauten uns nicht, dieses Malheur Onkel Wilhelm zu beichten. Erst bei meinem nächsten Besuch hat er mich mit in die alte Remise genommen und nach der Ursache für das kaputte Dach gefragt; da musste ich meinen Anteil daran gestehen. Aber diese beeindruckende Kutsche wurde schon lange nicht mehr benutzt, was ich heute sehr schade finde."

„Ich habe mich jedes Mal auf die Tage auf Mamas Elternhof gefreut. Wir konnten im Stroh spielen, die Kühe abends mit in die Ställe treiben, auf dem Kornboden in den staubigen Getreidekörnern rutschen, was durchaus gefährlich war, da man auch darin versinken konnte. Der Bauernhof war wie ein großer Abenteuerspielplatz für uns aus heutiger Sicht. Bei Tante Maria und unserer großen Cousine Klara haben wir uns doch meist sehr wohl gefühlt – oder?"

„So ging es mir dort auch", stimmt Anne meiner Erinnerung zu. „Außer wenn Tante Gertrud ebenfalls dort weilte, denn die führte in ihrem

25 „Mädchen, sag mir doch mal, was du verdienst."
26 „Das verdient unsere beste Magd auf unserem Hof auch."
27 „Ich habe aber zusätzlich noch meine Alterspension und meine eigene Wohnung mit Garten."
28 „Du weißt, was du tust und ich wünsche dir Gottes Segen dazu."

Elternhaus ihr hartes Regiment, was sie sich bei uns in Rinkeln im Hause ihrer älteren Schwester Maria nicht traute. Habt ihr euch übrigens nie gefragt, wie es möglich war, dass diese vier Schwestern ein bemerkenswertes Selbstbewusstsein entwickelt haben, sodass drei von ihnen für die damalige Zeit ein relativ selbstbestimmtes Leben geführt haben?"

„Und bei unserer Oma Sophia soll ihr Mann August der emotionalere, nachgiebigere gewesen sein und sie die bestimmende und planende, was wohl auch mit seiner Rolle als einheiratender Ehemann zu tun hatte, so hat mir jedenfalls Tante Franziska berichtet. Denn schließlich war unsere Oma Sophia die Hof-Erbin und ihr Mann brachte nichts mit außer seiner Kompetenz als Bauerssohn. Mama fand übrigens, dass ich viel Ähnlichkeit mit ihrem Vater hätte", setze ich nicht ohne eine gewisse Betonung hinzu.

„Ich hoffe, dass einige ihrer Gene auch in uns drei Schwestern weiterleben", führt Franzi meinen Gedanken fort, übersieht aber wohlweislich meine letzte Bemerkung.

„Allerdings blieben alle vier ihrem Glauben treu und ihm – im wörtlichen Sinne – verhaftet, aber das ist ja Gott sein Dank keine vererbbare Veranlagung", muss der Lehrer belehrend hinzufügen.

„Ich habe diese Woche unser Treffen zum Anlass genommen und in alten Alben geblättert, und dabei bin ich auf ein Foto gestoßen, auf dem wir alle bei Tante Gertrud in Mettingen in einer Reihe sitzen, Kaffee schlürfend und schick gekleidet an fein gedecktem Tisch."

„Tante Franziska hat mir später telefonisch erzählt, dass Großtante Gertrud sich sehr über unseren Besuch und unser vorbildliches Verhalten gefreut habe und stolz darauf sei, dass wir es auch ohne Eltern zu etwas bringen würden. Und wir haben jeder zehn Mark von ihr bekommen – dämmert's euch?"

„Du warst doch gerade aus Israel von deinem Kibbuz-Aufenthalt zurück", ergänzt Anne meine Erinnerungen, „denn ich habe dich vom Flughafen Düsseldorf abgeholt und du hast danach bei mir übernachtet und konntest nicht aufhören zu erzählen."

„Das sieht man auf dem Foto, denn du warst viel brauner als wir und trugst einen Bart. Wieso bist du eigentlich nach Israel geflogen?“, will Marie von mir wissen.

„Ich dachte, ich setze unsere anti-nationalsozialistische Familientradition fort. Papa hatte mich schon 1968 motiviert, zusammen mit Ernst Buddenkotte, dem Ältesten unseres Sparkassen-Rendanten, zu einer Anti-NPD-Demonstration nach Münster zu fahren, weil dort Adolf von Thadden, der NPD-Vorsitzende, auf dem Domplatz sprechen sollte. In dieser Zeit war die NPD in einigen Landesparlamenten und drohte, in den Bundestag zu kommen. Ernst und ich haben die gesamte Zeit mit tausenden anderen jungen Menschen nur gepfiffen, gebuht und manche hatten ihre Trompete dabei, sodass Herr von Thadden seine Rede nach einiger Zeit abbrechen musste, was wir johlend zur Kenntnis nahmen. Das war meine erste politische Erfahrung, ausgerechnet mit einer Anti-Nazi-Kundgebung. Anne wird ihre Gründe gehabt haben, zusammen mit Ernst den Tanzkurs gemacht zu haben“, füge ich grinsend in Richtung meiner Schwester hinzu.

„Nicht nur den Tanzkurs“, sagt Anne und zieht dabei ihre Augenbrauen bedeutungsvoll hoch, „aber dazu gibt es nichts mehr zu sagen. Er war ein wirklich netter Kerl.“

„Mit dieser Familie Buddenkotte haben wir doch fast alle unsere Erfahrungen gemacht – oder?“, frage ich in die Runde. „Auch eine Art von Familientradition. Franzi, du bist doch seit Kindergarten bis heute mit Ernst’ jüngster Schwester Ira eng befreundet, Kurt hat mit dem mittleren Bruder Stefan Fußball gespielt und meine erste Freundin hier in Rinkeln war die mittlere Schwester Andrea, mit der ich auch erste körperliche Erfahrungen ausgetauscht habe.“

„STOP!“, ruft Franzi laut aus, „diesen Teil deines Liebeslebens möchte ich nicht wissen.“

„Na gut“, gebe ich mich scheinbar zerknirscht geschlagen, „aber Herr Buddenkotte war – wie unser Vater – der einzige Zugereiste, der sich schnell die Achtung seiner MitbürgerInnen erworben hat, aber letztlich haben beide nie ganz dazugehört; sie waren befreundet und liberaler als die konservativen Rinkelner."

„Hat denn Tante Gertrud die Nazi-Zeit unbeanstandet überstanden?", will Franzi wissen.

„Tante Gertrud, von Oma – ihrer Schwester – immer liebevoll Traudel genannt, hat sich 1933 als Volksschullehrerin geweigert, den Religionsunterricht aufzugeben und den Sportunterricht nach NS-Methoden als vormilitärische Übung durchzuführen. Dadurch wurde sie für ein Jahr vom Beruf freigestellt; anlässlich des ‚Gesetzes zur Wiederherstellung des Berufsbeamtentums' 1935 hatte sie die Wahl, entweder den Schuldienst zu verlassen oder sich den Nazi-Gesetzen zu fügen. Sie hat lange gewartet und KollegInnen haben sich für sie eingesetzt, zumal sie bereits im 1. Weltkrieg als Schulleiterin eingesprungen war, weil fast alle Männer an der Front waren. Sie muss ihre Arbeit gut gemacht haben, denn nach dem 1. Weltkrieg sollte sie – wie alle Frauen – wieder degradiert werden zur einfachen Lehrerin, was sie sich nicht hat gefallen lassen; sie wurde zur Stellvertreterin ernannt. In diesem Jahr der Freistellung hat sie unseren Familienstammbaum in alten Kirchenbüchern recherchiert und aufgeschrieben – zurückverfolgt bis etwa zum Dreißigjährigen Krieg. Ihr seht: Ich setze eine Familientradition fort – sowohl als Historiker als auch politisch, indem ich meinen praktischen Beitrag leiste gegen antisemitische Traditionen in diesem Land."

„Ich fange erst jetzt langsam an, mich für unsere familiäre Vergangenheit zu interessieren", wirft Franzi ein. „Wer hat denn diesen Familienstammbaum zurzeit, denn ich würde ihn gern fotokopieren."

„Ich erkundige mich mal, wahrscheinlich Tante Franziska als Tante Gertruds Haupterbin. Übrigens gibt es Parallelen zwischen Tante Gertrud und ihrem Schwager Großonkel August, den Bruder unseres Großvaters Wilhelm: Dieser Onkel August war in Rinkeln in den 1920er Jahren Bürgermeister für die katholische Zentrums-Partei und wurde gegen seinen Widerstand von der neuen NS-Kreisleitung 1933 abgesetzt. Und insofern erstaunt es doch keinen, dass Mamas Bruder Onkel Josef wieder in Rinkeln Bürgermeister geworden ist, dieses Mal für die CDU – als Nachfolgerin des Zentrums.“

„Ach je – noch mehr Geschichtsstunden und ich schlafe ein“, macht Joa sich bemerkbar. „Oma hatte aber von alldem nichts – oder? Sie war doch eine einfache Handwerker-Ehefrau?“

„Dann mach ich es an dieser Stelle kurz: Oma durfte 1914 ihren Heinrich nicht heiraten, weil ihr Vater das verbot mit der Begründung, dass sie als junge Frau von einem großen Bauernhof nur einen Hoferben heiraten dürfe. Also hat dieser Heinrich 1912 unser Elternhaus gebaut, so schön wie wir es aus unserer Kindheit in Erinnerung haben mit Erkern und Gauben, und ist in den Krieg gezogen, in der festen Hoffnung, eines Tages seine Maria zu heiraten. 1918 kam er zwar verwundet, doch lebend zurück, die Revolution hat das Kaiserreich und manche überkommenen Sozialstrukturen hinweggefegt – und Oma konnte ihren selbstständigen Handwerksmeister Heinrich jetzt, 1919, gegen den Willen ihres Vaters heiraten: Aus ‚Ossenduops Mia‘ wurde Frau Heinrich Brockmann, geborene Ostendorf. Allerdings lebte ihr Mann nur noch fünf Jahre, wobei inzwischen ihre Tochter Gertrud geboren wurde, die tragischerweise 1939 ins Kloster ging und die wir als Schwester Maria-Firma kennen gelernt haben.“

„Das nennst du kurz?!“, unterbricht mich Joa und alle fünf spotten über die typische Lehrermanie.

„Wenn Großtante Marias Tochter Gertrud nicht ins Kloster gegangen wäre und sie unsere Mutter nach dem Krieg nicht ‚an Kindes statt angenommen‘ hätte, würden wir heute nicht hier sitzen. Wie immer sind es die Zufälle im Leben, die die Weichen stellen, habe ich inzwischen festgestellt.“ Kurt lässt uns alle aufhorchen.

„In diesen Kriegsjahren 14–18 hat Oma nicht nur auf dem elterlichen Hof geschuftet“, setze ich meinen Monolog fort, „weil die Männer auch dort fehlten, sondern auch dank ihrer jüngsten Schwester viel gelesen und gelernt. Nur so erklärt es sich, dass sie all die französischen Ausdrücke konnte wie Parapluie für Regenschirm, Trottoir für Bürgersteig, Chaiselongue für unser rotes Plüsch-Sofa; das Plumeau mussten wir auch jeden Morgen aufschütteln."

„… und macht mir keine Visemattenten", ergänzt Anne und wir amüsieren uns mit ihr.

„Was heißt das denn übersetzt?", will Franzi von mir wissen.

„Die napoleonischen Soldaten hatten Westfalen von 1806–1813 besetzt unter ihrem König Jerome, jüngster Bruder Napoleons. Diese kurze Phase reichte aus, dass sich französische Ausdrücke ins Deutsche übertrugen, aber eben nur sinngemäß: ‚Visitez ma tente', sagten die Soldaten zu jungen Frauen hier nicht nur hier im besetzten Münsterland: Besichtigt mein Zelt. Und besonders die Mütter dieser jungen Frauen warnten deshalb ihre Töchter in Unkenntnis der Aussprache: Mach mir keine ‚Visitematenten'. So einfach war das."

„Oma war sehr ehrgeizig, fand ich schon als Kind, wenn sie beim Kartoffelschälen oder anderen Hausarbeiten unsere Schulaufgaben kontrollierte oder das kleine und später das große Einmaleins mit uns übte", erinnert sich Anne. „Außerdem verdanken wir ihr unser Klavier, das sie für ihre Tochter Gertrud gekauft hatte, die später in ihrem Kloster täglich die Orgel gespielt hat. Wie sehr Oma darunter gelitten hat, dass ihre Tochter bereits mit 48 Jahren an Krebs gestorben ist, wird doch daran deutlich, dass sie selbst ein halbes Jahr später ebenfalls starb - an einem Herzinfarkt oder an gebrochenem Herzen, wie Mama uns später sagte."

„Den Höhepunkt an Dekadenz empfinde ich aus heutiger Sicht, wenn Oma im Sommer mit weißen Spitzenhandschuhen zur Kirche ging, davon hatte sie gestickte und schlichte. Als Kind fand ich das einzigartig und abgehoben; ‚sie mache sich mit niemandem gemein', wie sie mir dann erklärte. Wann und wie hat Oma diesen Dünkel entwickelt – als einfache Frau mit bäuerlicher Herkunft? Bildung war für sie der einzige Weg zum Erfolg, weshalb sie Anne und mich ganz schön gequält hat, ihr wart noch zu jung – oder?"

„Kurt und ich mussten in der Grundschule auch noch alle Hausaufgaben bei ihr vorzeigen", korrigiert mich Marie. „Wir mussten häufig unsere Aufgaben noch einmal machen, wenn unsere Schrift nicht gestochen und gut leserlich war. Besonders gefürchtet habe ich mich, wenn Omas jüngste Schwester Tante Gertrud in den Ferien zu Besuch kam und uns als strenge Lehrerin kontrollierte."

„Wann fährst du wieder? War doch zuerst unsere ach so unbefangene Kinderfrage, und Mama zog uns schnell zur Seite", fügt Anne schmunzelnd hinzu.

„Und jetzt haben wir sogar zwei Lehrer in der Familie, wenn wir unsere Cousine Anja aus Bocholt und unseren Cousin Paul nicht mitrechnen – offensichtlich ist dies auch eine Familientradition geworden", stelle ich abschließend fest.

11. Kapitel: Stadtansichten

„Ich bin todmüde, hab letzte Nacht schlecht geschlafen und nur von früher geträumt", macht Joa sich bemerkbar. „Ich leg mich 'ne Stunde aufs Ohr."

„Ich auch, und danach könnten wir doch mal zusammen in die Stadt fahren", schlägt Marie vor. „Da war ich Jahrzehnte nicht mehr."

„Ist da denn am Samstagnachmittag noch ein Geschäft oder Café geöffnet?"

„Ach Anne, so provinziell sind wir hier auch nicht mehr", weist Kurt sie leicht zurecht. „Aber ich bleibe zuhause, weil ich noch einiges zu tun habe." Und dann fügt er leise hinzu: „Außerdem möchte ich nicht Anita oder meinen Kindern begegnen – zufällig, denn sie leben jetzt in einem Reihenhaus in der Innenstadt." Und wieder etwas deutlicher: „Kauft doch bitte etwas zu essen ein."

Eine Stunde später machen wir es uns zu fünft in Annes Auto gemütlich, da sie als Architektin das größte von uns besitzt. Auf dem Weg in die Stadt bitte ich meine Geschwister:

„Können wir einen kurzen Stopp am Westfälischen Landesgestüt machen?"

„Kein Problem – aber warum?", will die Fahrerin wissen.

„Ich wollte immer schon mal wissen, wie es von außen aussieht, zumal ich seit einem Jahr Reitunterricht habe."

„Oh, a little bit snobby – oder?", merkt Anne dazu an.

„Aber diese Tendenz hatte Pete doch immer schon, solange ich denken kann", ergänzt Joa.

„Danke, liebe Geschwister. Möchte sich sonst noch jemand von euch dazu äußern?"

Schmunzeln und Schweigen. Was auch besser ist, denn sonst hätte ich ausgeteilt, allen meinen drei Schwestern ist Sportlichkeit nämlich eher fremd geblieben ebenso wie der Bezug zu Tieren. Ich hatte bereits viele Jahre lang einen Hund – einen rot-blonden Airedale-Terrier namens Robert, dessen gelocktes rot-blondes Haupthaar mich jedes Mal an Mutters Haarfarbe erinnerte. Diesen Hund habe ich gehegt, gepflegt, geliebt – und begraben aufgrund der zunehmenden schweren Arthrose. Menschen, die noch niemals einen Hund hatten, können kaum begreifen, wie schmerzhaft es ist, einen Teil von sich einschläfern zu müssen, eine euphemistische Umschreibung für umbringen, töten. Das wöchentliche Reiten jeweils mit einem Pferd aus dem Reitstall machte mir große Freude, auch wenn ich mit dem „tiefen Sitz", den „halben Paraden" und dem „Schenkelweichen" immer wieder Probleme hatte, was nicht zuletzt an dem Alter lag, mit dem ich das Reiten angefangen habe. Mein Reitlehrer provoziert mich häufig mit dem Zuruf: „Los Peter, den Sattel auswischen wie bei Ehestands-Bewegungen!" Auch wenn dieser Sattel mich von dem Pferd zwischen meinen Beinen trennt, hat die körperliche Bewegung mit einem lebendigen Tier, mit dem ich zusammen etwas lerne, nichts Vergleichbares. Aber diese Begeisterung konnte ich meinen Geschwistern schwerlich begreiflich machen – und wollte es auch gar nicht.

„Na gut, weil ihr es seid! In meinem kleinen ländlichen Reitstall sind die meisten Hobbyreiter – so wie ich – wenig vermögend, um nicht zu sagen mit deutlich begrenztem Einkommen, wie z. B. eine MTA oder Angestellte, die meisten übrigens sind junge Frauen. Die Männer sind Springreiter, wozu ich absolut keine Lust habe. Ich finde es spannend, unter meinem Sattel zu fühlen, wie das Pferd mitgeht, ob es lernwillig ist oder weniger. Die Zeit grober und verletzender Quälerei für Pferde ist hoffentlich langsam vorbei."

Kommentarlos steigen wir aus und schauen uns die schönen, zum Teil 150 Jahre alten Gebäude an. „Hier hat nämlich Mamas Lieblingsbruder viele Jahre als Reitlehrer gelebt und gearbeitet: Onkel Ludwig. Ich dachte mir, wenn wir schon auf den Spuren unserer Eltern wandern, dann darf dieser Abstecher nicht fehlen."

„Ist das der, der kurz vor Ende des Krieges gestorben ist?", fragt Franzi, „Mama hat mir mal von ihm erzählt."

„Onkel Ludwig war wohl ein wirklich guter Reiter und hat bereits als Kind auf dem elterlichen Hof damit angefangen; Mama übrigens auch – aber sie ist einmal unglücklich vom Pferd gefallen und hat sich den Arm gebrochen, danach hatte sie keinen Mut mehr – und mir als Kind das Reiten verboten; dabei wäre es die einzige Sportart gewesen, an der ich Interesse gehabt hätte."

„Ich bin immer wieder erstaunt, welche Geschichten du von unseren Eltern kennst", merkt Marie an. „Ich frage mich an diesem Wochenende immer häufiger, was ich von ihnen weiß, wieso Anne und du so viel besser informiert seid."

„Mama hat mir sehr viele Briefe geschrieben, die ich seit kurzen angefangen habe wieder zu lesen", klärt Anne sie auf. „Sie hat dabei ganz offensichtlich auf die Hilfe und den Rat ihrer Ältesten gehofft, und ich kann es heute beim Lesen dieser Briefe kaum aushalten, dass ich sie so oft enttäuscht habe, weil ich weder geantwortet noch mit ihr telefoniert habe."

Franzi muss Anne in den Arm nehmen, denn sie fängt an zu schluchzen. Die beiden setzen sich auf eine Bank und wir drei anderen gehen langsam zum Ausgang zurück.

„Woran ist dieser Onkel denn so plötzlich gestorben?", versucht Joa die Situation zu retten.

„Ausgerechnet an einem Riss in der Milz aufgrund eines Pferdetrittes. Kurz vor Kriegsende gab es keine entsprechende ärztliche Hilfe mehr und er ist innerlich verblutet – so tragisch!"

„Haben wir denn noch andere Onkel mütterlicherseits, die im Krieg geblieben sind?", fragt er weiter.

„Onkel Heinrich ist in Russland gefallen, angeblich in einem Moor versunken, wie ein Kriegskamerad unseren Großeltern geschrieben hat. Und Onkel Anton habe ich noch kennen gelernt, der Tante Mariechen geheiratet hat und 1956 an den Kriegsfolgen gestorben ist – ohne Kinder. Er hat mich bei seinen Besuchen bei uns auf seinen rechten Schuh gesetzt, seine Beine übereinandergeschlagen und mich dann mehrmals nach oben geschleudert, wobei er mich allerdings an beiden Händen festhielt. Ich sehe sein strahlendes Lachen manchmal noch heute vor mir."

„Und von Papas Geschwistern?"

„Die von uns allen so geschätzte Tante Kathrina hat nach dem Tod von Papas älterem Bruder Siegfried seinen jüngeren Bruder Heinz geheiratet, damit die Tochter wieder einen Vater bekam und das Malergeschäft weitergeführt werden konnte. Da Onkel Siegfried aber lange nicht für tot erklärt wurde, weil seine Leiche nicht gefunden worden war, blieb Tante Kathrina mit ihrer Tochter auch lange allein – bis endlich der ersehnte Totenschein vorlag. Klassische Nachkriegsgeschichten vieler Frauen, die sich zu solchen Pflichtehen genötigt sahen, obwohl sie inzwischen das Malergeschäft recht erfolgreich allein auf die Beine gestellt hatte."

„Sie war doch berechnend und ohne jegliche Empathie", erinnert sich Marie. „Mama hat sie nach Papas Tod doch Geld geliehen und dies nach einem Jahr mit Zinsen zurückgefordert. Ob sie wusste, dass Mama zu diesem Zeitpunkt bereits seit sechs Monaten Brustkrebs hatte und operiert worden ist, ist mir entfallen. Ich kann mich an ihren fürchterlichen Besuch an einem Sonntag im September deshalb so genau erinnern, weil ich gerade meinen ersten Freund mit nach Hause gebracht habe und ihn vorstellen wollte. Ihre bescheuerten moralischen Kommentare habe ich nie vergessen und sie habe ich danach auch nicht wiedersehen wollen – was übrigens sogar geklappt hat", fügt Marie grinsend hinzu.

„Ich fand immer ihre Sing-Sang-Sprache so furchtbar, völlig gekünstelt und beinahe jeder Satz endete mit ‚Woll' – typisch für diese Region, wie ich heute weiß. Es gab aber auch ein paar nette Geschwister von Papa wie Kathrinas Mann Onkel Heinz und seine Schwester Tante Aenne, die tatsächlich mit einem Künstler verheiratet war. Mich interessiert, wo sein großformatiges Bild von der Rinkelner Kirche geblieben ist; ich werde Kurt mal danach fragen."

„Ich bin übrigens froh, dass wir zu Papas Familie jeglichen Kontakt abgebrochen haben, wobei das wohl auf Gegenseitigkeit beruhte – oder?"

„Die sind mit unserer Freizügigkeit und Lebensart nicht klargekommen und fanden Papas Erziehungsstil zu liberal, ich fand sie so richtig spießig und kleingeistig", pflichtet Joa seiner älteren Schwester bei.

Anne und Franzi kommen Arm in Arm zurück und wir fahren weiter in die Stadt. Unser Fußweg in die Innenstadt führt uns über die Ems, am größten Textilunternehmen der Stadt vorbei, wo Joa seine Lehre zum Groß- und Außenhandelskaufmann gemacht hat. Die Stadt hat Ende des 19. Jahrhunderts eine vorsichtige Industrialisierung erlebt, wobei primär vier Textilunternehmen davon profitiert und diese vorangetrieben haben; immerhin ist eins davon übriggeblieben; seine Abwässer entsorgt es nicht mehr in die Ems.

Joa lebt sofort in alten Erinnerungen und hätte am liebsten nachgeschaut, ob der Pförtner immer noch seinen Dienst tut.

„Du scheinst die inzwischen vergangene Zeit vergessen zu haben", erinnert ihn Franzi. „Ich habe meine schulischen Erinnerungen an die Stadt, wobei ich hier nie ein Zuhause-Gefühl hatte; die Stadt ist mir immer fremd geblieben, trotz der neun Jahre bis zum Abitur. Meine vier besten Freundinnen waren in Rinkeln und das war mein Nest. Insofern habe ich eine andere, distanziertere Sicht auf diese Stadt als du."

„Da ich nach der Lehre schon bald nach Münster gezogen bin, habe ich meine Jugendzeit hier verbracht und ich hatte auch hier meinen Freundeskreis, meinen Sportverein und die Kneipen. Meine Sicht auf diese Stadt ist bis heute positiv, wenn ich so darüber nachdenke; mit dem Bus zurück ins Dorf zu fahren, fand ich beklemmend, deswegen wohne ich ja auch mit meiner Familie wieder hier", setzt Joa dagegen.

„Ich habe hier meine Bauzeichnerinnen-Lehre gemacht, nach Abbruch des Gymnasiums nach der Mittleren Reife. Es gab nette Arbeitskollegen, gelegentliche abendliche Treffen mit ihnen, aber auch ich hatte meine Clique mit meinem Freund Ernst in Rinkeln – bis zum Umzug und

Studium im Ruhrgebiet; insofern ist auch für mich diese Stadt eher fremd geblieben", ergänzt Anne ihre Sicht.

„Ich habe mich hier eher zuhause gefühlt, der Emspott als erster Jugendclub seiner Art, wo wir ohne Konsum abhängen konnten, die Kneipen und Cafés, wo wir in der Mittelstufe den Unterricht geschwänzt und die Zeit verbracht haben, die Disko, wenn ich mal am Samstagabend von zuhause fortkonnte: Meine Zeit hier war prägend und ich fand es wohltuend, rauszukommen aus dem miefigen Dorf; keiner kontrollierte mich hier. Und Maries kurze Stadtgeschichten kenne wir ja zur Genüge", füge ich hinzu.

„Vielen Dank für deine Vorlage", bemerkt sie etwas bitter. „Ich verbinde mit dieser Stadt nur Fluchtgedanken: weg von zuhause, von Mamas Krankheit und Depressionen, weg von der sozialen Kontrolle der Dorfbewohner oder besonders der dortigen Verwandten. Wenn ich so recht überlege, verbinde ich mit dieser Stadt aber auch nichts Positives, denn meine Lehre als Hauswirtschafterin hier war degradierend und die Männer in der City-Ranch haben mich auch nur ausgenutzt."

Wir hängen unseren Gedanken nach und merken erst jetzt, dass wir mitten auf dem alten Marktplatz stehen. „Schöne Giebelhäuser hatte ich gar nicht mehr auf'm Schirm", bemerkt Franzi erstaunt. „Sind die alle nach dem Krieg restauriert worden?"

„Außer ins zerbombte Münster ist der Krieg kaum bis hierhergekommen. Die Bomber waren schon auf dem Weg hierher, bekamen aber den Befehl der Umkehr, wie man heute weiß. Das Ergebnis: eine alte Hansestadt mit historischem Stadtkern, die allerdings eine Kleinstadt geblieben ist. Erst ab Ende der 1970er Jahre kommt langsam internationales Flair in die Stadt durch den Sport und das Deutsche Olympia-Komitee für Reiterei. Die Stadt wird mittlerweile als *die* Reiterstadt Deutschlands bezeichnet, aber auch das sind nur Stadtansichten von außen. Hinter der Fassade bleibt sie konservativ und katholisch, von wenigen Honoratioren-Familien bestimmt. Ich war vor einiger Zeit anlässlich meines 20-jährigen Abiturs nur einmal wieder hier und musste nach drei Stunden fliehen, so furchtbar und eng empfand ich die Atmosphäre. Diejenigen meiner Mitschüler, die hier geboren wurden, sind meist auch hiergeblieben und haben sich hier mit guten Karriereaussichten niedergelassen."

„Dagegen ist doch nichts einzuwenden", bemerkt Marie, „um seine Zufriedenheit muss sich jeder selber kümmern und meine wäre eben nicht hier gewesen."

Ich stimme ihr zu. „Aber es geht mir um die Mentalität, es wird so wenig in Frage gestellt und möglichst soll auch alles so bleiben, wie es ist – nur den notwendigen wirtschaftlichen Veränderungen fügt man sich, denn schließlich ist das Geld-Verdienen ein wesentlicher Lebenszweck des Münsterländers. Von Aufbruch und Veränderung – Fehlanzeige und keine Spur. Dieses Münsterland strahlt immer noch Behäbigkeit und Stillstand aus; in der Ruhe liegt die Kraft, ist einer der bewährten Sprüche."

„Brauchst du denn nicht einen Hort und Schutz gegen diese schnellen, starken Veränderungen? Sie brechen über mich herein und ich kann mich nur fügen, obwohl ich doch so viel jünger bin als du. Außerdem bleiben mir zu viele Menschen dabei auf der Strecke, einfach extrem unsozial."

„Sehe ich auch so wie du", stimmt Anne ihrer kleinen Schwester zu. „Was ist denn aus dem Peter geworden, der hier einst gegen den Kanzler Kiesinger protestiert hat mit den Jugendlichen aus dem nahen Emspott? Hast du dich politisch um 180° gedreht?"

„Zwischen der Akzeptanz notwendiger Veränderungen und dem unkritischen Übernehmen von Ansichten wirtschaftsliberaler Kreise ist ein großer Unterschied", bemerke ich etwas schärfer. „Wir brauchen dringend gesellschaftspolitische und soziale Veränderungen, um unser Land im globalen Wettbewerb zu stärken."

„Was hast du denn damals hier Böses gemacht?", will Joa wissen.

„Beim Bundestagswahlkampf 1969 kandidierte ein ehemaliges NSDAP-Mitglied, seit Kriegsbeginn im Auswärtigen Amt zuständig für die Rundfunkabteilung, also Radio-Propaganda, gegen Willy Brandt, der früh aus NS-Deutschland fliehen musste und im Spanischen Bürgerkrieg gegen Franco und Hitlers Legion Condor gekämpft hat. Auch ich hatte das berühmte rote Poster mit Che Guevaras schwarzem Konterfei in meinem Zimmer an der Wand. Protest war unser Empfinden gegen alles Etablierte, wie ich mich erinnere. ‚Macht kaputt, was euch kaputt macht', war der Song von Ton, Steine, Scherben in unserem Jugendclub Emspott. Also raus auf die Straße und unsere Wut herausschreien. Wir waren vielleicht zwanzig Jugendliche, haben von unserer Seite bei dieser Rede von Kiesinger hier vor dem Alten Rathaus gepfiffen und gebuht, was der übergroßen Mehrheit der dem Redner applaudierenden Zuhörer mächtig gestunken hat. Noch Wochen später bin ich darauf in Rinkeln von verschiedenen Männern angesprochen worden, ob ich mich nicht schämen würde für so ein unverschämtes Verhalten – ‚Du salls di watt schämen' – keine Diskussion, nur mundtot gemacht. Auch das hat meine Sicht auf diese Stadt wesentlich geprägt. Und erst der Ärger in der Schule, vom Direktor persönlich, schnell hatte sich unsere Teilnahme herumgesprochen."

Währenddessen schlendern wir weiter in Richtung der ersten hiesigen Eisdiele bereits aus dem Ende der 50er Jahre, die zu unserer Freude auch geöffnet hat: „Capri Fischer". Beim Eintritt ertönen die letzten Klänge des alten Liedes von Rudi Schuricke und man muss sofort mitsummen.

„Und welch eine schöne Retro-Einrichtung", ruft Franzi aus. „Wo haben Sie das Mobiliar her?" und wendet sich dabei direkt an den bereits etwas älteren Herrn hinter dem Tresen. „Ich bin mit den ersten Gastarbeitern aus Italien gekommen und wir haben hier die erste Eisdiele in der gesamten Region aufgemacht – und natürlich an die damalige Italien-Begeisterung angepasst. Zu Beginn des Jahres mussten wir nach fast 40 Jahren dringend von Grund auf renovieren – und da bot sich uns Mobiliar aus unserer Heimat an, das wir in Containern herüber transportiert haben."

Wir setzten uns alle um einen dieser alten Nierentische, um uns herum alles in Pastellfarben gestrichen. Italienische und deutsche Schlager aus den 50ern und 60ern erklingen und versetzen uns in eine beschwingte Samstagnachmittag-Stimmung.

„Ich hätte gerne einen Bananen-Split", und alle um mich Sitzenden schauen mich fragend an. „Gern", antwortet die Serviererin, „aber der steht leider nicht mehr in der Karte, den hatten wir früher einmal. Aber der Chef weiß noch, woraus er besteht."

Nach der Bestellung meiner Geschwister fragt Joa: „Los erzähl, warum dieses Eis?"

„Ich glaube nicht, dass ich das wirklich wissen will", zögert Franzi meine Erklärung hinaus. „Petes Erinnerungen haben leider zu oft mit sexuellen Konnotationen zu tun."

„Mit was?", runzelt Marie ihre Brauen.

„Ach Gott, ihr seid auch was prüde", seufze ich tief. „Aber in diesem Fall hat die kleine Schwester recht." Ich übergehe einfach ihre ablehnende Haltung. „Könnt ihr euch an Bärbel Elstermann erinnern?" In diesem Moment steht Franzi auf und geht demonstrativ zur Toilette. „Du meinst die Tochter von Lehrer Elstermann, dem Schulleiter der Volksschule in Rinkeln?", fragt Anne. „Unsere Eltern waren mit Elstermanns befreundet und ich erinnere mich an deren Besuche bei uns nach den Schützenfesten, wenn sie zum Spiegeleier-Essen kamen. Dann haben wir uns von oben heimlich an das Treppengeländer gelegt und gelauscht. Mann, was war das für uns spannend, die Erwachsenen so unkontrolliert und angetrunken zu erleben."

„Bist du noch mit ihrer ältesten Tochter Simone befreundet? Ihr seid doch gleich zu Beginn deines Studiums zusammen mit euren beiden neuen Freunden nach Schottland getrampt", erinnere ich mich.

„Ja, sie ist meine älteste, längste Freundin, hat zwei Kinder bekommen und kürzlich auch geheiratet. Daher weiß ich, dass Bärbel schon vor vielen Jahren an Unterleibskrebs gestorben ist."

„Bärbel war meine erste sogenannte Freundin in der Grundschule. Im 3. und 4. Schuljahr haben wir uns manchmal heimlich Briefchen geschrieben und danach riss der Kontakt ab, da sie auf eine Realschule ging. Erst nach Papas Tod bin ich wieder mit ihr spazieren gegangen und dann haben wir sogar zusammen den Führerschein gemacht."

„Was soll diese langweilige Geschichte, ich fand Lehrer Elstermann immer viel zu streng und autoritär, würde man heute sagen: ein typischer Pauker seiner Zunft in den 60ern", merkt Marie kritisch an. „Ich habe ihn schließlich als Schulleiter in Schwegte noch erlebt."

Inzwischen ist unser Eis auch gekommen und Franzi zurück: „Ist Pete immer noch nicht fertig mit seiner Geschichte? Oh Gott, wie machst du das denn als Lehrer, wenn du immer wieder bei Adam und Eva anfängst?"

Franzi wiederholt ignorierend fahre ich fort: „Tante Franziska hat mir einige Tage nach der bestandenen Prüfung ihr Auto geliehen und Bärbel und ich sind zusammen in diese Eisdiele gefahren, ich habe damals ein Bananensplitt-Eis gegessen und war seitdem nicht mehr hier."

„Los – das ist doch nicht alles? Lass dir doch nicht die Würmer aus der Nase ziehen", stichelt Joa.

„Okay, wenn du so willst. Bärbel und ich haben gewettet, dass derjenige, der zuerst das Eis aufgegessen hat, bestimmen kann, ob wir unsere Kindheitsfreundschaft heute zum Abschluss bringen und unterwegs – auf dem Rückweg – zusammen Sex haben."

Allgemeines Staunen. „Ich wusste es!", ruft Franzi aus, „Petes Sexgeschichten."

„Ach komm, diese ist doch harmlos. Bärbel hat ihr Eis sehr verhalten und langsam gegessen, sodass ich deutlich eher fertig war, aber auch mir war bei der Vorstellung nicht wohl, da wir seit zwei Jahren wieder unkompliziert befreundet waren; außerdem pendelte sie bereits zwischen Rinkeln und Düsseldorf hin und her, da sie dort einen Freund hatte. Aber so waren die 70er: Sex hatte nicht den Stellenwert, den er heute wieder hat, er war eine willkommene Abwechselung ohne moralische Bedenken. Anne und Marie müssten doch davon auch noch ein Lied singen können?"

Beide grinsen etwas – schweigen aber wohlweislich. „Und das Ende der Geschicht': Sex im Walde lohnt sich nicht, na ja – zumindest in diesem Falle. Ich habe danach den Kontakt zu ihr verloren, Bärbel noch wenige

Male eher zufällig bei den wenigen Besuchen in Rinkeln getroffen und erst von Anne von ihrem Tod erfahren. Wie tragisch."

„Ja genau – Unterleibskrebs – und du bist schuld", grinst mich Joa an.

„Hört sofort auf, das ist makaber und geschmacklos!", weist uns Anne zurecht.

Wir essen unser Eis etwas schweigsam auf und langsam hebt sich die Stimmung durch die folkloristische Atmosphäre, denn diese Schlager gehören schon seit vielen Jahren zum allgemeinen Volksgut.

Beim Verlassen singen Joa und ich denn auch schon wieder fröhlicher: „Bella, bella, bella Marie, sei nicht traurig ich komm zurück morgen früh."

Unsere ältere Schwester schüttelt nur mit dem Kopf: „Müsst ihr denn immer wieder auffallen?"

„Tja", antwortet Joa, „die einen sind eben eher extro- und die anderen eher introvertiert." Wir setzen unseren Erkundungsgang durch die Innenstadt fort, kommen an der alten Kneipe aus dem 18. Jahrhundert vorbei, die bereits geöffnet hat.

„Kommt, ich lade euch in meine alte Stammkneipe aus der Oberstufenzeit ein auf ein oder zwei Bier, das hier besonders münsterländisch gebraut wird", schlage ich vor.

„Ich trinke zwar kein Bier", antwortet Anne „aber wenn ihr anderen das wollt, komm ich natürlich mit."

Die immer noch dunkele, und mit so schönem altem Mobiliar versehene Gastwirtschaft verströmt eine urige Gemütlichkeit, die wir sogar als jugendliche Schüler schätzen konnten, wenn wir früher frei hatten.

Trotz des schönen Wetters sitzen ausschließlich Männer an verschiedenen Tischen; wir finden in einer Ecke Platz, bestellen die traditionelle Altbierbowle und unterschiedliche Erinnerungen lassen sich nicht vermeiden.

„Diese Kneipe war immer schon eher eine Männerdomäne und insofern ein Relikt aus alten Tagen, denn wir Mädels sind hier nicht eingekehrt, sondern in ein Café gegangen", erinnert sich Franzi. „Und wenn ich mich hier so umschaue, hat sich das auch nicht geändert."

„Dem kann ich nur zustimmen", fügt Anne hinzu. „Es hat etwas Antiquiertes und Museales."

„Ich habe keine Probleme, ein leckeres Bierchen hier zu trinken", widerspricht Marie ihren Schwestern, „ich bin als Frau auch immer schon in sogenannten Männerkneipen gewesen, Hauptsache, meine Begleitung war in Ordnung."

„Diese Gastwirtschaft hat schon etwas gut Bürgerliches und Konservatives und könnte sicherlich damit stellvertretend für diese Stadt stehen", stellt Joa fest. „Aber gerade dieses gut Bürgerliche finde ich bis heute auch sehr anziehend, es steht für Beständigkeit, Verlässlichkeit und Werteorientierung; man weiß, woran man bei diesen Menschen ist."

„Auch wenn ich eher die Enge dieser Mentalität sehe, besonders aufgrund meiner sexuellen Orientierung, kann ich Joa doch beipflichten", ergänze ich meinen Bruder.

„Aber worin besteht denn für euch der Unterschied zu Rinkeln?", will Anne wissen. „Denn in dieser Kleinstadt kennt doch auch jeder jeden und besonders negativer Tratsch ist schnell rum."

„Die Anzahl der Menschen, die sich nicht der gängigen Moral fügen wollen, ist hier größer", versuche ich es mit einer Erklärung. „Anita ist mit ihren drei Kindern in diese Stadt gezogen, weil sie und die Kinder hier freier leben können, wahrscheinlich sogar mit ihrem neuen Lebensgefährten. Das hätte sie in Rinkeln nicht machen können ohne permanenten moralischen Druck und blöde Bemerkungen."

Ich sehe, dass meine Geschwister nicken und mir zustimmen. „Und was denkt ihr, waren unsere Eltern: etwa kleinbürgerlich?", hakt Joa nach.

„Weder gut- noch kleinbürgerlich, denke ich, denn Bildung und Einkommen sind wichtige Merkmale, und diesbezüglich gehörten unsere Eltern weder zur einen noch zur anderen Gruppe. Kleinbürgerliche Mentalität wird geprägt durch eine unterschwellige, dauernde Angst vor

Veränderungen und braucht die Autorität, was auf unsere Eltern beides nicht zutraf. Mama hat doch in dem einen Jahr, in dem es ihr besser ging, den mutigen Entschluss gefasst und mit Krediten den Umbau des Ladenlokals durchgesetzt und für kurze Zeit sogar hoffnungsvoll in die Zukunft geschaut. Und über Papas selbstbewusste Aktionen haben wir ja bereits mehrfach gesprochen."

Im Sommer 1971 fand in Rinkeln in zweifacher Hinsicht eine kleine Kultur-Revolution statt: Die Frauen des Dorfes probten den Aufstand! Sie wollten bei der DJK eine eigene Sportabteilung eröffnen und regelmäßig Turnen und Gymnastik durchführen. „Watt wullt je Fraulüe denn Sport maken? Je häfft genok tohus un met de Kinner to doun."[29] Das war sicherlich ein durchschlagendes, aber kein ausreichendes Argument. An diesem Abend ging es hoch her im Saale der Gastwirtschaft, aber bei der Abstimmung nur unter den Männern bekamen wohl einige „Schiss in de Büchs", wie die Verlierer ihnen später vorwarfen. Die neuen und künftigen Turnerinnen fuhren in die Stadt, ließen sich in Sportfachgeschäften beraten. Zum ersten Mal trugen Frauen in Rinkeln schwarze Gymnastikhosen mit entsprechendem Oberteil und – Sportschuhe. Von nun an ging auch unsere Mutter mit ihrer Schwester einmal pro Woche abends zum Sport, sie lernten völlig neue Muskeln kennen mit entsprechendem Muskelkater; dies wiederum rief den Spott vieler Männer hervor, beflügelte aber diese Rinkelner Frauen umso mehr. Die zweite kleine Kultur-Revolution bestand darin, dass eine Frau als Unternehmerin selbstständig auftrat, investierte und ihr Geschäft neu auf- und umbaute: unsere Mutter. Der Krebs schien besiegt, sie hatte neue Energien und setzte sie in die Tat um.

„Genug mit diesen soziologischen Betrachtungen", wirft Franzi ein. „Los, lass uns weiterziehen. Kurt wartet sicherlich bereits auf uns."

„Allerdings würde ich gerne einen kleinen Umweg an meiner alten Schule vorbeimachen", bitte ich meine Geschwister.

---

29 „Was wollt ihr Frauen denn Sport machen? Ihr habt doch genug zuhause und mit den Kindern zu tun."

Da dem keine/r widerspricht, stehen wir zehn Minuten später bereits vor dem alten roten Backsteinbau, aus dem unmittelbar nach meinem Abitur das Gymnasium ausgezogen ist in einen neuen Betonbau in einem entfernteren Wohngebiet.

„Diese Schule aus dem 18. Jahrhundert war bis zu meinem Abitur ein fast reines Jungengymnasium", erläutere ich meinen Geschwistern. „Allerdings hatten wir in der Oberstufe ein Mädchen aus Bayern und eine Klasse unter uns war ein weiteres Mädchen, wie auch immer die das geschafft haben; aber es hatte mit Latein als Einstiegssprache zu tun. Ich sehe noch, wie in der Mittelstufe in dem alten Kasten der Putz von den Wänden rieselte und in einer Mathestunde platzte eine Heißwasserleitung in der Decke. Wie alle SchülerInnen habe auch ich unendlich viele Erinnerungen an meine Schulzeit, aber die nachhaltigsten sind die Demütigungen in den Anfangsjahren, als wir mit über vierzig Mitschüler in der Sexta begannen und bereits im 1. Jahr sechzehn davon sitzenblieben, die meisten wegen Latein – sieben Stunden in der Woche."

„Auf dem Mädchengymnasium ging es etwas friedvoller zu, da wir mit Englisch einstiegen und auch Handarbeitsunterricht hatten", ergänzt Anne mich.

„Die bis heute erniedrigendste Erinnerung ist mein Solo mit dem Schulchor am Ende der Sexta in der großen Aula oben in der Mitte des Gebäudes. Ich musste mein weißes Kommunion-Hemd anziehen, denn wir konnten uns nicht einmal ein neues, passendes weißes Hemd für mich leisten, weil unsere Eltern das Nachbargrundstück für das neue Gewächshaus gekauft hatten, sodass ich während meines Gesangsvortrages meine viel zu kurzen Ärmel mit den Fingern herunterziehen und festhalten musste. Mein Gesang war offensichtlich mäßig, denn ich wurde nicht noch einmal dafür hervorgehoben. Über Jahre fand ich hier keine Freunde, was sich erst in der Oberstufe veränderte. Das Alleinsein-Können habe ich früh trainiert, was sich später als durchaus vorteilhaft erwiesen hat."

„Im Alleinsein-Können sind wir wohl alle stark", ironisiert meine große Schwester. „Vielleicht unterscheidet sich Joa in der Hinsicht am meisten von uns anderen."

Wir setzen unsren Weg in Richtung Auto fort, aber Annes Bemerkung scheint beim jüngsten Bruder auf fruchtbaren Boden gefallen zu sein.

„Du meinst, ich kann nicht gut allein sein?“

„Du bist mehr als wir anderen von äußerer Bestätigung abhängig“, finde ich. „Aber darüber können wir gern ein anderes Mal reden. Ich muss mir diese Stadt mal aus der Sicht einer Architektin anschauen, vor allem wie die Stadt mit den Veränderungen umgegangen ist.“

Erkennbar ärgerlich geht Joa voran, setzt sich auch von uns ab.

„Es scheint der Stadtplanung gelungen zu sein, den gesamten Ortskern historisch zu erhalten, denn diese sich schlängelnden, an den runden Stadtmauern orientierten Straßenzüge sind typisch für alte Städte, die nicht vom Krieg zerstört wurden. Die kleinen Bürgerhäuser sind alle erhalten, nicht aufgestockt und mit Stahl und Glas erweitert worden, zumindest nicht die Fronten. Man merkt der Stadt immer noch ihren kleinstädtischen Charakter an, den man offensichtlich erhalten wollte.“

„Würde jemand von euch hierherziehen?“, will ich abschließend wissen.

Alle Anwesenden schütteln demonstrativ den Kopf: „Bei allem Respekt vor den Menschen, die hier leben, niemals!“

Auf dem Rückweg machen wir einen kurzen Stopp bei einer Pizzeria und kaufen sechs fertige Pizzen ein, den Salat dazu finden wir im nächsten Geschäft.

12. Kapitel: Abendessen mit Joachim

Während wir auf unser Grundstück einbiegen, versperrt uns ein Auto die Zufahrt, das im Begriff ist, wieder wegzufahren. Am Steuer erkenne ich eine nicht mehr ganz so junge Frau mit kurzen blonden Haaren.

Wir parken wieder auf der Rückseite unseres ehemaligen Hauses auf dem Hof, Kurt kommt uns bereits entgegen. „Na, wie war der Stadtbesuch?"

„Wir hatten mannigfaltige Stadtansichten, äußere und innere", bemerkt Joa und schubst dabei seine älteste Schwester etwas von der Seite an.

„Soso, dann habe ich ja nicht so viel verpasst."

„Das sehe ich nicht so", korrigiert Marie ihren Bruder. „Ich erlebe euch fast die gesamte Zeit immer wieder neu; es kommt mir manchmal so vor, als ob ich euch kaum richtig kenne. Dieses Treffen ist für mich wie eine Entdeckungsreise und ich bin gespannt, was ich dabei noch erleben werde." Erfreut lege ich meiner mittleren Schwester dafür meinen Arm um die Schulter.

„Wer war diese nette Lady vorhin am Steuer des Autos, das davongefahren ist? Hatte sie sich in den Öffnungszeiten des Geschäftes vertan?", will ich von Kurt wissen.

„Wir haben telefoniert und sie ist kurz vorbeigekommen. Das ist Regina, meine frühere Freundin aus Jugendtagen, bevor ich nach Münster gezogen bin und dann später dort Anita kennen gelernt habe."

„Ach nee", grinst Joa seinen Bruder an. „So schnell wieder auf Freiersfüßen?"

„Von *schnell* kann nach zwei Jahren heftigster Konflikte und Enttäuschungen nicht die Rede sein. Wir haben uns kürzlich zufällig hier beim Einkaufen getroffen und uns danach verabredet. Es ist schön, wieder bei jemandem zu merken, dass man noch attraktiv und begehrt ist."

Dafür legt Joa seinen Arm um Kurts Schulter. „Welch eine Freude, du bist aus dem Talkessel heraus, wieder auf dem Weg nach oben. Ich habe mir in der letzten Zeit ernsthaft Sorgen um dich gemacht, du könntest deinen Kummer wieder in Alkohol ertränken."

„Das wird nicht mehr passieren, denn ich habe Verantwortung für drei Kinder und für ihre Zukunft", antwortet der Familienvater. „Wie sieht es denn bei dir damit aus?"

„Meine Ehe mit Britta ist ein ewiges Auf und Ab, was besonders unsere beiden Töchter Inga und Ines zu spüren bekommen; Inga ist eher an Britta orientiert, die Jüngere hängt eher an mir. Als selbstständiger Messebauer bin ich viel und vor allem an Wochenenden unterwegs, wodurch sich auch viele Missverständnisse in unserer Beziehung ergeben, wenn ich zuhause bin. Was daraus wird, ich weiß es nicht."

Derweil befinden wir uns wieder im Haus und die einen bereiten den Salat, die andern die Pizzen vor, die später nacheinander in den Backofen geschoben werden. Kurt deckt derweil den Tisch im ansonsten leeren Esszimmer mit Joa zusammen.

„Ich finde, wir haben uns als Küchengemeinschaft ganz gut gefunden, was ich gestern nur mit großer Skepsis gesehen habe", findet Marie. „Unsere Jungs haben offensichtlich Küchendienst als selbstverständliche Tätigkeit gelernt, was in unserer Kindheit und Jugend ja weniger der Fall war."

„Stimmt doch nicht", widerspreche ich ihr. „Wir mussten immer zu zweit abtrocknen, unabhängig vom Geschlecht."

„Aber Kurt und Joa brauchten später bei Tante Franziska in der Küche nichts tun", kritisiert Franzi den hereinkommenden jüngsten Bruder.

„Kennt ihr Tante Franziskas Leitspruch denn nicht?", fragt er in die Runde: „Letztlich ist die Frau ja doch zum Dienen geboren."

„Das ist so typisch für sie! Und ihre Ansichten haben auch manchmal zu Streit zwischen Mama und ihr geführt; aber jetzt im Altenheim hat sie sich gemausert, arbeitet nichts mehr im dortigen Haushalt, sondern betätigt sich organisatorisch im Seniorenbeirat."

„Ist sie denn nicht mehr in der Psycho-Klinik?“, wundert sich Joa.

„Schon seit einigen Monaten nicht mehr, ihr mentaler Zustand hat sich gefestigt, sodass sie in einem normalen Seniorenheim einen Platz gefunden hat. Ich werde sie morgen auf dem Rückweg besuchen, kommt jemand von euch mit?“

Anne und ich melden uns bei unserer kleinen Schwester und freuen uns auf den gemeinsamen Abschluss dieses Wochenendes.

„Tut mir leid, aber ich hab im Moment andere Prioritäten“, sagt Marie und Joa stimmt ihr zu: „Ich bin einfach zu selten zuhause und muss mich dringend dort mal sehen lassen.“

„Fliehst du wieder mal vor deiner Verantwortung oder musst du wirklich so viel arbeiten?“, provoziere ich meinen jüngsten Bruder.

„Ach je, da geht's ja wieder los mit deinen Sticheleien“, weicht Joa einer Antwort aus. „Wenn ich heute noch Lust habe, antworte ich dir vielleicht darauf.“

„Tante Franziska hat nach Mamas Tod doch hier alles für euch getan, hat ihre eigene Wohnung aufgegeben und hier nur zwei Zimmer bezogen. Wie wäre es, sie auch mal in ihrem neuen Zuhause zu besuchen?“, frage ich ihn.

„Lass das mal meine Sorgen sein“, antwortet er mir, „und kümmere du dich um deinen eigenen Mist.“ Alle halten sich aus unserem Streit heraus.

„Gut. Wenn ihr so wollt.“ Ich seufze etwas tiefer und fahre fort: „Ich habe sie in den verschiedenen Kliniken besucht und bin von den Therapeutinnen irgendwann ins Vertrauen gezogen worden. Tante Franziska hat nach dem 2. Weltkrieg heimlich mit dem polnischen Hilfsarbeiter auf dem Bauernhof eine Liebesbeziehung angefangen, ihre erste große Liebe. Selbstverständlich waren jegliche sexuelle Handlungen ausgeschlossen. Auf dem vier Kilometer langen Weg zu Fuß vom Dorf zurück ist er ihr eines Abends entgegengekommen und hat sie vergewaltigt. Dies hat sich noch mehrmals später wiederholt, bis dem Hilfsarbeiter gekündigt wurde, ohne dass jemand den Grund wusste – außer Onkel Wilhelm, Mamas und Franziskas ältester Bruder; der hat aber nie ein Wort darüber verloren.

Und ebenso selbstverständlich hat auch Tante Franziska niemals darüber gesprochen – auch nicht mit ihrer Schwester, denn das hätte unsere Mutter mir später erzählt. Wie oft war Tante Franziska später verlobt und hat diese nach ein paar Jahren gelöst, wenn diese Verlobten auf eine Heirat drängten? Viel später hat sie mir einmal erzählt, dass sie kniend am Altar und verzweifelt um Eingebung gebetet hat, und nach ihrer Entscheidung wäre sie jedes Mal so erleichtert gewesen. Die tiefsitzende Angst vor einer Heirat mit sexuellen Pflichten hat Tante Franziska unverheiratet bleiben lassen. Wie viele ‚Nenn-Onkel' haben wir in unserer Kindheit und Jugend kennen gelernt, die am Sonntag mit uns spazieren gingen?"

Fassungsloses Schweigen um mich herum, nur Franzi muss mit den Tränen kämpfen: „Warum um alles in der Welt hast du ihr dann auch noch vorgeworfen, dass sie doch froh sein könnte, dass sie sich in unsrem Haus um uns drei Jüngere kümmern dürfte?"

„Von diesen Vergewaltigungen habe ich erst später nach ihrem 60. Geburtstag in einer der psycho-therapeutischen Kliniken erfahren. Ji sallt mi dankbar sien, datt ik datt fö ju doe,[30] war der häufig von ihr geäußerte Satz. Worauf ich ihr eines Tages in deiner Anwesenheit wütend entgegnet habe: ‚Du kannst doch froh sein, dass du diese Mutterrolle bei den dreien ausüben kannst, da du sonst allein in deiner Wohnung gesessen hättest; so bekommst du große Anerkennung im gesamten Dorf und wohnst zusätzlich nicht mehr allein.' Das war das einzige Mal, dass ich Tante Franziska habe weinen sehen."

„Sie war mit ihrer neuen Rolle mit uns sehr oft überfordert und hat es so gut gemacht, wie sie konnte, mehr war bei ihr eben nicht drin", ergreift Franzi noch einmal Partei für sie. „Heute glaube ich, dass Tante Franziska manchmal eifersüchtig auf Mama war."

Anne stimmt ihr zu: „Sie hat unserer Mutter gelegentlich vorgeworfen, zu nachsichtig mit uns zu sein, zu verständnisvoll und hat dabei von Papa Unterstützung erhofft – jedes Mal vergeblich."

---

30 „Ihr sollt mir dankbar sein, dass ich das für euch tue."

„Wie lange hat Tante Franziska eigentlich bei uns gelebt?“ Joa erntet nur fragende Gesichter.

„In dem Jahr nach Kurts Geburt wurde unser großes Haus zu klein, die Familie Kaminsky verließ es nach und nach – und Tante Franziska zog ein. Sie hatte bis dahin nur auf ihrem elterlichen Hof – ohne besonderes Einkommen – für Onkel Wilhelm und seine Frau gearbeitet; nun bekam sie Kost, Logis und Einkommen bei uns“, kläre ich meine Geschwister auf.

„Sie hat doch meist mit Papa zusammengearbeitet, im Sommer oft schon morgens um 5 Uhr auf dem Friedhof?“, erinnert sich Marie. „‚Wenn du ihn nicht willst, ich nehm' ihn sofort‘, soll sie doch zu Mama gesagt haben anlässlich des Hochzeitsantrages unseres Vaters auf dem Bauernhof.“

„Ihre Konkurrenz zu unserer Mutter war – mal mehr, mal weniger – unterschwellig immer vorhanden. Sie fand aber ihren Höhepunkt in dem Jahr, als Mama für einige Zeit ins Krankenhaus musste wegen der Geburt unseres dann doch verstorbenen kleinen Bruders – Ludwig sollte er heißen wie Mamas Lieblingsbruder. Tante Franziska übernahm in dieser Zeit immer häufiger eine Erzieherrolle, die ihr nicht zustand und Oma ließ sie leider gewähren, Papa war emotional und beruflich zu beschäftigt. Das hat mich eines Tages so aufgebracht, dass ich sie weinend angeschrien habe: ‚Du bist nicht unsere Mütter und du wirst es niemals werden‘, worauf sie mir eine Ohrfeige gab – die erste und einzige in meinem Leben. Am selbigen Nachmittag bin ich heimlich auf ihr Zimmer geschlichen, habe den auf dem Bett liegenden, in Seidenpapier eingewickelten blumigen Stoff für ein neues Kleid dort vorgefunden und – systematisch in Fransen geschnitten; die Schere dafür lag auf ihrem Nachttisch.“

Offene Münder meiner Geschwister: „Und – was hat Tante Franziska dazu gesagt?“

„Sie hat sich nicht getraut, Papa davon zu erzählen, denn sie hatte längst begriffen, dass unsre Eltern zwar streng waren, aber immer zuerst zu uns hielten. Für eine Bluse hat der Stoff dann noch gereicht“, ergänze ich schmunzelnd. „Kurz nachdem Mama aus dem Krankenhaus zurückkam, hat ihr gemeinsamer Bruder Onkel Josef dafür gesorgt, dass Tante

Franziska eine Anstellung in der Gemeinde bekam und auch eine eigene Wohnung oben in der alten Volksschule."

„Immerhin begreife ich erst heute ihre fehlende Empathie, ihr oft harsches Auftreten uns gegenüber", konzediert Joa langsam. „Welch eine doppelte Tragik und sicherlich leider sogar typisch für Nachkriegsdeutschland. Wenn ich heute Abend noch wegkomme, schaue ich kurz bei ihr rein."

Ohne besondere Vorfreude begeben wir uns mit den Speisen ins Esszimmer. Kurt hat dort auf uns gewartet und schaut uns etwas verwundert an:

„Und – Fortsetzung der innerfamiliären Diskussion?"

„Nein, dieses Mal war Tante Franziska das Thema", entgegnet Joa, „und es hat mich erschreckt, wie wenig ich in all den Jahren von ihr wissen wollte oder wahrgenommen habe. Sie war nur anwesend, hat ihre Funktion als Mutter-Ersatz mehr schlecht als recht ausgeübt und durch Pete erfahre ich nun, woran das gelegen hat. Ich muss ihr wohl im Nachhinein Abbitte leisten. Wir erzählen dir die Zusammenhänge später, jetzt habe ich schon wieder Hunger."

„Du meinst wohl, Appetit, denn Hunger haben wir nicht kennen gelernt", korrigiert ihn Marie leicht ironisch, „aber zuerst muss ich zum Rauchen auf die Terrasse."

„Ich komme mit, auch wenn ich zwischendurch versucht habe damit aufzuhören."

Während Joa und Marie draußen ihre rauchige Luft genießen, verteilen wir anderen vier die erste Pizza nach unserem Gutdünken. Ich bringe den beiden je ein Viertel nach draußen, was sie gleich verschlingen.

„Was hast du eigentlich damals nach deinem Abitur am Overberg Kolleg in Münster gemacht? Das war die Zeit, in der jeder von uns sein eigenes Leben entdeckt und gelebt hat, mit allen Höhen und Tiefen."

„Ich hab mich neu verliebt in Sandy, eine etwa fünf Jahre ältere Frau und Sängerin in einer Band. Nach einigen Wochen bin ich bereits zu ihr und ihren drei Kindern gezogen, habe versucht, Familie zu spielen, und nach zwei Jahren gemerkt, dass dies nur ein Wunschbild ist, quasi eine soziale Fata Morgana. Ich hatte wohl eine große Sehnsucht nach einem normalen Leben, wie mir erst viel später bewusst wurde. Ich wollte wieder eine Familie, wie es sie in meiner Kindheit gegeben hatte, ein Wunschtraum – vielleicht bis heute."

„Die Normalität ist grundsätzlich eine Sehnsucht", werfe ich ein. „Denn wir alle sechs haben so viele Deutungen und Formen von Normalität kennen gelernt, dass es die eine Normalität gar nicht geben kann, auch wenn uns dies von manchen Politikern immer noch vorgegaukelt oder so verkauft wird."

„Hm - interessante Sichtweise – darüber muss ich gelegentlich nachdenken. Übrigens hat sich in dieser Zeit beruflich für mich eine interessante Perspektive als Mitarbeiter bei einem Messebauer ergeben. Ich habe mein völlig uninteressantes Scheinstudium an den Nagel gehängt und bin viel in Deutschland herumgekommen. Irgendwann hatte ich den Mut und die Kontakte und habe mich selbstständig gemacht. Und so verdiene ich heute mein bzw. unser Geld. Britta macht die Buchführung, neben den beiden Kindern."

„Wir sehen uns übrigens immer wieder mal zwischendurch", erklärt Marie ihre Vertrautheit mit unserem Bruder.

„Kommt ihr rein, mir wird es zu frostig", fordere ich die beiden Qualmer auf, aber beide bleiben in ihren karzinogenen Dunstwolken.

„Sich vorzustellen, dass in diesen beiden leeren Räumen vor dem Umbau die getrennten Schlafzimmer unserer Eltern und unserer Oma waren, dazu gehört schon Phantasie", bemerkt Franzi bei meinem Eintritt. „Ich war auch zu jung, um mich noch an unser Haus vor dem Umbau zu erinnern. Aber immerhin hat Papa in beiden Zimmern die alten Holzdielen gelassen."

„Der äußere Umbau unseres schönen alten Hauses mit Gauben und Erkern nach Omas Tod kennzeichnet den Willen zum Genormten, wobei die Renovierung sicherlich dringend nötig wurde", erklärt uns die Fachfrau. „Die Architektur von Bürgerhäusern vor dem 1. Weltkrieg ließ genügend Freiraum für individuelle Phantasie, da sie verspielt genug war, sodass die Bewohner sich darin persönlich auch wiederfinden konnten. Aber wie sehr haben wir als Kinder im Winter in unsren Schlafzimmern gefroren – habt ihr die Eisblumen an den Fenstern schon vergessen? Der große, dunkelgrüne Kachelofen zwischen Treppenhaus und Wohnzimmer verschwand beim ersten Umbau, und eine Koksheizung wurde eingebaut; endlich hatten wir jeden Tag ein warmes Badezimmer und überall geheizte Räume."

„Der alte Boiler hinten im alten Bad wurde nur einmal pro Woche angeheizt und das Badewasser musste gleich mehrmals benutzt werden. Wie ekelig, würde man heute sagen."

„Petes Erinnerungen teile ich, wobei wir uns natürlich niemals nackt sehen durften; denn das Thema ‚Körper und Sexualität' wurde doch komplett ausgespart. Wir sind doch alle ohne jegliche Aufklärung in die Pubertät hineingestolpert - oder?"

„Außer ich natürlich – dank deiner all umfassenden Sexualkunde im Vorschulalter", ironisiert Franzi.

Ohne näher darauf einzugehen, setzt Anne ihren Fachvortrag fort: „Die Bausubstanz unseres alten Hauses war teilweise morsch oder brüchig geworden, sodass ein neues Dach und vor allem ein neuer Boden zwischen Erd- und erstem Obergeschoss eingezogen werden mussten. Einen Monat vor dem geplanten Umbau mussten die Pläne aufgrund von Omas plötzlichen Tod noch einmal geändert werden und wir konnten viel großzügigere Räume ausbauen."

„Warum möchte denn heute jeder Stadtbewohner möglichst in Altbauwohnungen mit solchen alten Holzdielen leben, ist es der Charme mangelnder Perfektion?", denkt Franzi laut nach.

„Ich denke, es ist das Bedürfnis, sich von der Masse abzuheben im Zeitalter der Individualisierung, denn mit jedem individuellen Merkmal hat der Mensch eher das Gefühl von Einzigartigkeit", setze ich Franzis Gedanken laut fort. „Und wie ich wohne, ist doch bis heute ein Hauptmerkmal der Selbstdarstellung, wenn man die nötigen Mittel dazu hat."

„In meinem Beruf erlebe ich Veränderung viel stärker, da Architektur als Ausdruck von Zeitgeist anzusehen ist, sodass diese zwei überdimensionierten Fenster typisch für diese Bauperiode sind. Daraus würde man heute jeweils zwei große Sprossenfenster machen, was energetisch eine bessere Einsparung bedeutet. Allerdings nimmt dieser durchgehende Wohn-Ess-Bereich die Entwicklung vorweg und war auch aus heutiger Sicht eine gute Lösung. Erfreulich, dass ihr das immerhin so gelassen habt“, fügt sie in Richtung ihres jüngeren Bruders hinzu.

„Auf diesen großen Fensterbänken auch in den damaligen neuen Bungalows mussten mehrmals im Jahr die Blumen ausgetauscht werden, was für die Außenwirkung und unseren Umsatz vorteilhaft war“, erläutert Kurt seine Sicht der Dinge. „War eigentlich jemand von euch schon einmal in Joachims neuem Haus?“

„Ich – ein nettes Häuschen am Stadtrand mit kleinem Garten, genug für seine vierköpfige Familie“, finde ich. „Allerdings scheint er sich mit der Finanzierung verhoben zu haben, aber dazu möchte ich besser nichts sagen.“

„Das möchte ich dir auch empfehlen“, kommt Joa von draußen herein.

„Findet das Abendessen jetzt auch mit dir statt? Dann hole doch gleich die nächste Ration Pizza aus der Küche“, bitte ich ihn. Und zu Marie gewandt: „Ich muss es einmal loswerden – Papa ist unter anderem an den Folgen seines Zigarren-Rauchens gestorben, Mama hat sich danach über fünf Jahre vergeblich gegen den Krebs gewehrt. Wieso kannst du nicht mit dem Rauchen aufhören? Joa scheint es immerhin periodisch zu versuchen.“

„Was maßt du dir an, mich über Sucht zu belehren, wo du doch deine Sucht bei und mit Männern austobst“, provoziert mich meine Schwester. „Außerdem hat Joa zwischendurch gekokst, was ich für erheblich gravierender halte.“

Mit tiefem Seufzer lasse ich diesen Vorwurf der Sex-Sucht auf mir sitzen, wohl wissend, dass Marie recht hat. Den Drogenmissbrauch meines Bruders übergehe ich jetzt besser, denke ich, denn diese Diskussion führt zu Nichts. „Ein Leben im seelischen Gleichgewicht zu führen, wird uns

– wie den meisten Menschen – nur schwer gelingen, wenn man solche traumatischen Erfahrungen gemacht hat wie besonders ihr drei Jüngeren", lenke ich ein. „Aber mit den Vorerkrankungen unserer Eltern scheint Nikotin bei vier von uns keinen Erfolg zu haben, was mich etwas tröstet."

„Ich denke nicht, dass genetische Faktoren so sehr bestimmend sind in unserem Leben", kommt Joa mit Pizza-Begleitung zurück. „Ohne fatalistisch zu sein, glaube ich viel eher an die Zufälle im Leben. Denkt doch einmal nach, wie sich unser Leben anders entwickelt hätte, wenn unsere Eltern weitergelebt hätten?"

„Zufall ist der Verzicht auf einen logisch-kausalen Zusammenhang", wirft Franzi etwas lehrerhaft ein.

„Auch ich finde das zu hypothetisch", entgegne ich, „einzige Kriterien für mich sind die materielle Sicherheit und emotionale Geborgenheit unseres Elternhauses, die wären für uns Halt und Orientierung gewesen, wenn unsere Eltern weitergelebt hätten. Wenn wir über die Zufälle im Leben nachdenken wollen, würde ich das Leben ab heute eher nach hinten aufrollen. Ich habe durch einen Zufall Frank kennen gelernt und mich gleichzeitig dadurch von Michael getrennt. Diese Trennung hat zu einer neuen Wohnsituation in Osnabrück geführt und zu neuen Bekannten und Freunden, die mich beruflich auf neue Ideen gebracht haben. Diesen Weg zurück könnte ich auf einem durchlaufenden Diagramm aufzeichnen und würde so auf alle Zufälle in meinem Leben stoßen. Je nachdem, wie ich mir die einzelnen Fragen an dem jeweiligen Scheideweg meines Lebens beantworte, komme ich auf unterschiedlichem Wege in meine Jugend hier nach Rinkeln zurück."

„Das finde ich tatsächlich spannend", pflichtet mein jüngster Bruder mir bei. „Du meinst also, dass ich begreife, warum mein Leben so und nicht anders verlaufen ist?"

„Ja, genauso", setze ich seinen Gedanken fort. „Du erkennst die Holzwege, Sackgassen, die von dir ignorierten Wegweiser durch Freunde oder Beruf, die vielleicht sogar verspielten Chancen – und am Ende gewinnst du Klarheit über dich selbst. Allerdings kann die Erkenntnis, dass du Chancen verpasst hast, bitter für dich sein."

„Das wird mir zu anstrengend für einen unterhaltsamen Abend", unterbricht Joa meine Überlegungen und Kurt und Marie pflichten ihm bei.

„Aber versuche doch einmal deine Muster dabei zu erkennen", insistiere ich, „wenn du an bestimmten privaten Scheidewegen dich jeweils erneut für einen Beziehungsabbruch entschieden hast anstatt für eine Fortsetzung mit Kompromissen, die beide Beteiligte eingehen auf der Basis von – vielleicht sogar schriftlichen – Abmachungen?"

„Wer von euch hat denn seine Beziehungen jeweils abgebrochen, wenn sie zu eng oder zu vertraut wurde, wenn die emotionale Nähe und Vertrautheit miteinander zu einem unverzichtbaren Bestandteil eures neuen Beziehungslebens wurden?", will Anne von uns wissen.

„Verstehe ich nicht", sagt Joa. „Lass uns doch besser wieder was trinken; mir wird das hier zu psychologisch!"

„Ganz einfach", ergänzt Anne, „unsere Eltern hatten ein derart symbiotisches Verhältnis, dass unsere Mutter nach Papas Tod keine Kraft mehr aufbrachte, um für uns von Neuem weiterzuleben. Ihre Krebsdiagnose bekam sie schon fünf Monate nach seinem Tod. Krebs kann psychische Ursachen haben. Sicherlich wollte sie uns nicht allein zurücklassen und ganz sicher nicht sterben, aber ihre Kraft zum Überleben hat nicht gereicht, sodass mit Papas Tod ihr Leben ebenfalls langsam energielos wurde, so als wenn jemand einen Stöpsel aus ihrem Körper gezogen hätte."

„Das sehe ich genauso wie Anne", setze ich ihren Gedanken fort, „denn Mama hat mich nach Papas Tod nur noch gelegentlich nach dem sonntäglichen Kirchengang an unsere alte Mutter erinnert, die so unglaubliche Energie und Lebensfreunde ausstrahlte wie kaum eine Frau in unserer Verwandtschaft oder Umgebung. Mir scheint, wir Älteren haben unterschwellig Ängste entwickelt vor zu viel Nähe in unserer jeweiligen Beziehung, sodass wir sie – wenn die gegenseitige emotionale Abhängigkeit zu intensiv, aber noch lange nicht symbiotisch wurde – intuitiv beenden."

„Wenn ich ehrlich bin, muss ich euch beiden Recht geben, was meine früheren Beziehungen angeht", stimmt Marie uns zu. „Auf meine jetzige Beziehung trifft das aber nicht zu, wie ihr bereits wisst."

„Ich habe Anita rückhaltlos vertraut – und bin damit gescheitert, also trifft eure Theorie auf mich auch nicht zu", ergänzt Kurt.

„Und ich lebe immer noch mit meiner ersten Beziehung zusammen und wir freuen uns jeden Tag über unsere Tochter", fügt Franzi hinzu.

„Meine Beziehungen gehen euch nichts an und ihr haltet euch besser da raus", versucht Joa sich unserer Diskussion zu entziehen.

„Alle deine Beziehungen der letzten fünfzehn Jahre, die länger als zwei bis drei Jahre gedauert haben, sind doch immer nach demselben Muster abgelaufen wie bei der mythologischen Gestalt des Sisyphus: Wie bei allen Menschen bist auch du zu Beginn himmelhoch jauchzend, trägst quasi deine neue Freundin auf Händen, erfüllst ihr möglichst jeden Wunsch – wie eine neue Küche für Sandy oder einen kompletten Hausumbau für Sandra oder gleich den Kauf eines neuen Hauses für deine jetzige Frau Britta, aber je länger die Beziehung dauert, je mehr Vertrauen ihr zueinander entwickelt und je mühseliger sie aber auch wird, desto mehr ziehst du dich wieder zurück und bist nicht bereit, für etwas zu kämpfen, den Stein – um im Bild zu bleiben – bis nach oben hin zu rollen und überhaupt dafür Energie aufzubringen. Du hast deine Freundinnen fallen gelassen wie einen zu schwer gewordenen Stein – und fängst mit einer neuen wieder unten an."

„Und wenn ich einfach nur nach einigen Jahren die körperliche Attraktivität in meiner Beziehung vermisse, anstatt dass die Ursachen in euren Psycho-Erklärungen zu finden sind?"

„Du willst und wirst hoffentlich nicht bestreiten, dass vor allem Franzi und du mit dem frühen Tod unserer Eltern eine traumatische Erfahrung gemacht habt. Ihr wart einfach zu jung, um eine derartige menschliche Katastrophe verarbeiten zu können. Dies kann zu einer seelischen Fehlentwicklung führen, wenn diese belastenden Erlebnisse nicht angemessen verarbeitet werden; daraus entwickelt sich eine Neurose."

„Du nennst mich neurotisch!", ruft Joa aus, „davon hast du doch keine Ahnung, nur angelesenes Halbwissen – du Lehrer!"

„Gesunde Menschen bejahen sich so wie sie sind mit all ihren Fehlern und Schwächen, neurotische Menschen lehnen sich ab, wenn dieses Bild nicht ihrer Vorstellung von sich entspricht, sie fragen sich nicht, wie zum Beispiel Erfolg wirklich ist, sondern wie er sein sollte, damit er vor allem von anderen bestätigt wird. Denn der Grundirrtum liegt bei euch Neurotikern darin, dass ihr eurer Person mehr Bedeutung zumesst, als ihr in Wirklichkeit zukommt. Eine Akzeptanz der Realität findet im Grunde nicht statt. Du willst die Realität einfach nicht sehen! Es ist immer leichter zu glauben, was man *ohnehin* annimmt, als seine Einstellung zu ändern."

Ruhe. Meine anderen Geschwister haben ihre Pizza weiter gegessen und zugehört – sie hätten ja auch gehen können. Wir beiden Streithähne sitzen uns gegenüber und unser Essen bleibt liegen.

„Ich habe in meinen Therapien gelernt, dass letztlich niemand verbindlich entscheiden kann, was als normal, neurotisch oder gestörte Persönlichkeit aufzufassen ist", korrigiert Anne meine Darstellung und ergreift damit für Joa Partei, was er wohlwollend zu Kenntnis nimmt.

„Stimmt", muss ich zugestehen, „aber warum hat unser jüngster Bruder denn über Jahre Kokain mal mehr und mal weniger geschnupft, wie ich von seiner Frau Britta weiß, mit der ich befreundet bin – nur zu eurer Information. Ich möchte dabei gar nicht von den Kosten reden, sondern von dem Substanz-Missbrauch, im Sinne einer krankhaften Lösungsstrategie für seine neurotischen Symptome. Neurotiker akzeptieren zwar grundsätzlich die Wirklichkeit, ihre Wahrnehmung wird aber durch Abwehrmechanismen verzerrt – wie zum Beispiel durch Drogen." „Abgesehen davon, dass meine Frau dir Ehe-Interna erzählt, ist es mir doch scheißegal, dass du mich für einen Neurotiker hältst. Was hast du davon? Gibt dir das irgendwas?", bemerkt er giftig und offenkundig verletzt.

„Nein. Es macht mich nicht zufriedener, sondern es macht es mir einfacher, unsere Beziehung zu verstehen", versuche ich ihn zu beruhigen. „Wir beide haben ein ‚neurotisches Verantwortungsverhältnis', wobei du der Neurotiker bist. Seit zwanzig Jahren lässt mich mein schlechtes Gewissen, dich mit deinen Problemen alleingelassen zu haben, nicht los bis in meine Träume, und immer wieder bin ich bereit, dir nachzugeben. Dass du dieses schlechte Gewissen – sehr gezielt, aber wohl nicht vorsätzlich – ausnutzt, kann ich dir nicht vorwerfen. Aber damit ist ab heute Schluss! Übernehm doch endlich Verantwortung für dich selber!"

Ruhe. Keiner isst mehr. „Das ist ja mal ein schönes Abendessen, was habe ich das vermisst", sagt Marie bitter in die Runde, steht auf und geht wieder zum Rauchen vor die Tür.

„Findet ihr denn nicht, dass einer von euch mir beispringen könnte?", schaut Joa seine übrigen Geschwister Hilfe suchend an. „Schließlich hatte ich die Arschkarte als dreizehnjähriges Kind, das innerhalb von fünf Jahren beide Eltern verloren hat und keiner war da, um mir zu helfen."

„Und was ist mit mir?", entgegnet Franzi. „Ich bin sechs Jahre jünger als du und ich scheine keine Neurosen entwickelt zu haben."

„Ich weiß seit einigen Jahren nicht mehr genug über dich als nur so viel, dass du deine Realität akzeptierst und auch die Menschen um dich herum, wie sie sind. Du hast dir seit über zehn Jahren eine familiäre und berufliche Existenz aufgebaut, gegen sehr viele Widerstände, und hast nie aufgegeben. Du hast ein positives Menschenbild und machst in deiner Kritikfähigkeit nur selten vor dir halt."

„Wow, so viel Lob von meinem großen Bruder", entgegnet Franzi. „Das bin ich gar nicht gewohnt."

„Joa, du könntest dir davon eine Scheibe abschneiden, finde ich. Es steht mir nicht mehr zu, dich als erwachsenen Mann zu kritisieren, aber eine etwas kritischere Eigenwahrnehmung hat noch niemandem geschadet."

„Danke große Schwester", antwortet der Kritisierte, „aber gewöhne dich endlich an den Gedanken, dass du diese Rolle als große Schwester für mich nicht mehr hast. Es kotzt mich an, dass du dich immer wieder auf dein hohes Ross schwingst und mir von oben herab Moral oder Verhaltensmaßregeln vorschreibst."

„Und kapier du endlich, dass weder Pete noch ich eine elterliche Verantwortung für dich hatten oder haben konnten, da wir beide damit komplett überfordert gewesen wären. Es ist bis heute tragisch, dass es damals keinerlei psychologische Hilfen gegeben hat und wir alle – besonders Franzi und du – euch selbst überlassen wart. Ich werde wohl nie mein schlechtes Gewissen ganz los, dich und euch allein und euch selbst überlassen zu haben."

„Und mach endlich deinen Sargdeckel über alle deine unterdrückten, einbetonierten Gefühle auf und rede mit uns über deine damaligen Ängste und Verletzungen!", füge ich noch hinzu.

„Gut, wenn wir schon mal darüber reden: Wer von euch ist mir denn zu Hilfe gekommen, wenn ich in diesem Dreieck zwischen Wohnhaus und Anbau mit einem hohen Draht eingesperrt war, weil keiner Zeit hatte, sich um mich zu kümmern? Stattdessen habt ihr mich gehänselt von außerhalb des Drahtes wie in einem Zoo. Und wenn sich jemand wundert, warum ich so jähzornig geworden bin: Hier habt ihr die Erklärung!"

„Oh je, das hatte ich völlig vergessen", gestehe ich, „willst du nicht weiter darüber reden?"

„Darauf könnt ihr lange warten", schleudert er uns heftig entgegen, steht abrupt auf, sein Stuhl kippt nach hinten. „Ihr habt euch schon damals einen Scheiß um mich gekümmert, und das hat sich bis heute fortgesetzt: Vielen Dank dafür!" … und raus ist er.

„Weiß einer von euch, was mit ihm los ist?", fragt Anne in die schweigende Runde.

„Er ist auch in seiner jetzigen Beziehung an einem Punkt angekommen, wo er sich selbstkritisch hinterfragen müsste, aber laut Britta verweigert er sowohl ein sachliches Gespräch als auch eine therapeutische Eheberatung", kläre ich meine Geschwister auf.

Was ist das für eine komplette Scheiße! Wieso war ich so blöd und hab mich sentimentalen Erinnerungen und Hoffnungen hingegeben und tatsächlich ein ganzes freies Wochenende geopfert für diese Drecksbande?

Außer vielleicht Kurt hat mich so wie so keiner von ihnen verstanden, und Kurt ist doch quasi stumm, traut sich fast nichts zu. Er muss seine kleine Welt retten oder wieder in Ordnung bringen. Ich hab wirklich nichts mit meinen Geschwistern gemeinsam. Ich stolpere oben ins Zimmer, krame ich in meiner Tasche: Uff, da ist es, das schöne weiße Zeug, das mich den Scheiß hier vergessen lässt. Fein säuberlich verteile ich die weiße Menge auf der Marmorfensterbank und ziehe am Röhrchen ihren weißen Staub in meine beiden Nasenlöcher – wow – dröhnt es in meinem Kopf. Ich lasse mich langsam auf das Bett sinken, schließe beide Augen und in mir kriecht langsam ein Unbehagen in meinem Körper hoch; Nein - will ich nicht - lass mich - will ich nicht. Mein Bruder Peter steht hinter mir vor dem Spiegel in seinem Schlafzimmer - lass das, nein, lass das, denke ich, sage es aber nicht, er ist mein großer Bruder, mein großes Vorbild, er macht immer alles richtig. Wieso hab ich nur eine Unterhose an? Wiese steht er hinter mir mit offener Hose und sein erigierter Schwanz bäumt sich hinter mir auf? Es ist alles in Ordnung, beruhigt er mich. Papa und Mama brauchen davon nichts zu wissen. Ich fröstele so stark, dass mein ganzer Körper anfängt zu zittern. Selber aufgeregt zitternd versucht er mich von hinten zu umfassen. Ganz ruhig, sagt er, keine Angst, ich tue dir doch nichts. Wieso ist aber mein Gefühl ein anderes? Ich entwinde mich ihm und laufe weg, ganz schnell aufs Klo, schließe ab und muss weinen.

Der Alptraum hört nicht auf. Nur weg von hier. Hoffentlich hört mich keiner auf dieser scheiß knarrenden Treppe. Nur ab nach draußen – an die Luft. Weg von all diesen Erinnerungen. Ab in die Blumenfelder meiner Kindheit.

13. Kapitel: Party

Während der Tisch aufgeräumt wird, gehe ich zum Auto und hole den mitgebrachten Radiorekorder ins Haus. „Du hast dich wie üblich verdrückt", stichelt Franzi.

„Und wie kommt es, dass du aufräumst?", kommt prompt meine Retourkutsche. „Du hast doch eine Aufräum-Schwäche mit Wegschmeiß-Phobie, wie du mir selbstkritisch mal gestanden hast."

„Ach so, das bezieht sich nur auf das Große und Ganze, das Alltägliche schaffe ich so gerade."

„Ich liebe deine Selbstironie", freue ich mich mit ihr und helfe ihr gleichzeitig bei dieser lästigen Pflicht.

„Aber sag mal, woher stammt denn dieses silberne Teil dort auf dem Tisch?"

„Ich habe den Rekorder aus der Schule entliehen und eine Kassette mit Liedern aus unserer Jugend Anfang der 70er darauf aufgenommen", erkläre ich den drei weiteren Küchen-Fleißigen, denn Joa ist nicht dabei.

„Aber was soll ich damit anfangen, meine Jugendmusik sind die späten 80er", moniert Franzi.

„Ich bin sicher, dass du auch hiermit Erinnerungen verbindest", beschwichtige ich sie. „Ich habe natürlich primär unsere Musik aus den beginnenden 70ern aufgenommen, da wir hier noch – mal mehr oder mal weniger – zusammenkamen, wie zum Beispiel an den Feiertagen, zumal ihr drei hier noch lebtet." Ich stelle den Rekorder im leeren Wohnzimmer auf die große Fensterbank, drücke die Taste für die eingelegte und bespielte Kassette:

„Music was my first love and it will be my last - music of the future and music of the past" - wenn irgendetwas mein Musikempfinden widerspiegelt, dann dieses grandiose Werk von John Miles von 1975: Alle Musikstile sind darin vereint, die mich emotional bewegen. Und meine anderen Geschwister kommen bei diesen sowohl symphonischen als auch rockigen Klängen nach und nach ins große, leere Zimmer, mit Bier oder Wein in der Hand, spitzen zum Teil ihre Ohren, erkennen es aber auch teilweise wieder. Entspannung macht sich breit. Joa fehlt.

„Als Kontrast dazu habe ich auch etwas zum Mitsingen dabei: ‚Am Tag, als Conny Kramer starb' von Juliane Werding."

„The night they drove old Dixie down – ich kenne noch das Original von Joan Baez", freut sich Anne, gemeinsam singen wir den deutschen Refrain laut mit – außer Franzi, die staunend ihre Geschwister anschaut, die bereits weinselig anfangen rhythmisch zu schunkeln.

„Wir lagen träumend im Gras
die Köpfe voll verrückter Ideen
da sagte er nur zum Spaß
komm lass uns auf die Reise gehen
doch der Rauch schmeckte bitter
aber Conny sagte mir, was er sah
ein Meer von Licht und Farben
wir ahnten nicht, was bald darauf geschah."

Und alle grölen wir lauthals:

„Am Tag, als Conny Kramer starb und alle Glocken klangen.
Am Tag, als Conny Kramer starb und alle Freunde weinten um ihn.
Das war ein schwererer Tag, weil in mir eine Welt zerbrach."

Bis dahin ist unsere Stimmung gut, alle können dieses Mal bis zum Refrain mitsingen, denn gemeinsam singen hat uns schon in der Kindheit verbunden.

„Am Tag, als unser Vater starb, die dumpfen Glocken klangen.
Am Tag, als unser Vater starb, so viele weinten um ihn.
Das war ein schwerer Tag, weil in uns eine Welt zerbrach", singe ich leise vor mich hin.

Doch mit diesem Text bricht unser Geschwisterchor jäh ab und Juliane Werding singt allein zu Ende. Schlucken und Schluchzen. Aufstehen und Allein-sein. Genauso hatten wir auch die vergangenen Jahre bewältigt. Aber dieses Wochenende hatte doch gezeigt, dass wir auch zusammen und gemeinsam eine Perspektive hatten. Ich nehme die erstbeste neben mir stehende Schwester in den Arm und alle anderen kommen dazu. Für einen Moment verharren wir in dieser Position, atmen tief durch und lassen voneinander. Anne findet als Erste wieder ihre Stimme:

„Warst du nicht in den Sommerferien nach Papas Tod vier Wochen in Amsterdam auf Droge?"

Ich seufze tief: „Ich hatte die Mittlere Reife und wusste nicht, was ich danach machen sollte. Also hab ich meinen Kumpel Manfred gefragt – und ab nach Amsterdam, damals das Ziel von tausenden jungen Menschen. Schon nach wenigen Tagen war ich am Rande der Drogenabhängigkeit durch Nächte mit Drogenpillen, die sechs bis acht Stunden ohne Kontrolle und Bewusstsein abliefen, die Morgenstunden dann unter einer Brücke im Vondelpark außerhalb der JHB, da das Wetter heiß und trocken war, die Nachmittage dahin vegetierend am Damm wieder kiffend oder bereits mit Bierkonsum, irgendwo etwas zu essen auftreibend; und am späten Abend wieder in den Melkweg oder ins Paradiso mit Life-Bands und psychodelischer Musik – jeder Tag war wie der andere. Es war der absolute Tiefpunkt meines bisherigen Lebens – tiefer bin ich danach nicht mehr gesunken durch völligen Kontrollverlust über mein Leben."

„Woher hattest du das Geld?", will Franzi wissen. Betroffenheit sieht anders aus, denke ich.

„Ich habe schon mit vierzehn für mein erstes eigenes Herrenfahrrad zwei Wochen in einer Tischlerei geschuftet und vorgestanzte Löcher gebohrt in Tischbeine, danach in den Ferien bei Gebrasa die Maschinen gesäubert. Mama hatte keine Ahnung, wohin unsere Reise gehen würde, mit einem damaligen Kumpel von einer benachbarten Realschule, mit dem ich die folgenden drei Jahr jeweils vier Tage über Ostern nach St. Goar zur JHB getrampt bin; dort habe ich übrigens auch meine erste richtige Freundin Caroline Rope aus Coggeshall near Colchester kennengelernt. Das Reisen kostete nichts, da wir ausschließlich trampten, was übrigens manchmal endlos zu dauern schien. Ich habe auf diesem Wege auch meine einzige weibliche Klassenkameradin in der Oberstufe, die gebürtig aus der Nähe von Dachau kommt, dort besucht. Damals dauerte es beinahe genauso lange von hier bis Wünnenberg-Haaren wie von dort bis nach Dachau, denn dieses Autobahnkreuz war der erste erreichbare AB-Anschluss nach Süden. Anne und Marie können vom Trampen auch ein Lied singen."

„Besser nicht", antwortet Marie, „die manchmal übergriffigen Männer waren nicht so einfach abzuwehren."

„Ich hatte damit keine Probleme", widerspricht ihr Anne. „Ich habe zuerst in den Wagen geschaut und habe auch schon mal die Tür wieder zugeschlagen, wenn ich ein mulmiges Bauchgefühl hatte."

„Du willst sagen, ich bin mit jedem gefahren?", schaut Marie ihre Schwester vorwurfsvoll an.

„Nein, aber du warst damals viel vertrauensvoller und gutgläubiger, finde ich im Nachhinein und es freut mich besonders als deine Schwester, dass du kritischer mit deiner Umgebung und den Menschen geworden bist."

„Wie bist du aus diesem Drogensumpf denn herausgekommen?", hakt Marie nach, das Lob ihrer Schwester ignorierend.

„Weil ich eine reale Alternative zu den Drogen und der dauernden Kontrolllosigkeit gesucht habe. Ich fand es so deprimierend, dort fast jede Nacht auf zwei Klassenkameraden zu treffen und kein Wort mit ihnen zu reden, nur zu kiffen und halb betäubt auf dem Boden zu sitzen. Ich habe damals auch meine ersten sexuellen Erfahrungen mit einem holländischen Mädchen gemacht und mich nie um Verhütung gekümmert, was mir tatsächlich erst zuhause richtig bewusst wurde; ich hatte monatelang Angst, dass ich einen Brief mit der Nachricht, Vater geworden zu sein, bekommen könnte: Das war sehr ernüchternd. In dieser Zeit bin ich politisch tätig geworden in der neuen SMV an der Schule, der heutigen Schüler-Vertretung."

„Politisch werde ich niemals tätig werden, das ist mir zu frustrierend, da sind mir einerseits zu viele Egomanen unterwegs und andererseits zu viele Opportunisten", urteilt meine jüngere Schwester. „Was hast du sonst noch aufgenommen?"

„Losing my religion von R. E. M. – aber dazu gibt es keinen Text."

„Super, das ist meine Generation und trifft auch zu 100 % mein Lebensgefühl", freut sich Franzi, „aber wo bleibt eigentlich Bruder Joachim?"

„Er ist vor einiger Zeit nach draußen gegangen, er wollte nen bisschen alleine sein, sagte er mir."

„Müssen wir uns Sorgen machen?"

„Es ist immerhin schon über 30 Minuten her und draußen wird es feucht und kühl, er hatte nur ein Hemd an, aber er ist erwachsen", beschwichtigt Kurt seine kleine Schwester.

„Ich werde ihn suchen gehen", beschließt diese, „wer kommt mit?"

„Wir alle, schlage ich vor, denn immerhin ist Joa unser aller Bruder."

Anne hatte recht; unsere zuletzt erwähnten Konflikte mit ihm betrafen uns vier Älteren gleichermaßen. Also ziehen wir uns etwas über, holen unsere Taschenlampen aus unseren Autos – und los geht die Suche. Es erübrigt sich, nach ihm zu rufen, denn ganz offensichtlich will er allein sein – oder Schlimmeres? Er war in einem ziemlich labilen und desolaten Zustand, an dem ich nicht ganz unschuldig bin. Aber ich habe schon vor längerer Zeit beschlossen, mir kein schlechtes Gewissen mehr für sein Verhalten machen zu lassen; Joa ist seit langem erwachsen und für sich selber verantwortlich, nur übernimmt er diese Verantwortung für sich nicht, sondern er schiebt sie immer wieder und erneut anderen zu. Wir gehen in zweit Gruppen in verschiedene Richtungen, denn unser Areal ist mit den Treibhäusern relativ groß und unüberschaubar. Das große gemauerte Backsteinhaus in der Mitte mit den Hauptarbeitsräumen für Kränze und Gestecke ist nicht abgeschlossen; ursprünglich stand hier ein Holzhaus, das unser Vater in den beginnenden 60ern durch ein rot-geklinkertes Haus mit einem Keller für die Heizung ersetzt hat. Ich gehe mit Kurt quer dadurch und dahinter erstrecken sich die Blumen-, Ziersträucher- und Gehölzfelder. Joa sitzt reglos mittendrin, den Kopf vorn übergeneigt. Langsam schreiten wir beide auf ihn zu und halten die Luft an, denn wir trauen ihm fast alles zu in seiner Verzweiflung, zum ersten Mal mit sich selber konfrontiert worden zu sein.

Kurt kniet sich hin und beugt sich vorsichtig zu ihm herunter: „Bruderherz?"

Nichts – keine Antwort. Aber er lebt und atmet schwer. Kurt setzt sich zu ihm und legt seinen Arm um seine Schulter, Joa sackt auf seine Seite. Unsere drei Schwestern haben uns inzwischen gefunden und etwas hilflos umringen wir unseren kleinen, großen Bruder, der wie ein Häufchen Elend zusammengesunken dasitzt.

„Komm, wir nehmen ihn in unsere Mitte und bringen ihn ins Haus", schlägt Kurt vor, was wir auch gleich in die Tat umsetzen. „Donnerwetter, ist Joa schwer", beklage ich mich. Er stolpert unterstützend zwischen uns, sodass wir ihn nicht auch noch tragen müssen, was unmöglich gewesen wäre. „Da steht doch eine Schubkarre", ruft Marie aus und prompt lassen wir Joa hineinsinken und Kurt schiebt ihn bis vor die Haustür.

„Was macht ihr, wo bin ich?", sind seine ersten Worte.

„Wir bringen dich jetzt ins Bett", beschließe ich, „aber du müsstest auch mal etwas dazu beitragen und gehen." Mühsam schleppen wir unseren Bruder nach oben, ziehen seine Schuhe und Hose aus, decken ihn zu und schließen leise die Tür.

„Das war wahrlich kein Kinderspiel", bemerke ich unten zu meinen dort sitzenden Geschwistern. „Dabei haben Kurt und ich schon als Kinder mit ihm ein ähnliches Spiel getrieben: Kurt hat die Füße gepackt und ich seine Arme, und dann haben wir Joa hin und her geschlenkert, und er war so wütend und hat geschrien, dass wir ihn loslassen sollen: Kinderspiele – und wenig einfühlsame."

„Haben wir nicht alle mehr oder weniger solche Spiele gespielt?", fragt Marie uns.

„Nicht solche gemeinen, bei denen zwei größere Geschwister den dritten deutlich Kleineren derart provozieren", kritisiert Franzi mich.

„Genau das macht ja bis heute auch mein schlechtes Gewissen Joa gegenüber aus, aber ich will dies nicht mehr, mir reicht's!" Joas Ausraster hat mich doch mehr getroffen, als ich zugeben würde und so schütte ich mir ein großes Glas Wein ein.

„Wieso hattet ihr denn nie Gelegenheit, darüber zu sprechen?", hakt sie nach.

„Nach meinem Auszug und Joas Umzug nach Münster haben sich unsre Wege getrennt und nur noch gelegentlich kam es mehr zufällig zu Begegnungen. Wir sind uns eher aus dem Wege gegangen, muss ich heute gestehen."

„Was ist denn mit Joachim heute Abend passiert?", sorgt Anne sich.

„Seine Nasenlöcher waren beidseitig stark gerötet und dies sind eindeutige Anzeichen für Kokainmissbrauch. Joa hat sich wohl eine Line gegönnt", bemerke ich etwas spitz.

„Ich finde, du solltest dich am restlichen Wochenende etwas zurückhalten, was Joachim betrifft", kritisiert meine ältere Schwester mich, „und vielleicht kannst du auf ihn zugehen und einen Vorschlag für eine gemeinsame Aussprache machen."

„Das werde ich dann wohl müssen", verspreche ich meinen Geschwistern und mit diesen Worten gehe ich zum Rekorder und drücke auf den Knopf: R. E. M. – Losing my religion.

„Ich liebe den Song und er passt so gut zu unserem Treffen."

„Oh, life is bigger it's bigger than you and you are not me
the length that I will go to the distance in your eyes
oh no, I've said too much I set it up."

Bis dahin können Franzi und ich noch gemeinsam mitsingen und die anderen drei staunen nicht schlecht.

Um meine nachdenkliche Geschwister-Truppe etwas aus ihren melancholischen Gedanken zu reißen, spule ich den Rekorder vor auf Udo Jürgens „Immer wieder geht die Sonne auf" und verteile den Text dazu; beim Refrain dreht sich langsam die Stimmung, denn alle grölen gemeinsam mit.

„Hast du noch mehr von Udo Jürgens?", fragt Kurt. „Klar – und natürlich keine Überraschung für euch", und spule noch einmal weiter: „Griechischer Wein" mit Text – und den können wir sogar komplett mitsingen – na ja, was man in dem alkoholischen Stadium noch singen nennen kann.

„Und nun noch ein 3. Lied von ihm, das erst kürzlich erschienen ist: ‚Heute beginnt der Rest deines Lebens' – hier ist der Text."

Der mitreißende Diskofox lässt uns alle fünf spontan mittanzen – allein und miteinander. So ausgelassen habe ich uns zusammen noch nie erlebt. Hüpfend und drehend tanzen wir durch das ehemalige Schlafzimmer unserer Eltern – alle Erinnerungen fallen von uns ab. Den letzten Refrain schaffen wir wieder all fünf zusammen singend und am Ende liegen wir uns für einen Moment in den Armen.

„Ich würde euch gerne noch eins meiner Lieblingslieder zumuten aus dem Album ‚Liebeslieder' von Erika Pluhar, hier ist der Text:

‚Meine Kindheit war so, war ein Feuer aus Stroh, ich spür noch den Geschmack, er ist bitter und süß, bitter und süß.'"

„Diesen Refrain habe ich schon vor vielen Jahren immer wieder gehört und mich gefragt, wonach meine Kindheit denn ‚schmecken' würde, und die Antwort kann ich eigentlich erst heute geben: Eine bittere Note empfinde ich nicht, süß ist vielleicht als einzige Geschmacksnote auch nicht zutreffend, wie geht es euch dabei?"

„Dass ich darauf nicht antworten muss, kannst du dir vorstellen", schluckt Franzi jedes weitere Wort herunter.

„Und von mir bekommst du darauf auch eher alle Geschmacksrichtungen als Antwort", fügt Kurt hinzu.

„Welche positiven Geschmacksrichtungen bleiben denn noch übrig, herzhaft vielleicht? Denn salzig oder sauer verbinde ich mit meiner Kindheit überhaupt nicht."

„Wie wäre es mit lecker?", freut sich Marie und wir beiden Ältesten freuen uns mit ihr, während Franzi und Kurt ihre Gesichter gesenkt haben.

„Schade, dass Joa nicht dabei ist", sagt Franzi schließlich, „aber vielleicht war für ihn für heute bereits das Fass voll?" Ihre Worte verhallen in unserer Runde.

Ich lasse ab jetzt den Rekorder einfach weiterlaufen und Nenas „99 Luftballons" erfreuen uns ebenso wie Peter Schillings „Major Tom", den wir auch wieder alle mit großem Spaß mitsingen und eher hopsen als tanzen können:

„Völlig losgelöst, von der Erde, steht das Raumschiff, völlig schwerelos."

Wir stehen etwas erschöpft im großen leeren ehemaligen Wohnzimmer und ich kann es mal wieder nicht sein lassen, meinen spontanen Gedanken laut zu äußern:

„Könnt ihr euch vorstellen, dass unsere Eltern alle sieben Kinder in diesem Zimmer gezeugt haben?"

„Piiiiieeeet!", schreien meine drei Schwestern fast gleichzeitig mehr oder weniger laut zusammen und Franzi hält sich demonstrativ zusätzlich die Ohren zu.

„Musst du uns immer wieder mit all deinen spontanen Gedanken ungefiltert belästigen?", fügt Anne noch wütend hinzu.

„Wo ist denn euer Problem?", schau ich die drei derart gequälten Frauen an.

„Kein Kind will sich vorstellen, dass seine Eltern Sex miteinander hatten", antwortet Franzi mir, während Kurt längst Reißaus genommen hat.

„Aber unsere Eltern sind nun schon seit so vielen Jahren tot, und der zeitliche sowie auch physische Abstand machen es doch einfacher, darüber mal kurz nachzudenken, finde ich. Sie haben zum Teil ihre familiäre

Funktion verloren, sodass ich sie auch eher als andere Individuen, als sich liebendes Paar sehe. Außerdem stehen wir hier mit Sicherheit zum letzten Mal und tanzen zudem auch noch fröhlich, wo ihr Ehebett einst stand."

Meine Assoziationen mit dem Raum verpuffen und mal wieder lassen sie mich allein mit meinen vorlauten Gedanken zurück. Sie begeben sich wieder ins Esszimmer, lassen uns in die alten, neu gepolsterten Eichenstühle unserer Großmutter sinken.

„Ich kann mich aber sehr wohl daran erinnern, wie Joachim und Franzi als Babys in dem großen, weißen Kinderbett neben dem Ehebett drüben in der Ecke schliefen. Das Bett hat uns alle sechs beherbergt und genauso oft sicherlich schreien wie schlafen lassen."

„Und Anita und ich haben es weiter benutzt für unsere drei Kinder, mit neuer Matratze natürlich", kommt Kurt wieder zu uns zurück. „Erst jetzt ist es auf den Sperrmüll gewandert."

„Glaubt ihr, dass unsere Eltern glücklich waren?", setzt Anne ihren Gedanken nachdenklich fort.

„Mir hat Mama an den gelegentlichen gemeinsamen TV-Abenden nach Papas Tod von ihrer glücklichen, aber auch sehr sorgenvollen Zeit mit ihm erzählt, da sie neue Investitionen durch die Erweiterung des Gartenbaubetriebes tätigen wollten; außerdem waren wir als Kinder wohl schon derart unterschiedlich, dass sie sich viele Gedanken gemacht haben über Erziehung, aber nie im Beisein von Oma, sondern abends allein im Bett. Erst nach Omas Tod Anfang März vor unserem Umbau habe ich unsre Eltern abends manchmal richtig frohgemut einen gemeinsamen Abendspaziergang machen sehen, bei dem unsere Mutter unseren Vater unterhakte und mitnahm. Sie waren endlich der fast achtzehn Jahre dauernden Rücksichtnahme auf Oma und ihrer Kontrolle enthoben und konnten mit neuer Hoffnung und neuem Elan ihre Umbaupläne umsetzen. Am 2. Mai wurde das Dach abgedeckt und wir alle außer Franzi wurden ausquartiert – erinnert ihr euch?" Wieder schaue ich meine Geschwister der Reihe nach an, nur allgemeines Nicken.

„Könnt ihr euch an eine Meinungsverschiedenheit zwischen den beiden erinnern?“

„Ich finde es besonders als Mutter heute faszinierend, wie sie sich angeschaut haben, wenn es Konflikte mit uns zu klären gab. Keiner hat jemals in solchen Situationen dem anderen widersprochen oder ist laut geworden. Wie das funktioniert hat, hätte ich sie heute noch gerne gefragt“, schüttelt Marie im Nachhinein immer noch mit dem Kopf.

„Außer bei mir, wenn ich euch daran erinnern darf; da hat Papas so gewaltlose Grundeinstellung ziemlich versagt und Mama hat manchmal versucht, ihn an den vorhersehbaren Schlägen für mich zu hindern“, erinnert uns Kurt noch einmal.

Unangenehmes Kapitel, denke offensichtlich nicht nur ich, denn Anne und ich streichen etwas schuldbewusst Kurts Arme.

„Sie waren knapp achtzehn Jahre verheiratet und Mama war davon sieben mal neun Monate schwanger, das sind … Moment … fast sechs Jahre Schwangerschaft insgesamt.“

„Ich habe sie mal gefragt, ob sie nicht weniger Kinder hätte bekommen wollen, so wie ihr Bruder Josef und Tante Hilde, mit denen sie doch die Doppelhochzeit begangen haben.“

„Und was hat sie geantwortet?“, fragt Franzi mich.

„Möchtest du denn eines deiner Geschwister missen?“

Wir alle seufzen, welch weise Mutter – ihr Vorname passte zu ihr.

„Und was war mit dem siebten Kind? Irgendwie ist mir dieses durch die Lappen gegangen“, setzt Franzi etwas flapsig nach.

„Das war der Junge, der nur wenige Tage gelebt hat und Ludwig heißen sollte, geboren genau zwischen Joa und dir – ich habe doch bereits von ihm erzählt. Ich war freitags hinten zwischen den Mistbeeten, Unkraut hacken und harken; Marie und Anne hatten gerade mal keine Lust auf Kinderarbeit. Ich bin so wütend geworden und habe sie angeschrien: ‚Mama liegt im Krankenhaus und stirbt vielleicht und ihr beide stellt euch an wegen so ein bisschen Arbeit!‘ Denn Papa hatte mir gerade erst von der schwierigen Geburt erzählt, womit ich völlig überfordert war. Aber auch diese wichtige Episode aus unserem Familienleben wurde später niemals thematisiert; dabei haben viele Frauen aus der Generation unserer Mutter Kinder bei oder nach der Geburt verloren, ohne dass sie darüber jemals reden konnten.“

„Es gibt noch eine andere typische Anekdote, die sogenannten Samentouren unseres Vaters“, erinnert uns Anne und wir alle müssen schmunzeln – außer Joa und Franzi. „Das waren Papas Verkaufsfahrten für die Blumen- und Gemüsesamen bei Landwirten in den umliegenden Bauernschaften. Manchmal kam er erst abends wieder und Mama fragte dann: ‚Nun Franz, nu vetäll mi äs, watt häste vandage beschicket?‘[31] In sich hinein grinsend antwortete er dann meist ausweichend.“

Der Winter war die einzige berufliche Ruhe-Zeit meiner Eltern. Nach dem gemütlichen Frühstück mit der Heimatzeitung „Die Glocke“ fuhr mein Vater mit voll beladenem hellgrünen Opel Olympia-Rekord in die Bauernschaften rund um Rinkeln, die Bauersleute erwarteten und freuten sich auf ihn, denn auch sie hatten eine ruhigere Zeit ohne Aussaat und Ernte. Mit ihnen verquarterte[32] er manchmal den gesamten Morgen über Erziehung, Politik und das Leben im Allgemeinen und vergaß darüber die Zeit. Also wurde mein Vater auch gleich zum Mittagessen eingeladen, denn es wurde immer für zwei Tage oder mehr gekocht. Dann fand sich in der Stube ein Plätzchen für die None, sodass er anschließend das gemeinsame Kaffeetrinken nicht ausschlagen konnte. Und ehe er sich versah, dunkelte es bereits schon wieder. Zuhause angekommen, schüttelte unsere Mutter meist darüber nur den Kopf, sie kannte ihren Mann schließlich gut genug. Verkauft hatte er kaum etwas, aber einen schönen und anregenden Tag verbracht.

„Wir dürfen auf keinen Fall das Rinkelner Schützenfest vergessen – habt ihr daran noch Erinnerungen?“, frage ich mit einem dem Thema angemessenen Alkoholpegel.

31 „Und Franz, nun erzähl mir mal, was hast du denn heute geschafft?“
32 Entspannte Unterhaltung

„Oh Gott", antwortet Anne als Erste, „Papa als Zeremonienmeister im mehr oder weniger angetrunkenen Zustand – einmal im Jahr."

„Sogar ich als Kind kann mich noch an das allgemeine Gelächter erinnern, wenn die Menge rief: ‚Fraaanz – liiinks, reeeechts' – und dann klatschte die grölende, auf der abgetrennten Erhebung stehende Menge, wenn Papa die Krone in die toupierte, mit Haarspray betonierte Frisur der jährlich wechselnden Schützenkönigin endlich einigermaßen gerichtet hatte, mit manchmal schmerzverzerrtem, wenig königlichem Gesicht – und der sogenannte Thron fertig war für das Foto."

„Manchmal hat Papa sich dabei an einer der umstehenden Eichenbäume festhalten müssen", ergänzt Berna unsere Erinnerungen und wir freuen uns alle zusammen darüber.

„‚Tou nu lot us äs besingn use Düörpken prick un fien, lot us use Gliäser klingn Rinkeln sall Parole sien',[33] kennt ihr noch das jährlich gesungene Heimatlied?"

„Na klar, aber du warst doch nicht ein einziges Mal auf einem Schützenfest, ich dagegen zwischen 15 und 18 Jahren dreimal", hebt Anne den Unterschied zwischen uns hervor. „Im Nachhinein kann ich mich heute des Eindrucks nicht erwehren, dass die Rinkelner zu meiner Zeit beim Absingen des Liedes so eine Art ‚Wagenburg-Mentalität' hatten, da sie sich bei Anstimmen des Liedes alle erhoben wie bei einer Nationalhymne, sich oft anfassten, so als ob man sich einer feindlichen Umwelt erwehren musste durch immer mehr Zugezogene: Dei sin olle totrecht – durch Aufweichung alter moralischer Grundsätze: Däi Ölsten von Ossenduorps Jopp und Lippermanns Franz, däi döit watt se wullt."[34]

„Trotzdem habe ich recherchiert, dass dieses Heimatlied 1912 von Franz Salger gedichtet und anlässlich einer Silberhochzeit in Rinkeln vorgetragen wurde; die Melodie basiert auf dem Studentenlied ‚Nicht der Pflicht nur zu genügen'."

33 „Los lass uns besingen unser Dörfchen schick und fein, lass uns unsere Gläser klingen, Rinkeln soll Parole sein."
34 „Die Ältesten von Ostendorfs Josef und Lippermanns Franz – die tun, was sie wollen."

„Schön, dass du uns das mitteilst. Ich kenne das Lied auch noch aus meinen häufigen Schützenfesten, habe es aber nie mitsingen können oder wollen. Wenn es angestimmt wurde, bin ich meist zur Theke geflüchtet. Und mit Anita zusammen haben wir ebenfalls Reißaus genommen, da sie Plattdeutsch nicht konnte, schon gar nicht lernen wollte, da sie diesen Dialekt für zu bäuerlich hielt, was gleichzeitig einem Ausschluss aus der Rinkelner Dorfgemeinschaft gleichkam. Papa hat übrigens mal erwähnt, dass meine Geburt für ihn das teuerste Schützenfest gewesen sei, da sie genau auf den Festtag fiel", schmunzelt Kurt in sich hinein. „Aber Schluss mit lustig, ich muss dringend ins Bett", steht auf und fängt an aufzuräumen.

„Stopp, ich habe noch eine Erinnerung für euch an unser gemeinsames AEG-Tonbandgerät, das wir zusammen von Tante Franziska nach Papas Tod zu Weihnachten geschenkt bekommen haben. Es gab darauf einen Song, den wir bei unseren Kurzbesuchen hier oft am Schluss gehört haben, wenn Mama schon m Bett war – erinnert ihr euch?", frage ich meine Geschwister.

„Ich glaube, mir dämmert's", sagt ausgerechnet Kurt, den ich vor meinem inneren Auge am häufigsten dazu habe sich bewegen sehen: „Lady in Black, die Band habe total ich vergessen." „Uriah Heep", helfe ich ihm auf die Sprünge: „She came to me one morning, one loney Sunday morning", und drücke wieder den Rekorder-Knopf.

Ohne zu überlegen, begeben wir fünf uns ins benachbarte ehemalige Elternschlafzimmer, aktuelles Ex-Wohnzimmer und nun Dancing-floor for one night und bewegen uns eher wie in Trance, jede/r für sich allein – so wie auch sonst in unserem übrigen Leben.

14. Kapitel: Gedanken zur Nacht II

Wenig fehlt, und ich wäre beinahe die Treppe rückwärtsgegangen. Ohne meine Zähne zu putzen, nur eine kalte Dusche ins Gesicht und ab in die Horizontale. Im Kopf dreht sich alles, und das nicht nur dank Alkohol. So viele langfristige, sublimierte Konflikte untereinander, so viele emotionale Verkrustungen in all den Jahren. Und trotzdem scheinen wir alle unseren Weg zu uns gefunden zu haben oder zumindest auf dem richtigen Pfad dorthin zu sein – na ja, fast alle. Joa scheint die größten Probleme zu haben und diese nicht sehen zu wollen. Ihm hätte unser Vater am meisten Orientierung bieten können und müssen, da ich ein schlechter Ratgeber und kein emotionaler Halt in Kindheit und Pubertät gewesen bin – und dies auch gar nicht sein konnte.

Mein unterschwelliges schlechtes Gewissen, Mitschuld am Tod meines Vaters zu sein, soll auch typisch sein bei Kindern von geschiedenen Vätern und Müttern, wenn sich diese getrennt haben. Dieses soll vielen Menschen ihr Leben lang nicht bewusst sein und das schlechte Gewissen begleitet sie ein Leben lang. Ich habe mir einmal einen Ausspruch der wohl bekanntesten münsterländischen Dichterin Annette von Droste-Hülshoff aufgeschrieben, der sinngemäß lautet: Es gibt keine Sünden als die wider das eigene schlechte Gewissen.

Es ist meine und unsere letzte Nacht im Elternhaus und dies lässt mich trotz des Alkoholpegels nicht einschlafen. Und so knüpfe ich unbewusst und intuitiv an meine Kindheit an und meine Gedanken formulieren eine Art von Gebet, das ich laut in den Raum spreche:

Lieber Vater, ich achte dein Schicksal, so früh von uns gegangen zu sein; es lag nicht daran, dass du es nicht mehr mit uns aushalten konntest, oder dass wir dich überforderten. Deine Herzinfarkte waren in deiner eigenen Biografie begründet. Ich bleibe, solange es geht. Ich ehre mit meinem Leben und meiner Arbeit dein Andenken.

Und bevor ich noch ein „Amen" hinzufügen kann, schlafe ich dann doch ein und träume von Gewächshäusern, Blumenfeldern und Wiesen, in denen wir gespielt haben.

15. Kapitel: Pfarrer Brinkmann

Ich wache ziemlich verkatert auf, reibe mir meine Augen und blicke mich erstaunt um: Aha – da bin ich also. Die Jalousien hochziehend geht mein Blick über das Gewächshaus hinaus zu den Feldern und Apfelbäumen dahinter. Ein ruhiger Sonntagmorgen, wie es scheint. Unten höre ich Geschirr- und Porzellangeklapper. Wie spät ist es überhaupt? Diese Frage beantwortet in dem Moment die Kirchturmuhr und das danach folgende Geläut. Punkt 9.45 Uhr erinnert es die Katholiken im Ort, dass die Hl. Messe gleich beginnt. Die Glocken locken die Gläubigen zum Kirchgang, denke ich dabei, aber mein Kopf dröhnt eher, als dass er frohlockt. Ab unter die Dusche, zuerst heiß – dann kalt, und meine sieben Sinne kommen langsam zurück.

Welch ein Tag, der gestrige, und auch der vorgestrige. Ich werde lange dafür brauchen, um diese Erlebnisse zu verarbeiten und manches Telefonat mit meinen Geschwistern wird dafür nötig sein.

Frischen Mutes komme ich – propper angezogen, wie meine Mutter manchmal sagte – in die Küche. Kurt und Marie bereiten in der Küche das Frühstück vor.

„Wie geht's dir?“, fragt mich meine Schwester. „Ich musste schon zwei Kopfschmerztabletten einwerfen und Kurt ebenso.“

„Ich bin mit einer heiß-kalten Dusche ins Leben zurückgekommen“, nehme das Tablett in die Hand und bringe es ins Esszimmer. Kurt hat noch einmal Uriah Heep auf der Kassette gefunden und allein von der Lautstärke müssten die andern wach werden.

„Warum gab es vorhin dieses alles übertönende Hochzeitsglockengeläut“, frage ich Kurt.

„Pfarrer Dierkes begeht den Übergang in seinen Ruhestand und der Weihbischof, unser ehemalige Pfarrer Brinkmann, ist anwesend, du erinnerst dich?“

Wie schnell hatte ich diese kurze Begegnung am Freitagnachmittag wieder aus meinem Gedächtnis gestrichen! Ohne weiter zu überlegen, gieße ich mir eine Tasse Kaffee ein, trinke sie in einem Zug leer und will eher fluchtartig das Haus verlassen.

„Wohin willst du, fliehst du vor der weiteren Begegnung mit uns oder den drei anderen?“, mutmaßt Kurt.

„Nein, ich gehe zur Kirche.“

Erstaunt und wohl auch erschrocken schauen mich beide an.

„Du glaubst, du kannst den Brinkmann nach so vielen Jahren zur Rede stellen?“, versucht mich Marie zurückzuhalten.

„Ich weiß nicht, was ich tue, es ist reine Intuition. Wenn ich in einer Stunde nicht zurück bin, hat man mich entweder verprügelt oder verhaftet“, unke ich spöttisch und weg bin ich.

Auf dem Weg zur Kirche bin ich allein unterwegs, da die Messe schon vor einer halben Stunde angefangen hat. Ich habe es nicht eilig, da mein Mut mich langsam wieder verlässt. Sonntagmorgens bin ich als Kind gelegentlich mit unserem Nachbarn Franz Böhmer zur Kirche gegangen, und wir haben dabei aus Mozarts Zauberflöte gesungen. Herr Böhmer war Schuster geworden, denn seinen Traum von einer Gesangskarriere als Tenor musste er nach dem Krieg an den Nagel hängen und die neue Familie ernähren. Ich habe ihn – vor unserer Haustür wartend – abgepasst, um gemeinsam gehen zu können. Er hat mich ermutigt, nicht aus materiellen Gründen auf die Verwirklichung des eigenen beruflichen Traumes zu verzichten, und das klang oft verbittert. Heute singe ich immerhin in einer Evangelischen Kantorei, allerdings in der Regel den 2. Bass, und das mit viel Freude.

Pfarrer Brinkmann, was soll ich ihm sagen? Was kann ich ihm sagen? Wird er mir überhaupt zuhören?

Ich bin in einem „Jahr der Schlange“ geboren und zu den angeblichen „Charaktereigenschaften“ gehören Intuition und eher ungezügelte Energie; beides wäre hier jetzt eher hinderlich. Draußen vor dem Hintereingang der Kirche angekommen, gehe ich langsam die Treppen hinauf und betrete den Vorraum. Die schwere Eichentür ins Innere der Kirche öffnet sich nur widerstrebend und knarrend. Schon im Vorraum empfängt mich eine angenehme Kühle im Vergleich zur morgendlichen Wärme draußen. Die beiden Türen links und rechts sind nach hinten hin geöffnet, sodass ich bereits hier auf eine Gruppe jüngerer Männer stoße, die im Dunkeln unter der Orgelbühne auf das Ende zu warten scheinen; einige schauen mich etwas verblüfft an, keiner erkennt mich. Zu lange ist es her, dass ich einem von ihnen in Erinnerung sein könnte. Wie schon zu meiner Jugendzeit vermute ich hier primär jüngere Männer aus alten Rinkelner Familien, unverheiratet und Zweit- oder Dritt-Geborene. Sie machen einen wenig interessierten Eindruck an dem, was am Altar geschieht: Pflichtkirchgang. Die Erstgeborenen sitzen vorn mit oder ohne Ehefrau, da sie die Familie repräsentieren müssen und das künftige Erbe. Weihrauch und eine Stickigkeit schlagen mir jetzt entgegen. Ein einziger großer, hoher und weiß gestrichener Kirchenraum, ein Schiff, beeindruckt mich nach so vielen Jahren immer noch für einen Moment, bei dem Gold und Rot als Farben überwiegen. Ansonsten nehme ich die Kirche als kunsthistorisches Gebäude heute kaum wahr. Oben auf der Orgelbühne – up'n Bürn – singt der Chor das „Ave Verum“ von Mozart – mehr schlecht als recht, aber immerhin. Die Kommunion ist vorüber und beide Priester reinigen ihre Kelche mit dem Wein, den die Messdiener ihnen reichen. Viele Jahre habe ich als Junge denselben Dienst hier verrichtet und das Confiteor und die anderen lateinischen Texte dafür auswendig gelernt; immerhin hatte ich sieben Stunden Latein pro Woche, und das bei einem zynischen Junglehrer, sodass ich im unreflektierten Pauken geübt war. Damals erfüllte mich dieser Dienst mit Stolz, vorn am Altar neben dem Priester in dieser herausragenden Position zu stehen. Bodenlange rote oder violette Röcke mit weißem Übergewand trugen wir, je nach Liturgie und Jahreszeit. Zum endgültigen Bruch mit der Kirche in diesem Ort und grundsätzlich mit seinen Bewohnern kam es durch eine Bemerkung des jetzt vorne wirkenden Pfarrers Brinkmann anlässlich eines Messdiener-Unterrichts in der alten Dorfschule. Ich hatte mit meinem Nachbarn gequatscht, während Pfarrer Brinkmann uns belehrte und von den Neuerungen in der Kirchlichen Liturgie erzählte. Plötzlich erhob er seine Stimme und blaffte mich ungewöhnlich heftig an:

„Peter Lippermann, wenn du nicht sofort deinen vorlauten Mund hältst, kannst du gleich gehen und brauchst auch nicht wiederzukommen. Du bist genauso aufmüpfig und renitent wie dein Vater."

Leider war mein Vater gerade erst vor einem Monat gestorben und die Wunden saßen noch sehr tief. Wütend und mit Tränen in den Augen bin ich aufgestanden und hab meine Sachen genommen: „Machen Sie doch Ihren Scheiß alleine! Und wenn Sie noch mal meinen Vater beleidigen, seien Sie auf der Hut!"

Tür knallend verließ ich den Unterrichtsraum, die Schule – und erst 1983 auch die Katholische Kirche. Papst Johannes Paul II. hatte mal wieder eine Philippika gegen gleichgeschlechtlich Lebende als offizielle Lehrmeinung der Katholischen Kirche verfasst, sodass das katholische Fass bei mir endgültig voll war. Damals habe ich im Freundeskreis gespottet: Ich gründe einen Club von „Catholics Anonymous", denn ähnlich wie Alkoholiker den Alkohol wird man die katholische Erziehung wohl niemals los, selbst wenn man die Amtskirche verlassen hat.

Nun bin ich wieder dort, von wo ich vor vielen Jahren gegangen bin. Und vorne am Altar steht selbiger Pfarrer Brinkmann im Bischofsornat mit Stolz geschwollener Brust, Glatze und hochrotem Kopf. Langsam schleiche ich mich durch den Mittelgang nach vorne. Es hat sich nicht viel verändert an der „Westfälischen Reihe", die so nur hier in Westfalen üblich ist. Ich schiebe mich in die 1. Reihe im 2. rechten Viertel, sodass ich einen Überblick über das Geschehen am Altar habe. Mein Herz klopft inzwischen heftig und ich muss mich – konträr zu den katholischen Gepflogenheiten – setzen. Von hinten werde ich dafür angestoßen: „Los – hinknien!", lautet der Befehl, denn zum Segen muss man knien.

„Es segne euch der Allmächtige Gott, der Vater, der Sohn und der Heilige Geist“, sprechen beide Priester vorne im Duett – und die gesamte Gemeinde segnet sich dazu. „Gehet hin in Frieden“, ergänzen beide. Dann stehen alle auf und der Chor stimmt mit der Orgel das Schlusslied an: „Die Himmel rühmen“, was Anne bereits zwei Tage zuvor aus der Ferne gehört hatte; schaurig-schön.

Mutters wöchentlicher Gang zum Chor war ihre einzige persönliche Betätigung – bis Anfang der 70er Jahre der Fußballverein in einer kontroversen und heftigen Diskussion den Frauen im Dorf die wöchentliche Gymnastik erlaubte. Insofern sind meine Erinnerungen an diesen Dorf-Chor durchaus positiv, zumal Mutter und Tante Franziska ihre jeweilige Sopran- und Altstimme gelegentlich zuhause sangen, zumeist in der Küche oder im Gewächshaus beim Arbeiten.

Das Lied ist verklungen und die KirchgängerInnen streben aus den Bänken, machen eine Kniebeuge und verlassen das Mittelschiff in die drei Richtungen zu den Außentüren. Beide Priester verharren anscheinend im Gebet und warten – auf was? Da ist meine Chance! Gegen den Strom – wie auch sonst – kämpfe ich mich durch nach vorn bis zu den zwei untersten Altarstufen. Beide Priester schauen mich etwas irritiert an.

„Herr Bischof“, beginne ich vorsichtshalber mit Respekt meine Anrede, „erinnern Sie sich noch an mich?“

Bischof Brinkmann erhebt sich, kommt auf mich zu: „Ehrlich gesagt, nein“, antwortet er. „Kann ich etwas für Sie tun?“

Ich stelle mich vor, während Pfarrer Dierkes bereits mit den Messdienern zum Ausgang hinter den Altar strebt. Für beide scheint die Messe zu Ende zu sein.

„Oh, wie geht es Ihnen?“, fragt der Herr Bischof, und er scheint auf der Hut zu sein, denn er geht auf Abstand zu mir.

„Ich bin hier“, antworte ich mit zittriger Stimme, „um mit Ihnen noch eine offene Rechnung zu begleichen. Und wehe, Sie gehen jetzt“, drohe ich ihm, denn er wendet sich bereits von mir weg zum Gehen.

„Was auch immer Sie darunter verstehen, ich habe keinerlei Interesse an einem Gespräch mit Ihnen."

Es reicht, die gleiche Arroganz wie schon damals. Also werde ich so laut, dass die letzten betenden, gebliebenen Gläubigen aufschrecken und aufschauen.

„Sie sind schuld und mit verantwortlich am Tod meines Vaters Franz Lippermann!"

So nun ist es heraus. „Wenn Sie damals nicht das Geld für den neuen Kindergarten, welches Ihr Vorgänger gespart hatte, unterschlagen hätten für Ihre privaten Urlaubsreisen nach Südamerika und Afrika, wäre es nicht zu diesem Bruch in der Kirchengemeinde Rinkeln gekommen." Bevor ich weiterreden kann, fährt mich dieser Herr Bischof an: „Noch ein Wort und ich zeige Sie an!"

„Dann fragen Sie doch mal die damaligen Zeugen, wie meinen Onkel Josef sowie die noch lebenden Mitglieder des damaligen Kirchenvorstandes: Zeugen für Ihre kriminelle Handlung gibt es noch genug. Außerdem sind Sie doch bereits im Jahr darauf unerwartet und ohne Begründung vom Münsteraner Bischof abberufen worden: Auch die Gründe hierfür würde eine Nachforschung herausbekommen."

Der Herr Weihbischof wendet sich fluchtartig ab zum Gehen. „Wagen Sie es nicht, sich jetzt wieder zu drücken", höre ich von hinten eine kräftige und laute Stimme: Es ist die meines Bruders Joachim. „Entweder Sie stellen sich jetzt oder wir gehen umgehend an die Öffentlichkeit, denn die damaligen Akten dürfen noch nicht vernichtet worden sein."

„Außerdem erinnere ich mich sehr gut an ihre körperliche Nähe nach der jeweiligen Messe zu den beiden Messdienern Theo und Franz, die sicherlich beide ihre Erinnerungen an diese Treffen mit Ihnen in der Sakristei nicht vergessen haben: Ihre Namen vergisst man nicht! Wenn alle gegangen sind, auch der Küster, mussten die beiden unter einem Vorwand noch da bleiben, und ich kann mir sehr gut vorstellen, dass diese Jungs nicht die Einzigen waren."

„Ungeheuerlich!“, ruft der Bischof aus, springt auf und wendet sich zum Gehen.

Pfarrer Dierkes ist inzwischen wieder aufgetaucht; sein hochroter Kopf stellt einen deutlichen Kontrast zu seinem schlohweißen Haar dar, das diesen Kopf fast umrandet. Wieso zittert er am ganzen Körper?, frage ich mich in dem Moment. Trotzdem stellt er ihm in den Weg. „Meine Herren, das führt doch zu nichts. Lassen Sie uns diese Anschuldigungen doch bitte außerhalb dieses Kirchenraumes aus der Welt schaffen.“

„Nein“, entscheide ich, „Sie hören sich hier und jetzt meine Sichtweise der damaligen Ereignisse an oder ich wende mich an politische Magazine, die nur auf solche Geschichten warten.“ Oh, der Herr Bischof wird unsicher, zögert, schaut seinen Priesterkollegen an, der ihm kurz zunickt. Beide setzen sich wieder – immer noch im vollen Ornat und zwei Stufen höher als wir drei, die stehen geblieben sind. Hinter den beiden katholischen Würdenträgern steht – offensichtlich noch verunsicherter – der Adlatus des Weihbischofs, bereits entkleidet und im traditionellen schwarzen Anzug der Priester.

Neben mir gewahre ich meinen zweiten Bruder Kurt, der mir demonstrativ seine Hand auf meine Schulter legt: „Los Pete, sag es ihm endlich.“

„Erinnern Sie sich daran, zur letzten Ölung an das Sterbebett meines Vaters ins Krankenhaus gerufen zu worden zu sein?“, frage ich Herrn Brinkmann.

Dieser runzelt die Brauen, nickt dann aber. „Dann erinnern Sie sich sicherlich auch daran, dass sich mein todkranker Vater bei Ihrem Eintritt mit all seiner letzten Mühe von Ihnen abwandte und meine Mutter anschaute. Leider stand ich direkt vor Ihnen, sodass ich seine Handlung jahrelang auf mich bezogen habe, da ich Ihr leises Eintreten nicht wahrgenommen hatte, bis meine Mutter mich kurz vor ihrem eigenen Tode darüber aufgeklärt hat.“

Keiner redet mehr ein Wort, Stille in der Kirche.

„Sie wissen doch genau, dass mein Vater nach den heftigen Konflikten im Kirchenvorstand aus allen seinen öffentlichen Funktionen zurückgetreten ist, da er keinerlei Unterstützung für die juristisch zwingende Veröffentlichung Ihrer Handlung bekam. Damals wie heute ist die kirchliche Hierarchie auf der Seite der Amtsträger, egal ob sie Kinder missbrauchen oder solche gezeugt haben, zu denen diese Vorbilder katholischen Glaubens sich nicht zu bekennen brauchen."

Schweigen – beide schauen mich an ohne eine besondere Regung. „Sind Sie endlich fertig?", fragt Herr Brinkmann und ist im Begriff sich erneut zu entfernen.

„Entschuldigen Sie bitte Exzellenz", unterbricht ihn sein Amtsnachfolger, „ich würde diese Geschichte gern zu Ende hören. Denn schließlich hat man mir damals bei meiner Amtsübernahme davon berichtet, nur dass ich den Akten nichts mehr darüber finden konnte."

Völlig verblüfft über eine derartige Insubordination rutscht der Weihbischof mit seinem Sessel ein Stück vom Ortspfarrer ab, bleibt aber sitzen.

„Wir waren damals im Hausumbau begriffen, sodass Vaters Verzicht auf all seine Funktionen innerhalb und außerhalb der Kirche kaum jemandem auffiel. Als aber ruchbar wurde, dass mein Vater offen von Ihren Unterschlagungen und Ihrem Betrug am Kirchenvermögen sprach, seinen Schwager Josef als Bürgermeister um Unterstützung bat und dabei kein Blatt vor den Mund nahm, spitzte sich die Lage im Dorf zu. Dass die Menschen in dieser Situation eher Ihnen glaubten als meinem Vater, muss ich Ihnen nicht erklären. Allerdings hatte sein Verhalten geschäftsschädigende Konsequenzen: Viele treue Kunden blieben weg, insbesondere die Familien der Mitglieder Ihres damaligen Kirchenvorstandes, sodass meine Eltern bei dem Umbau in finanzielle Nöte gerieten. Das Resultat haben Sie dann ja leibhaftig gesehen: Am Dienstagnachmittag gegen 15.00 Uhr ist mein Vater mit starken Herzschmerzen ins Haus gegangen, meine Mutter hat gegen seinen Willen den Notarzt gerufen und er ist ins städtische, katholische Krankenhaus eingeliefert worden. In der Nacht und am andern Morgen hatte er weitere Infarkte – insgesamt fünf – und ist in ihrer Anwesenheit – oder haben Sie sich hinter meinen Rücken bereits aus dem Staube gemacht? – am Mittwochmorgen gegen 10.00 Uhr verstorben."

Pfarrer Dierkes beugt sich vor und legt mir beruhigend seine Hand auf die meine; ich zittere am ganzen Körper. Der Weihbischof erhebt sich abrupt, und ohne mich eines Blickes zu würdigen, eilt er hinter den Hochaltar, gefolgt von seinem schwarzen Schatten.

„Das alles tut mir für Sie und Ihre Geschwister sehr leid", beginnt der noch anwesende Pfarrer Dierkes. „Sie wissen, dass juristische Konsequenzen ausgeschlossen sind, aber ich selbst bin auch Domprobst in Münster und verfüge dort über einen gewissen Einfluss nach all den Jahrzehnten. Ich werde den Fall bei nächster Gelegenheit zur Sprache bringen. Mehr kann ich leider nicht für Sie tun."

„Das ist mehr, als ich jemals erwartet habe", antworte ich ihm. „Das Wichtigste aber ist, dass ich mehr als 25 Jahre nach Vaters Tod meine Wut und all meine unterdrückten Gefühle dort gelassen habe, wo sie hingehören: bei dem Verursacher."

„Ich werde noch einige Zeit hier in Rinkeln verweilen und ich lade Sie gern zu mir in die Pfarrei ein; melden Sie sich doch bitte, wenn Sie Zeit dazu haben." Erschöpft und mit immer noch rotem Kopf erhebt sich nun auch der Ortsgeistliche, verabschiedet sich mit Handschlag von uns dreien und verschwindet ebenfalls hinter dem Hochaltar.

Ohne ein weiteres Wort verlassen wir die Kirche, in der noch einige Neugierige – scheinbar im Gebet vertieft – im Kirchenschiff verstreut sitzen geblieben sind. Ihre Blicke begleiten uns nach draußen, wo weitere Neugierige warten, die Kurt kurz grüßt, ohne stehen zu bleiben. Von unserer hiesigen Verwandtschaft ist keiner darunter. „Danke, dass ihr da wart!" Joa weist noch deutliche Spuren der letzten Nacht auf, drückt also nur kurz meine Hand. Unterwegs reden wir kein Wort. Jeder hat mit seinen Empfindungen genug zu tun.

Als wir drei ins Haus kommen, schaut Franzi mich stirnrunzelnd an: „Du hast wohl einen gebrauchten Tag erwischt?" Das löst die angespannte Stimmung und ansatzweise Heiterkeit aus, außer bei mir.

Ich weiche den Fragen meiner drei Schwestern aus und begebe mich direkt auf mein Zimmer, lasse mich auf das Bett sinken. Alles dreht sich in meinem Kopf. Erst jetzt merke ich die Anspannung, die langsam aus meinem Körper weicht. Ich starre auf die Decke, erschöpft und regungslos. Es ist geschafft. Ich habe es getan. Ich habe alles, was mir auf dem Herzen lag seit Papas Tod, dort abgeladen, wo es hingehört: bei dem Verursacher dieser familiären Tragödie, die daraus folgte.

16. Kapitel: Abschied von Zuhause

Als ich von oben aus meinem ehemaligen Zimmer, bepackt mit Tasche und den anderen Utensilien, ins ehemalige Esszimmer komme, sitzen meine fünf Geschwister müde, aber in offensichtlicher trauter Eintracht beisammen.

„Kurt und Joa haben bereits einiges berichtet“, beginnt Anne unser Gespräch. „Aber wie geht es dir, erzähl doch mal.“

Kurt stellt mir Kaffee und Brötchen hin, was ich dankbar annehme. Nachdenklich schaue ich dabei reihum meine Geschwister an und schüttele mit dem Kopf: „So lange hat diese Geschichte an mir genagt, mich wie ferngesteuert beeinflusst, und jetzt bin ich sie los; ich kann es – ehrlich gesagt – noch gar nicht fassen.“

„Es wird wohl einige Zeit vergehen, bis du das Geschehene von heute verarbeitet hast, aber ähnlich meinem Brief an unseren Klavierlehrer wirst du die Erleichterung und zusätzlich gewonnene Lebensfreude langsam spüren. Ich habe diesen Pfarrer Brinkmann übrigens im Krankenzimmer an Papas Todestag gar nicht wahrgenommen; wie paralysiert stand ich an seinem Bett, bis er starb – und Mama fast zusammenbrach. Tante Lisbeth hatte die gesamte Nacht an Mamas Seite verbracht; als ich ins Krankenzimmer kam, hatte Mama immer noch ihren Wintermantel mit den breiten Persianer-Ärmeln an und vergessen, ihn auszuziehen. Dieses Bild hat sich bis heute in mein Gedächtnis gebrannt. Ich weiß nicht, wie wir diese Zeit ohne Tante Lisbeth überstanden hätten.“

„Dabei hatte Tante Lisbeth bis dahin in unserem Leben doch kaum eine Rolle gespielt, oder irre ich mich da?“, wirft Joa ein.

„Mit Papas Tod kam ihre Stunde, so kommt es mir heute aus zeitlicher Distanz vor“, versuche ich Joas Frage zu beantworten. „Ihre Ehe ist kinderlos geblieben. Sie war zwar die Älteste, hat aber ihrem jüngeren Bruder

Wilhelm als Hoferbe den Vortritt lassen müssen. Dabei hatte sie bereits als Verlobten einen Landwirt namens Ferdinand, mit dem sie gemeinsam den elterlichen Hof übernehmen sollte, denn schließlich hatte auch ihr Vater eingeheiratet, da unsere Oma Sophia den Hof geerbt hatte. Leider blieb Ferdinand im Krieg – und Tante Lisbeth ohne Erbe. Als Onkel Wilhelm dann noch im Krieg Tante Maria heiratete, nahm Tante Lisbeth den Erstbesten, der sie wollte – August Strothmann, Erbe eines kleinen Bauernhofes im Osnabrücker Land. Sie wollte nicht von der Gnade ihres Bruders abhängig sein; außerdem lebte noch Tante Franziska auf dem Hof, denn Mama war bereits hierher ins Dorf gezogen."

„Könnt ihr euch an unseren Spaß erinnern, wenn sie mit Onkel August in dem kleinen Goggomobil sonntags nach der Messe auf den Hof kam? Schon von Ferne hörten wir das Röhren des Motors. Zum abgewürgten Motor mit den Fehlzündungen kam zusätzlich noch der Qualm aus dem Auspuff dazu, wenn sie auf unseren Hof fuhren: ein großes Spektakel beinahe jeden Sonntagmorgen. Wir rannten zur Tür und staunten Bauklötze, wie sich diese beiden großen Menschen aus so einer kleinen Blechkiste heraus quälten." Joa lacht dabei über's ganze Gesicht und auch bei uns bewirkt diese Erinnerung Heiterkeit.

„Als wir Tante Lisbeth in dem Jahr nach Papas Tod jeder eine langstielige Rose zum Geburtstag überreichten und in den Arm nahmen aus Dankbarkeit für ihre enorme Unterstützung unserer Mutter, war Tante Lisbeth zu Tränen gerührt; eine derartige Wertschätzung hatte sie wohl noch niemals erlebt", ergänzt Anne unsere Erinnerungen.

„Ich habe sie bei der – oder einer ähnlichen – Gelegenheit mal indiskret gefragt, ob sie mit Onkel August auch so eine enge Beziehung hätte, wie unsere Eltern sie hatten."

„Oh Gott, Pete und Taktgefühl sind zwei Welten", kritisiert mich Franzi. „Aber neugierig bin ich auf ihre Antwort trotzdem."

„Die Besten sind im Krieg geblieben", war ihre lakonische Bemerkung dazu, was uns wiederum sehr amüsiert, aber in dieser Offenheit und klaren Selbsterkenntnis auch erstaunt.

„Können wir trotzdem noch einmal zu der Situation an Papas Sterbetag kommen?", wechselt Marie das Thema. „Was ich mich schon einige Male gefragt habe: Woher hast du vom nahen Tode unseres Vaters erfahren? Und wie bist du dann zum Krankenhaus gekommen? Du musstest doch zur Schule, denn ich kann mich nicht erinnern, dass du mit uns zuhause warst mit unseren zwei Nachbarinnen Gundi und Thekla."

„Onkel Josef hat mich aus der Klasse holen lassen und vor dem Katholischen Krankenhaus abgesetzt; er wollte nicht mitgehen", schaue ich Marie an und lege dabei vorsichtig für einen Moment meine Hand auf die ihre.

„Als ihr zusammen nach Hause in die Küche kamt, hatte uns bis dahin noch niemand informiert; es war so furchtbar", ergänzt Marie, muss mehrfach schlucken und Franzi kämpft wieder mit ihren Tränen: „Ab da fühlte sich unser Haus wie leer an."

„Ich habe erst in meiner Therapie begriffen, dass nicht jeder für sich allein stirbt, wie es bei Hans Falladas Romantitel heißt. Ich weiß, wovon ich spreche, wenn auf den Gefühlen ein betonierter Sargdeckel liegt", und schaue dabei Joa an. „Mit vielen psychologischen Tricks hat der Therapeut es geschafft, mich an die Situation unseres sterbenden Vaters heranzuführen, und mich gefragt: ‚Welche andere Position hätten Sie denn in der Situation einnehmen können, anstatt 1 m entfernt ihren Vater sterben zu sehen?'" „Ich hätte mich zu Papa begeben und im Sterben seine Hand halten können. Diese Erkenntnis hat mich weinend fast zusammenbrechen lassen, denn damit hat sich erst vor wenigen Jahren meine Weltsicht und Lebensanschauung geändert: Die Vorstellung, dass im Tode mindestens ein geliebter Mensch da ist, der deine Hand hält, verändert die Sicht auf dein Leben: Du bemühst dich darum, Freunde zu behalten, die für dich da sein werden, wenn der Tag gekommen ist und du hoffentlich friedlich stirbst."

Eine längere Pause entsteht.

„Wenn ihr beide nicht in die Kirche gekommen wärt und plötzlich hinter mir – und vor allem zu mir – gestanden hättet, hätte ich diesen Konflikt nicht durchgestanden“, versuche ich das Thema zu wechseln.

„Ich dachte, dafür sind Brüder doch da“, schaut Joa in die Runde. „Seit Mamas Tod habe ich keine Kirche mehr betreten. Ich war schockiert, dass diese Priester wie vor Jahrhunderten immer noch in all diesen Fummeln herumlaufen, mindestens drei Gewänder übereinander, wie lebensfern ist das. Da lobe ich mir doch die Schlichtheit der evangelischen Pastoren.“

„Aber die anderen orthodoxen Priester in Russland, Serbien und Griechenland tragen doch auch noch diese Gewänder – zu meinem großen Bedauern und völligen Unverständnis. Seitdem sich die römisch-katholische Religion im 4. Jahrhundert durch Kaiser Konstantin durchgesetzt hat, tragen ihre Priester eine besondere Kleidung am Altar; die evangelischen Religionsgemeinschaften haben dies im Laufe der Zeit erst nach Luther geändert. Priester heben sich dadurch bewusst von ihrer Gemeinde ab, was überhaupt nicht mehr zeitgemäß ist, finde ich.“

„Wie war es möglich, dass der Ortspfarrer seinem Bischof und Vorgesetzten widersprechen konnte?“, will Marie wissen.

„Erstens ist er nicht irgendwer, sondern Dompropst zu Münster. Zweitens kannst du dich an sein Verhalten in der NS-Zeit erinnern, wovon ich euch erzählt habe?“ Allgemeines Nicken. „Dann ist sein Verhalten doch die logische Konsequenz seines gesamten Lebens und Teil seines Charakters: aufrecht gehen und aufrecht stehen! Er hatte letztlich auch nichts mehr zu verlieren, denn es war seine Verabschiedung in den Ruhestand.“

„Trotzdem mutig, dem Bischof derart deutlich die Stirn zu bieten und ihn zu nötigen, dir bis zum Ende zu zuhören“, unterstreicht Franzi noch einmal ihre Sicht der Dinge.

„Es waren noch zu viele Rinkelner in der Kirche – Gläubige und Neugierige, sodass der ehemalige Herr Pfarrer Brinkmann durchaus etwas zu verlieren hatte, nämlich sein Gesicht“, fügt Joa hinzu.

„Kannst du dieses Kapitel jetzt abschließen?“, fragt mich Anne.

„Ja, ich fange an loszulassen, kann Papa jetzt gehen lassen und hadere nicht mehr so mit seinem Weggang, seinem Ende.“ Anne steht auf und wuschelt mir in den Haaren: „Gut gemacht.“

„Moment, ich muss noch etwas anderes an diesem Wochenende loswerden“, bitte ich meine Geschwister um Gehör. „Ich kann es mir bis heute nicht verzeihen, dass ihr zusammen bei Mamas Tod anwesend wart, nur ich nicht.“

„Das habe ich nicht mehr auf'm Schirm“, gesteht Anne und die andern pflichten ihr bei. „Dann erzähl“, fordert sie mich auf und alle fünf schauen mich an.

„Mama ist von Freitag auf Samstagnacht gestorben; ich hatte sie noch am Mittwoch besucht und der Arzt hat mich nicht gewarnt, dass es so dramatisch schnell gehen würde; also bin ich nach Münster zurückgefahren, nicht in mein Zimmer, sondern in die schönere Wohnung meiner damaligen Freundin Isa, verwöhntes Einzelkind eines Holzgroßhändlers aus Unna.“ Ich muss eine Pause einlegen und dann kommt dieser Satz, den ich schon so lange auf den Lippen habe: „Mamas Todesnacht habe ich in ihrem Bett verbracht.“

„Das ist heute nicht mehr zu ändern und das musst du mit dir allein ausmachen, von uns wirst du dazu keinerlei Vorwürfe hören – oder?“, fragt Anne in die Runde.

Allgemeines Kopfnicken antwortet ihr. „Aber sag mal, wie hast du denn dann von Mamas Tod erfahren, irgendwann warst du dann plötzlich doch da.“

„Ich bin wieder mit dem Überlandbus, der in jeder Milchkanne hält, am Samstagmittag zurück nach Rinkeln gefahren. Gott sei Dank hat sich bereits in Münster Emma Meyer zu Mühlendorf zu mir gesetzt, die parallel mit mir Abitur gemacht hatte, aber auf dem Mädchengymnasium. Ich kannte sie von den täglichen Busfahrten im Winter, wobei sie jeweils weiter nach Schwegte zurückfuhr. Ihre Mutter war kurz vor unserer Mutter ebenfalls an Krebs verstorben, was sie mir bei der Gelegenheit erzählte, sodass wir über unsre Verlustängste und Gefühle die gesamte

Fahrtzeit geredet haben. Das hat mir damals enorm geholfen, denn als ich zuhause ankam und euch alle um den Küchentisch versammelt sah, wusste ich: Meine Verlustängste waren Realität geworden."

Ich habe aufgehört zu zählen, wie oft uns an diesem Wochenende das schweigsame Erinnern miteinander verbindet.

„Was wird mit den restlichen Möbeln und dem Porzellan und Besteck unserer Eltern?", kommt Marie auf ein bereits angeschnittenes Thema zurück.

„Das Porzellan mit dem Goldrand könnt ihr unter euch aufteilen, Möbel, Besteck und Gläser nehme ich mit in meine neue Wohnung", teilt Kurt uns seine Entscheidung mit, was wir zur Kenntnis nehmen.

„Ich möchte noch einmal eine letzte Runde durch unseren alten Betrieb machen, kommt jemand mit?", erhebt Franzi sich nun ebenfalls. Alle außer Kurt bejahen.

„Lasst mich bitte mal noch ein bisschen allein hier wurschteln, ich komme nach, wenn ich fertig bin."

Gemeinsam verlassen wir unser Haus, was schon lange nicht mehr unser ist. Der Sommerwind ist warm wie in unserer Kindheit und weht uns gemächlichen Schrittes weiter vom Hause weg. In der Nähe des Komposthaufens, wo einst das Hühnerhaus stand, steht nun eine mächtige Linde: „Wo wir uns finden, wohl unter Linden, zur Abendzeit", summe ich leise vor mich hin, was Anne sofort aufnimmt. „Auch wenn wir noch keine Abendzeit haben, ist es ein schönes Volkslied. Ich werde ganz schön sentimental, aber das darf ich auch."

Der Redebedarf hat sich bei uns für dieses Wochenende erschöpft, scheint mir, denn jeder von uns hängt seinen Gedanken nach. Ich muss wieder an Tante Lisbeth denken, die ich inzwischen nur ein- bis zweimal nach dem Tode von Onkel August besucht habe. Wie zu fast allen Verwandten ist auch zu ihr der Kontakt nach Mutters Tod abgerissen und nur sporadisch aufgetaucht. Mich beschleicht noch heute die Scham, wenn ich an das beschämende Verhalten ihrer beiden jüngeren Brüder Josef und Karl denke, die sich offen belustigten über die kleine Metallkiste, in die ihre ältere Schwester nebst ihrem August hinein- oder herauskroch. Selbst wir Kinder hatten ein Gespür dafür und wurden von unsren Eltern ermahnt, dass es sich nicht gehört, sich über andere Menschen derart lustig zu machen: Unsere beiden Onkel waren diesbezüglich ein schlechtes Vorbild. Es entbehrte allerdings nicht einer gewissen Komik, wenn Tante Lisbeth ihren runden grünen Filzhut mit braunem Band, der eher einem „Bowler-hat" glich, jedes Mal abnahm oder wieder aufsetzte, abhängig vom Ein- oder Aussteigen, denn dafür war das Goggomobil nicht vorgesehen. Meine Mutter habe ich zeitlebens nie mit einem Hut gesehen; sie bevorzugte ein Tuch, das sie bei Kälte um ihren Kopf band. Behütet wurde sie von meinem Vater, aber niemals von Filz.

Nacheinander schlendern wir so zurück ins Haus, wo Kurt weiter aufräumt und die letzten Sachen packt, sodass auch wir uns auf unsre Zimmer begeben und dasselbe tun.

Mit Marie schlendere ich anschließend zu unseren Autos, wir verstauen unsere „sieben Sachen" darin und stehen dann doch unerwartet voreinander.

„Mir graut vor dem, was jetzt vor mir liegt", sagt Marie mit etwas zittriger Stimme – und muss zu meinem Leidwesen einen tiefen Zug an ihrer Zigarette nehmen.

„Wer könnte das nicht verstehen", versuche ich sie zu trösten. „Ein Sprung ins kalte Wasser ist immer mit Gefahren verbunden. Aber – wer nicht springt, wird nie erfahren, wie es sich anfühlt, im kalten Wasser zu sein und dort sogar schwimmen zu können. Also sei mutig, du hast doch bisher alles geschafft! Wir beide haben doch schon so viele Trennungen hinter uns gebracht. Du hast meine Unterstützung so wie ich deine früher." Mit diesen Worten nehme ich meine Schwester in den Arm und gemeinsam gehen wir wieder ins Haus, wo wir bereits auf die andern vier treffen.

„Weißt du eigentlich, dass dein Name germanischen Ursprungs ist und so viel wie ‚mutiger Ratgeber' bedeutet?", frage ich meinen Bruder.

„Nein, bisher gab es für mich noch keinen Anlass dazu, dies herauszufinden. Aber ihr wisst doch, dass sicherlich auch mein Name – sowie der von Joachim – eher Zufallsnamen sind.“ Wir beiden Ältesten grinsen, wohl wissend, wie manche Vornamen von uns Geschwistern entstanden sind.

„Papa war auf dem Standesamt am Morgen nach dem Kneipenumtrunk zur Feier meiner Geburt und er wusste den verabredeten Namen nicht mehr. Eigentlich sollte ich Konrad heißen, was meinem Namen sehr ähnlich ist. Die Standesbeamtin hat versucht, Papa bei seiner Erinnerung zu helfen – und dabei sind sie bei Kurt gelandet, fand Papa auch einfacher auszusprechen.“ Und Kurt schüttelt ebenfalls grinsend seinen Kopf.

„Und ich sollte doch Martin heißen“, ergänzt Joa, „denn mein Taufpate Onkel Karl aus Bocholt verband nur negative Assoziationen mit Joachim; dies hat Papa dann beim Standesamt wohl verwechselt.“ Bei diesen Worten schmunzeln wir wieder in Gedanken an so typische Verhaltensweisen unseres Vaters.

„Dass wir anderen nach unsren Paten benannt wurden, wie Annegret nach Omas Schwester Anna und ich nach Papas ältestem Bruder und Patenonkel Peter, liegt auf der Hand. Mir ist heute mein Vorname egal – Schall und Rauch, nur Adolf hätte ich nicht heißen wollen.“

„Wir hätten dich dann Addi gerufen“, ironisiert meine jüngste Schwester, „und du wärst dann zum kompletten Gegenentwurf zum GröFaZ geworden.“

„Zu was?“

„Zum Größten Feldherrn aller Zeiten“, klärt Franzi ihre ältere Schwester auf und imitiert dabei zu unserer Freude die „Schande unserer deutschen Sprache“.

Müde und mich erhebend schaue ich meine fünf Geschwister an: „Nun beginnt der endgültige Abschied von meinem Zuhause und Kurt hat für einen würdigen Übergang gesorgt. Ich war an dem Wochenende, als er mir telefonisch davon berichtete, sehr niedergeschlagen und habe meinen

Empfindungen aufgeschrieben; das hat geholfen. Ich dachte, ich hätte meine Wurzeln verloren."

„So habe ich erst auf dem Weg nach Rinkeln empfunden", ergänzt Anne meine Gedanken und alle vier hören aufmerksam zu. „Aber durch den zweifachen Umbau des alten Elternhauses meiner Kindheit ist der emotionale Bezug zu diesem Haus nicht sehr ausgeprägt – und zum Ort natürlich schon gar nicht, wie ihr wisst."

„Mir geht es ähnlich wie dir", fügt Marie hinzu; Franzi zögert mit einer Antwort: „Ich werde euch bei nächster Gelegenheit darüber berichten."

„Ich habe mir und meiner Familie ein neues Zuhause in der Stadt geschaffen und hoffe, dass ich es uns finanziell erhalten kann, denn dieses Zuhause ist für mich mit zu viel schmerzlichen Erinnerungen verbunden."

„Ich kann deine Sicht gut nachempfinden, Bruderherz, denn auch ich verbinde mit diesem Haus so viele Abende mit Mama allein. Ihr beide wart schon im Bett und Kurt oft unterwegs mit seinen Sportkumpanen. Nach Papas Tod hat unsere Mutter ‚soziale Isolation' erlebt, was sich bis heute immer noch viele Witwen leider gefallen lassen. Nur die Schwägerinnen und die Schwester waren als Gäste akzeptabel oder luden sie ein. Es war so toll zu erleben, wie unsere Mutter trotzdem – oder gerade deshalb – versuchte sich dem neuen Leben zu öffnen, Interesse für Veränderungen zu zeigen. So haben wir zusammen den Film im WDR 3 noch um 22.00 gesehen: ‚Nicht der Homosexuelle ist pervers, sondern die Situation, in der er lebt.' Ich hatte noch keine Idee von meiner sexuellen Orientierung, aber wir haben beide noch lange über den Film gesprochen. Von allen schwulen Freunden weiß ich, dass ihr Mütter lange vor ihnen eine Ahnung von ihrem Schwulsein hatten, wahrscheinlich war dies rückblickend bei Mama genauso."

„Ich vermisse unsere Mutter heute manchmal", sagt Marie, „denn gerade bei der Kindererziehung würde ich sie um Rat fragen."

„Ich auch, denn meine Schwiegermutter hat uns bzw. mir und unserer Tochter Marla zwar finanziell und durch Babysitting oft geholfen, aber eine emotionale oder pädagogische Hilfe war sie nicht", wobei Franzi wieder den Tränen nahe ist.

Ich lege meiner kleinen Schwester eine Hand auf ihre Schulter, sie zuckt kurz zusammen, schaut mich von unten an – und wehrt sich nicht mehr dagegen.

„So wie für die Millionen Flüchtlinge oder Vertriebene aus Osteuropa nach dem 2. Weltkrieg ist die Heimat, das alte Zuhause, ein Sehnsuchtsort geblieben, den viele Überlebende in den letzten Jahren nach der Maueröffnung besuchen. Das wird Rinkeln für mich nicht sein. Heute werde ich zwar mein Zuhause verlieren, aber es ist nur noch ein geografischer Ort, ein quasi materialisiertes Zuhause; mein emotionales Zuhause werdet ihr künftig sein." Ich schaue meine Geschwister an und alle fünf sind betroffen – oder etwa berührt von meiner Sichtweise?

„WOW! Ich hoffe, du hast dabei nicht eine allzu hohe Erwartung?", fragt Joa mich, „aber diese Herausforderung nehme ich sehr gerne an."

„Das finde ich eine so tolle Perspektive für unsere gemeinsame Zukunft", erweitert Anne die Ansicht ihres Bruders. „Und plötzlich verflüchtigt sich meine Melancholie zugunsten einer Vorfreude auf ein Wiedersehen."

Dann mach ich doch gleich Nägel mit Köpfen: „Wie wäre es, wenn wir uns in einem Jahr wieder träfen – alle sechs ohne Kinder und Anhang. Ich lade euch schriftlich – früh genug – zu mir nach Hause ein, und wir schauen mal, ob wir es noch einmal zusammen ein Wochenende aushalten."

Langsam erhellten sich ihre Gesichter. Joa nickt und reckt den Daumen hoch. „Gute Idee! Ich bin dabei", ergänzt Anne, meine beiden anderen Schwestern schauen sich etwas verhalten an: „Nur wenn es nicht noch einmal ein so anstrengendes Psycho-Wochenende wird, schließlich muss ich morgen wieder zur Schule und es wird eine stressige Woche", schränkt Franzi meine Erwartungen ein.

„Dem stimme ich tendenziell zu, werde aber meine Termine danach ausrichten", ergänzt Joachim.

„Ich weiß nicht, wo ich in einem Jahr bin und was ich tue“, dämpft Kurt meine aufkommende gute Laune.

Sicherlich sieht Begeisterung anders aus, aber was wollte ich von so einem spannungsgeladenen, verlängerten Wochenende erwarten?

„Danke Kurt, von Herzen, für diese Einladung und das gut organisierte Wochenende“, lobt Marie ihren Bruder und umarmt ihn dabei. „Es fällt mir nun viel leichter, dieses Kapitel Rinkeln endgültig abzuschließen und - dank dir – mit einem versöhnlichen Ende.“

„Das japanische Sprichwort lautet zwar: ‚Habe ein wachsames Auge auf den, der dich beschenkt,‘“ und alle Augen richten sich erstaunt auf mich; „aber in diesem Fall kann ich Maries Dank nur uneingeschränkt teilen. Danke Kurt“, aber die spontane Umarmung lässt auf sich warten.

Mit diesem vorsichtigen Optimismus stehen wir auf und räumen die Reste weg. Unsere alte Spülmaschine, welche Mutter von unserer Großtante Gertrud zu ihrer Unterstützung – allein mit Haushalt, sechs Kindern und Gärtnerei – bekommen hatte, funktioniert offensichtlich immer noch.

Bereits draußen im Hof an unseren Autos angekommen, möchte Anne noch etwas loswerden: „Ich wünsche dir viel Glück und Kraft bei all deinen nächsten Unternehmungen – privat oder beruflich“, sagt sie in Richtung Kurt und nimmt ihn abschließend in den Arm, und an uns gewandt fügt sie hinzu: „Meldet euch, wenn ihr Hilfe braucht, ihr habt mit diesem Wochenende einen Stimmungswandel bei mir ausgelöst, was euch betrifft; ich bin wieder häufiger und gerne für euch da, wenn ihr wollt. Zu meiner Überraschung haben wir viel mehr Gemeinsames als Trennendes, wie zum Beispiel gemeinsame Werte; aber darüber können wir doch beim nächsten Mal reden“, sagt sie bereits im Gehen begriffen und winkt uns zu.

Auf meinem Weg zum Auto steht Joa überraschend neben mir: „Na – großer Bruder“, sagt er grinsend, „die wievielte Beziehung ist diejenige mit Frank denn?“

„Wenn ich meine erste mit Lisa einbeziehe und Affären von maximal drei Monaten nicht mitrechne, ist diese die fünfte. Warum fragst du?“

„Ich glaube nach diesem Wochenende, dass wir uns so unähnlich gar nicht sind. Rastlos und immer auf der Suche nach neuen Kicks."

„Das war einmal", korrigiere ich seine Wahrnehmung und gehe auf den ironischen Ton erst gar nicht ein, „du hast doch auch mitbekommen, dass ich inzwischen dank meiner Therapie sehr viel über mich und meine unbewusste Steuerung gelernt habe, und ich bin neugierig, ob es mir gelingt und ich es umsetzen kann. Verhaltensänderungen sind bei allen Menschen enorm schwierig, es sei denn, äußere gravierende Anlässe zwingen uns dazu."

„Bevor du mit deinen guten Eigenschaften nicht weiterkommst, versuche es doch mal mit deinen schlechten", spottet mein großer kleiner Bruder. „Immerhin haben wir noch ein anders Hühnchen zu rupfen, was mir erst hier langsam wieder dämmert."

Seine letzte Bemerkung ignorierend – was ist denn seine Botschaft? - versuche ich zu schmunzeln. „Diese Art von Humor trifft mein Jubelzentrum, den Spruch muss ich mir merken; Spott jederzeit – Hohn niemals! Dir wünsche ich von Herzen Ruhe und Zeit für deine Familie; immerhin hast du eine, worauf ich durchaus neidisch bin." Für einen Moment schaut mich Joa überrascht an, um sich dann mit einem denkwürdigen Satz zu verabschieden: „Manchmal möchte ich dieses Erwachsensein einfach hinschmeißen und noch eine Runde schaukeln gehen." Nach diesen Worten nimmt er mich tatsächlich kurz, aber herzlich in die Arme – und lässt mich etwas verdutzt stehen: „Ciao Bruder", winkt er mit dem Autoschlüssel in der rechten Hand. Und sich noch einmal halb zu mir umdrehend fügt er hinzu: „And don't forget we all are living on a borrowed time."

Während er in sein Auto steigt, schaue ich ihm mit verwirrten und widersprüchlichen Gefühlten nach. Bei ihm scheint die Suche nach einer verlorenen Kindheit am stärksten ausgeprägt zu sein, seine Sehnsucht nach Normalität, wie er sie sich vorstellt, scheint noch lange nicht am Ende angelangt zu sein. Nach und nach kommt einer nach dem anderen meiner verbliebenen drei Geschwister, die in ihr Auto steigen und wir alle sechs gehen wieder unsere getrennten Wege.

Laut hupend und winkend lassen wir fünf nacheinander – halb wehmütig, halb flüchtend – Haus, Hof, Gärtnerei und unsren Bruder Kurt, der ebenfalls winkend an der Haustür steht, hinter uns zurück.

Nachwort

Nach diesem ersten Geschwister-Treffen bin ich erschöpft und ausgelaugt nach Hause gefahren, weil ich meine Brüder und meine Schwestern quasi als „Mensch-gewordene Vorwürfe" hinsichtlich eigener Schwächen und Wesensmerkmale oft kaum aushalten oder ertragen konnte – und vielleicht ist es ihnen genauso ergangen. Viele Konflikte wurden ausschließlich angestoßen, kaum ausgefochten. Aber wir haben uns nicht nur ausgehalten und ertragen, sondern sind uns auch nähergekommen – nach so vielen Jahren auf eigenen, individuellen Wegen. Der häusliche und familiäre Zwang zu Nähe und Vertrautheit in unserer Kindheit ist einer freiwilligen Achtung und einem Bemühen um Verständnis gewichen. Wir haben festgestellt, dass wir nach ähnlichen Werten und Prinzipien leben – oder dieses zumindest immer wieder versuchen, wobei Empathie und Fürsorge für andere sowie ein Gerechtigkeitsempfinden uns verbindet wie die grundsätzliche Ablehnung der katholischen Kirche. Gerade diese Empfindung hat neue Nahrung bekommen durch die Ergebnisse der letzten Studie zum Missbrauch im Bistum Münster: Pfarrer Dierkes, der mich so positiv unterstützt hat, ist schwerer und fortgesetzter Missbrauch in seinen 14 Jahren in Rinkeln – und schon lange davor – nachgewiesen worden. Das hat uns alle sechs wirklich nachträglich erschüttert, aber nicht mehr erstaunt.

Dieses Geschwister-Treffen war tatsächlich so nachhaltig, dass wir uns seit über zwanzig Jahren beinahe jedes Jahr bei einem / einer von uns sechs einquartieren – ein Wochenende ohne Anhang: Kinder und PartnerInnen werden für zwei Tage ausquartiert. Wir streiten uns weiter – denn vieles blieb nur angedeutet und musste erst einmal verarbeitet werden. Einige Konflikte werden wir wohl niemals aus der Welt schaffen. Manchmal gibt es Tränen, aber auch die sind immer weniger geworden, stattdessen lachen wir immer öfter gemeinsam, weit entfernt von unsrer Münsterländer Mentalität. Bei all diesen nachfolgenden Treffen sind unsere Eltern immer wieder dabei. Aber je häufiger wir miteinander reden, desto mehr verschwinden sie und desto mehr sind wir sechs Gegenstand und Zentrum unserer Gespräche. So kommen wir langsam, aber stetig in der Gegenwart an.

Ich betrachte unser erstes gemeinsames Abschlussfoto, geschossen von einem Nachbarn vor unserer Abfahrt vor unserem Elternhaus: Ich freue mich darüber, dass ich diese fünf so unterschiedlichen Geschwister habe.

Brief eines 40-jährigen Mannes an seinen früh verstorbenen Vater

Lieber Papa,

als erwachsener Mann konnte ich dir nie schreiben, da ihr schon viel zu früh verstorben seid. Besonders dich, Papa, hab ich nicht mehr kennen lernen können, da ich gerade erst 16 Jahre alt war, als du mich von heute auf morgen verlassen hast. Du warst noch bei Bewusstsein und wach, als ich kurz vor deinem Tod in dein Krankenzimmer trat und du hast – wie immer – kein Wort geredet, sondern nur geschaut und geschwiegen. Erst eine Woche später habe ich realisiert, dass du nicht mehr da warst, und erst da habe ich wirklich gemerkt, wie sehr ich dich vermisse. Vorher warst du – wie selbstverständlich – da, unauffällig, zuverlässig, dich um uns sorgend und im Hintergrund. Nie haben wir ein persönliches Gespräch führen können, denn dafür war ich aus deiner Sicht wohl noch zu jung. Die Probleme, die dich so plötzlich haben sterben lassen, waren derart gravierend, dass sie einem jungen Menschen auch kaum begreiflich zu machen gewesen wären.

Nach deinem Tod hat Mama quasi aufgehört zu leben; sie war immer nur noch sporadisch lebendig, sie hat meist um ihr Überleben gekämpft. Mit deinem Tod hast du einen wichtigen Teil von ihr mitgenommen: Dies alles konnte ich dir lange nicht verzeihen! Es hat mein Leben bestimmt, denn ab da musste ich stark sein – für meine Geschwister, für meine Mutter, und keiner war da, der mich auf mein eigenes Leben aufmerksam gemacht hätte: Ich habe gelebt, ohne wirklich lebendig zu sein, und ich konnte immer dich dafür verantwortlich machen. Ich habe gut funktioniert und alle Menschen, die sich mir wirklich näherten, immer nur begrenzt an mich herangelassen. So wie du dich mir gegenüber verhalten hast, habe ich es ihnen allen heimgezahlt: Ich habe ihr jeweiliges Vertrauen missbraucht und sie dann verlassen, um mich jemand Neuem zuzuwenden. Nie habe ich die Verantwortung dafür und für mein eigenes Leben übernommen. Ich habe nie genau hingeschaut, was mich betrifft, sondern alle Neugierde auf andere Menschen gerichtet – bis zu einem gewissen Grade, dann bin ich wieder aus ihrem Leben gegangen. Ich habe darauf geachtet, gut dazustehen, und konnte vielen Menschen ein schlechtes Gewissen dafür machen, dass ich sie wieder verlassen habe.

Mit diesem Abschiedsbrief beginnt mein neuer Lebensabschnitt. Ich habe von dir alle Grundlagen bekommen, um mein Leben verantwortungsbewusst leben zu können. Du warst verlässlich, immer berechenbar und hattest die Zeit für mich, die du erübrigen konntest. Nur Gefühle hast du nie erkennbar gezeigt. Es ist bis heute schwer zu akzeptieren, dass du dies nicht konntest. Ich lerne hoffentlich daraus.

Meine fünf Geschwister

Meine fünf Geschwister
lassen sich nicht in nur *einem* Gedicht erfassen.
Denn dann müsste ich
von ihren deutlichen Gegensätzen lassen.
Aber nur dank jahrelanger,
emotionaler Auseinandersetzungen
können wir immer noch
in nur *einen* Rahmen passen.

Stammbaum der Familie Ostendorf

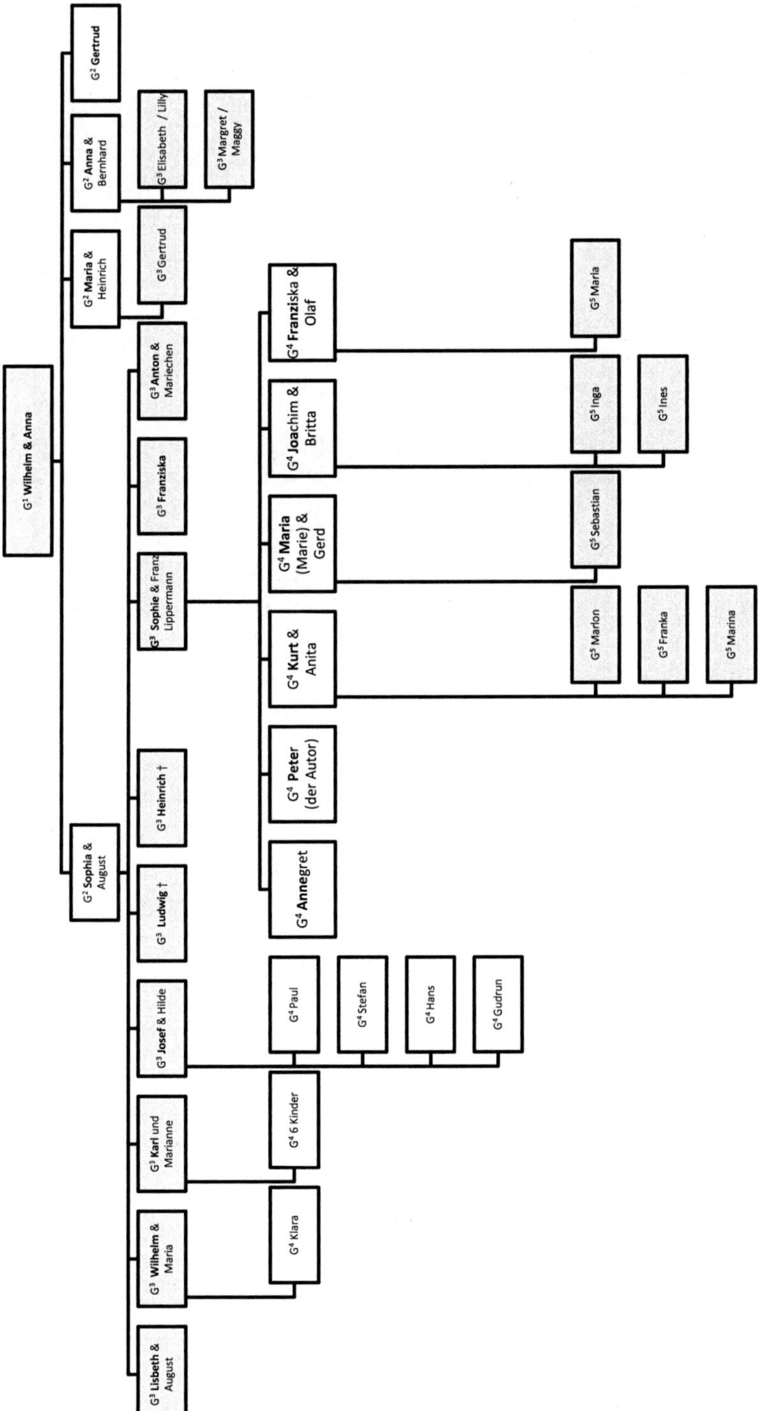
G^1 Wilhelm & Anna
G^2 Gertrud
G^2 Anna & Bernhard
G^3 Elisabeth / Lilly
G^3 Margret / Maggy
G^2 Maria & Heinrich
G^3 Gertrud
G^2 Sophia & August
G^3 Anton & Mariechen
G^3 Franziska
G^3 Sophie & Franz Lippermann
G^4 Franziska & Olaf
G^5 Marla
G^4 Joachim & Britta
G^5 Inga
G^5 Ines
G^4 Maria (Marie) & Gerd
G^5 Sebastian
G^4 Kurt & Anita
G^5 Marlon
G^5 Franka
G^5 Marina
G^4 Peter (der Autor)
G^4 Annegret
G^3 Heinrich †
G^3 Ludwig †
G^3 Josef & Hilde
G^4 Paul
G^4 Stefan
G^4 Hans
G^4 Gudrun
G^3 Karl und Marianne
G^4 6 Kinder
G^3 Wilhelm & Maria
G^4 Klara
G^3 Lisbeth & August

Weitere, nicht anwesende Personen

Anita; Marlon, Franka, Ariane	Kurts Ehefrau und seine 3 Kinder
Frank	Maries 1. Ehemann
Ger(har)d	ihr 2. und aktueller Ehemann
Olaf; Marla	Franzis Mann; ihre gemeinsame Tochter
Britta; Inga, Ines	Joachims Frau; seine beiden Töchter
Lisa; Sven	Peters 1. Beziehung; Lisas Sohn
Lilly; Maggy	Töchter von Anna & Bernhard
Werner Wehrmann	Molkerei-Geschäftsführer, Nachbar und Familie
Familie Stammkötter	Nachbarn
Familie Böhmer	Nachbarn
Familie Wertkamp	Nachbarn
Familie Waltrup	ehemalige Nachbarn

Bild- und Literaturnachweise

Cover: Borisb17/shutterstock.com
lantapix/shutterstock.com

Seite 8: www.geo.de/magazine/geo-kompakt/6774-rtkl-kindheit-geschwister-von-der-liebe-unter-rivalen?

Seite 16: https://www.stadtmag.de/cms/sites/default/files/luenen/65_6_1.jpg

Seite 76: https://www.google.de/url?sa=i&url=https%3A%2F%2Fwww.religioese-geschenke.de%2Frosenkranz-bunte-perle-und-holzkreuz.html&psig=AOvVaw1nwS4tp2Vc8BMGlu917ZFM&ust=1591099861128000&source=images&cd=vfe&ved=0CAIQjRxqFwoTCMjGo4PL4OkCFQAAAAAdAAAAABAK

Seite 101: Die Ems https://www.ems-eems.de/fileadmin/co_theme/Default/_processed_/b/b/csm_emsaltarm_borken_04d3e4a66d.jpg

Impressum

Bibliografische Information der
Deutschen Nationalbibliothek:
Die Deutsche Nationalbibliothek verzeichnet diese Publikation
in der Deutschen Nationalbibliografie;
detaillierte bibliografische
Daten sind im Internet über http://dnb.d-nb.de abrufbar.

Email: redaktion@verrai-verlag.de

https://verrai-verlag.de

1. Auflage November 2023

Umschlaggestaltung:
atelier ehrle

Bildquellen:
Seite 235

Printed in Germany
ISBN 978-3-948342-99-9